Von Shusaku Endo

Der Samurai
Eine Klinik in Tokio

Shusaku Endo

Schweigen

Roman

Aus dem Japanischen von
Ruth Linhart

Schneekluth

CIP-Titelaufnahme der Deutschen Bibliothek

Endō, Shūsaku:
Schweigen: Roman/Shusaku Endo. Aus d. Japan. übertr.
von Ruth Linhart. – München: Schneekluth, 1989
Einheitssacht.: Chinmoku <dt.>
ISBN 3-7951-1127-7

Das Nachwort von William Johnston wurde
der englischen Ausgabe entnommen, die 1976 bei
Peter Owen, London, erschien. Die Übersetzung
aus dem Englischen besorgte Peter Robert.
Redaktion: Hans Christian Rohr

Die japanische Originalausgabe erschien
unter dem Titel CHINMOKU

ISBN 3-7951-1127-7

Satz: Satzstudio Schwanke+Holzmann, München
Gesetzt aus der Garamond 11½ Punkt.
Druck und Bindung: Ebner Ulm
Printed in Germany 1989

Prolog

Eine Nachricht erreichte die Kirche zu Rom. Pater Christovão Ferreira, den die portugiesische Gesellschaft Jesu nach Japan gesandt hatte, war in Nagasaki der Grubenfolter unterzogen worden und hatte dem Glauben abgeschworen. Ein altgedienter Missionar, der dreiunddreißig Jahre in Japan verbracht und dort als Provinzial die Priester und Gläubigen geleitet hatte.
Die Briefe des Paters, der theologisch sehr gebildet war und der auch während der Verfolgung die Mission fortgesetzt hatte, indem er sich im Gebiet um Kyoto verborgen hielt, waren voll unbeugsamen Mutes gewesen. Daß dieser Mensch in irgendeiner Situation Verrat üben könnte, schien unglaubhaft zu sein. Daher gab es in der Kirche und auch in der Gesellschaft Jesu viele, die diese Nachricht für eine Falschmeldung hielten, erfunden von Holländern oder den Japanern.
Rom wußte aus den Briefen der Missionare, daß die Mission in Japan sich in einer schwierigen Situation befand. 1587 hatte der Regent Hideyoshi die Politik seines Vorgängers verworfen und begonnen, das Christentum unbarmherzig zu unterdrücken. Damals wurden sechsundzwanzig Priester und Gläubige in Nishizaka bei Nagasaki verurteilt; anschließend vertrieb man überall im Lande Christen aus ihren Häusern, folterte und ermordete sie auf grausame Weise.

Der Shogun Tokugawa Ieyasu verfolgte die gleiche Politik und ließ 1614 alle christlichen Geistlichen ins Ausland verbannen.
Den Berichten der Missionare zufolge trieb man am 6. und 7. Oktober desselben Jahres über siebzig Priester, Japaner und Fremde, in Kibachi in Kyushu zusammen, pferchte sie in fünf Dschunken und ließ sie nach Makao und Manila ins Exil segeln. Es war ein Regentag, die See war grau und stürmisch, als die durchnäßten Schiffe sich den Weg aus der Bucht bahnten und jenseits des Vorgebirges am Horizont entschwanden.
Trotz des Ausweisungsbefehls blieben heimlich siebenunddreißig Priester in Japan zurück. Und Ferreira war einer dieser verborgenen Priester. Er fuhr fort, seinen Vorgesetzten die Lage der Priester und der Gläubigen in Japan zu beschreiben, und berichtete, wie Missionare und Christen festgenommen und verurteilt wurden. Ein Brief, den er am 22. März 1632 von Nagasaki aus an den Visitator Andreas Palmeiro richtete, gibt eine ausführliche Beschreibung der Umstände jener Zeit:
»Im letzten Briefe habe ich Euer Hochwürden die Situation der Christenheit in diesem Land geschildert. Nun werde ich berichten, was seitdem passiert ist. Alles endet mit Verfolgung, neuer Unterdrückung und neuen Schmerzen.
Lassen Sie mich mit der Geschichte von fünf Mönchen beginnen, die 1629 wegen ihres Glaubens verhaftet wurden. Ihre Namen sind Bartholomeu Gutierrez, Francisco de Jesus und Vicente de San Antonio vom Orden des heiligen Augustin, Bruder Antonio Ishida von unserem Orden und Pater Gabriel de Santa Magdalena vom Franziskanerorden.
Der Gouverneur von Nagasaki, Takenaka Uneme, hatte sich vorgenommen, die fünf Mönche von ihrem Glauben abzubringen, um unsere heilige Lehre und deren Anhänger lächerlich zu machen. Aber er erkannte schnell, daß Worte allein die Entschlossenheit der Prie-

ster nicht erschüttern konnten. Hierauf entschied er sich für die Anwendung einer anderen Methode – dies bedeutete die Folterung in den heißen Quellen von Unzen.
Er befahl, die fünf Priester nach Unzen zu bringen und sie so lange zu martern, bis sie von ihrem Glauben abließen, sie jedoch auf keinen Fall zu töten. Außer diesen fünf Männern sollten auch die Frau von Antonio da Silva, Beatrice da Costa, und deren Tochter Maria der Folter unterzogen werden, denn diese Frauen hatten trotz anhaltenden Drängens nicht vom Glauben gelassen.
Am 3. Dezember brach die Gruppe nach Unzen auf. Die zwei Frauen bestiegen eine Sänfte, die fünf Mönche Pferde; so nahmen sie Abschied. Im nahegelegenen Hafen Himi angekommen, schnürte man ihre Hände und Arme zusammen, steckte ihre Füße in Fesseln und brachte sie auf ein Schiff. Dort band man sie an die Breitseite des Bootes.
Abends erreichten sie den Hafen von Obama am Fuße von Unzen. Am nächsten Tag erklommen sie den Berg. Dort warf man jeden einzeln in eine Hütte. Bei Tag und bei Nacht blieben Hände und Füße in Fesseln, und Wachen waren aufgestellt. Die Straße, die zum Berg führte, war ebenfalls bewacht, und keiner durfte ohne offizielle Erlaubnis passieren.
Am nächsten Tag nahm die Folter den folgenden Verlauf: Einer nach dem anderen wurden die sieben allein an den Rand des brodelnden Teiches gebracht. Im Angesicht der Fontänen, die hoch aus dem wallenden Wasser aufspritzten, forderte man sie auf, von der christlichen Lehre abzulassen oder fürchterlicher Qualen gewärtig zu sein.
Durch die Kälte dampfte das brodelnde Wasser furchterregend, und der bloße Anblick hätte einen starken Mann in Ohnmacht fallen lassen können, doch Gott gab ihnen Kraft, und sie antworteten, daß sie gefoltert

werden wollten und niemals die Lehre, an die sie glaubten, verwerfen würden. Als die Beamten diese standhafte Antwort vernahmen, entkleideten sie die Gefangenen, schnürten Hände und Füße an Pfosten und gossen mit einem Schöpflöffel kochendes Wasser über sie. Sie machten das aber nicht in einem Zug, sondern bohrten Löcher in diese Schöpflöffel, um die Qualen der Gefolterten zu verlängern.

Ohne eine einzige Bewegung erduldeten die Gläubigen, Helden des Christentums, diese schrecklichen Leiden. Nur die junge Maria brach unter den allzu entsetzlichen Schmerzen am Boden nieder. Die Beamten, die dies sahen, riefen sofort: ›Sie hat den Glauben aufgegeben, sie hat den Glauben aufgegeben!‹ und trugen sie in die Hütte, sandten sie nach Nagasaki zurück, obwohl diese sich weigerte und darauf beharrte, daß sie glaube und wie die Mutter und die anderen gefoltert zu werden wünsche. Jedoch dies wurde ihr nicht gestattet.

Die übrigen sechs blieben dreiunddreißig Tage am Berg. Pater Antonio, Pater Francisco und Beatrice litten je sechsmal unter dem siedenden Wasser, Pater Vicente viermal und Pater Gabriel zweimal. Keiner stöhnte dabei auch nur ein einziges Mal. Pater Antonio, Francisco und Beatrice wurden länger als die anderen gefoltert. Beatrice da Costa hatte noch andere Qualen zu erdulden, bewies jedoch Tapferkeit, die selbst die der Männer übertraf. Man ließ sie, stundenlang auf Kieselsteinen stehen, überhäufte sie mit Beleidigungen und Beschimpfungen. Aber sie war unerschrocken und blieb es auch.

Die übrigen besaßen eine schwächere Konstitution, und man konnte sie nicht übermäßig strafen, da sie kränklich waren. Man wollte sie nicht umbringen, sondern zu Abtrünnigen machen. Aus diesem Grund kam ein Arzt auf den Berg, der ihre Wunden behandelte.

Schließlich erkannte Uneme, daß er diesen Kampf nie gewinnen würde. Seine Untergebenen überbrachten

ihm vielmehr die Nachricht, daß man wohl eher alle Quellen und Teiche von Unzen geleert haben würde, als daß die Gefolterten von ihrem Glauben abließen. Da entschloß sich Uneme, die Patres nach Nagasaki zurückkehren zu lassen. Am 5. Januar steckte er Beatrice da Costa in ein gewisses anrüchiges Haus, die fünf Priester warf er ins Gefängnis der Stadt. Auch jetzt sind sie noch dort.
So endete der Kampf ganz anders, als der Tyrann erwartet hatte. Unsere heilige Lehre aber wird im Volk geachtet, und der Mut der Christen ist größer geworden.«

So lautete Ferreiras Brief. Daß er unter irgendeiner Folter von seinem Glauben abgelassen und sich den Heiden unterworfen habe, vermochte man sich in Rom nicht vorzustellen.
Im Jahre 1635 scharten sich in Rom vier Priester um Pater Rubino. Diese Männer beabsichtigten, sich nach Japan zu begeben und dort die geheime Missionsarbeit fortzusetzen, um die Schmach, die Ferreiras Abfall vom Glauben bedeutete, wiedergutzumachen.
Dieser verwegene Plan fand nicht die Billigung der kirchlichen Behörde. Wenn man auch ihren Eifer und ihren Missionsgeist verstand, so mußte die vorgesetzte Behörde doch zögern, die Reise der Priester in ein höchst gefährliches heidnisches Land zu erlauben. Auf der anderen Seite stand das Argument, daß man die Gläubigen in Japan, in dem Land, in dem seit dem heiligen Franziskus Xavier die reichste Ernte der im Fernen Osten gesäten Samen der Kirche aufgegangen war, nicht im Stich lassen durfte. Außerdem erschien die Tatsache, daß ein Priester wie Ferreira in einem aus der Sicht des zeitgenössischen Europäers kleinen Land am Ende der Welt zum Wechsel seines Glaubens gebracht worden war, nicht nur als das Scheitern eines Einzelnen, sondern sie kam einer demütigenden Niederlage des

europäischen Denkens gleich. Diese Ansicht setzte sich durch, und nach langem Zögern erhielten Pater Rubino und die vier anderen Priester schließlich die Erlaubnis zur Reise.

Außer ihnen gab es in Portugal eine Gruppe von drei jungen Priestern, die, wenn auch aus anderen Gründen, den Plan gefaßt hatten, heimlich nach Japan zu gehen. Ferreira, der früher im alten Kloster von Campolido Theologie unterrichtet hatte, war ihr Lehrer gewesen. Sie konnten nicht glauben, daß ihr verehrter und geliebter Lehrer, von dem sie ein glorreiches Martyrium erwartet hatten, vor den Heiden wie ein Hund gekrochen sein sollte. Dieses Gefühl von Francisco Garpe, Juante Santa Marta und Sebastian Rodrigo wurde von der portugiesischen Geistlichkeit geteilt.

Sie wollten nach Japan gehen, um sich mit eigenen Augen ein Bild zu machen. Wie in Rom zögerte die vorgesetzte Behörde, gab aber schließlich dem Drängen der jungen Männer nach und erlaubte ihnen die gefährliche Mission nach Japan. Das war im Jahr 1637.

Die drei stürzten sich in die Vorbereitungen für die lange Fahrt. Zu dieser Zeit war es üblich, daß Missionare, die in den Fernen Osten reisten, zuerst mit einem Schiff der indischen Flotte von Lissabon aus nach Indien fuhren. Der Aufbruch der indischen Flotte war eines der aufregendsten Ereignisse des Jahres. Japan, im äußersten Winkel des Fernen Ostens, war ihnen buchstäblich als das Ende der Welt erschienen; jetzt aber nahm es vor den Augen der drei Männer lebhafte Gestalt an. Wenn man die Karte aufschlug, sah man die Umrisse Afrikas, dann Indien; wandte man den Blick weiter, tauchten die zahllosen Inseln und Länder Asiens auf. Und Japan war klein wie eine Raupe in den östlichen Winkel gezeichnet. Um dorthin zu gelangen, mußte man sich zuerst nach Goa in Indien begeben und von dort noch einmal viele Monate weite Meere überqueren. Goa war seit den Zeiten des heiligen Franziskus Xavier der Hauptstützpunkt der östlichen Missionsarbeit. In den beiden theologischen Seminaren trafen die europäischen Priester Theologiestudenten, die aus allen Gegenden des Fernen Ostens dort zu Studienzwecken zusammenkamen; dort lernten sie die Verhältnisse der einzelnen Länder kennen und warteten oft ein halbes oder ein ganzes Jahr lang auf ein Schiff, das sie in das Land bringen sollte, für das sie bestimmt waren.

Die drei Priester bemühten sich, so viel wie möglich über die Lage in Japan in Erfahrung zu bringen. Glücklicherweise hatten seit Luis Frois zahlreiche portugiesische Missionare Berichte geschickt, in denen geschildert wurde, daß der Shogun Iemitsu eine noch grausamere Unterdrückung praktizierte als sein Vater und sein Großvater. Besonders in Nagasaki schien der 1629 eingesetzte Gouverneur Takenaka Uneme die Christen auf unbarmherzige und unmenschliche Weise zu foltern, um sie zur Aufgabe oder zur Änderung ihres Glaubens zu zwingen. Es hieß, daß täglich mindestens sechzig bis siebzig Menschen seine Opfer seien. Da auch Ferreira selbst solche Nachrichten übersandt hatte, konnte daran nicht gezweifelt werden. Die drei Männer mußten jedenfalls von Anfang an darauf gefaßt sein, daß das Schicksal, das sie nach der langen und mühevollen Reise erwartete, noch härter als diese Reise sein würde.

Sebastian Rodrigo wurde 1610 in der Bergwerkstadt Tasco geboren und trat mit siebzehn Jahren ins Kloster ein. Juante Santa Marta und Francisco Garpe kamen in Lissabon zur Welt. Alle drei erhielten im Kloster Campolido ihre Ausbildung. Sie hatten die Tage gemeinsam im Seminar verbracht und lebhafte Erinnerungen an ihren alten Lehrer Ferreira, der Theologie unterrichtet hatte, ausgetauscht.

Und dieser Ferreira war nun irgendwo in Japan. Hatte sich das Gesicht Ferreiras mit den blauen, klaren, von mildem Licht erfüllten Augen unter der Folter der

Japaner gewandelt? Das fragten sie sich. Aber sie konnten sich dieses Gesicht nicht von der Folter zerstört vorstellen. Sie konnten es nicht glauben, daß Ferreira Gott verworfen, jene Sanftmut verworfen hatte. Rodrigo und seine Kameraden wollten unter allen Umständen nach Japan fahren, um Ferreiras Schicksal zu klären.

Am 25. März 1638 stach die indische Flotte mit den drei Priestern an Bord, unter den Salutschüssen der Festung Belém, von der Mündung des Tajo aus in See. Mit dem Segen des Bischofs João Dasco versehen, hatten sie die Santa Isabél, das Schiff des Kommandanten, bestiegen. Als sie aus der braunen Flußmündung auf das blaue Meer, das in der Mittagssonne lag, hinausfuhren, blickten sie, ans Verdeck gelehnt, auf die goldglänzenden Landzungen und Berge, auf die Bauernhäuser mit roten Wänden, auf die Kirche. Der Wind trug den Klang der Glocken, die von den Türmen dieser Kirchen die Flotte eskortierten, bis auf das Meer.

Ihre Reise führte sie um Afrika herum nach Indien. Am dritten Tag nach der Abreise gerieten sie an der Westküste Afrikas in einen Orkan.

Nachdem sie am 2. April die Insel Porto Santo passiert, bald danach Madeira und am 6. April die Kanarischen Inseln erreicht hatten, überfielen sie nicht endenwollender Regen und Windstille. Infolge der Meeresströmung wurden sie vom dritten Grad nördlicher Breite bis zum fünften Grad zurückgetrieben und trafen auf die Küste von Guinea. Die Windstille brachte unerträgliche Hitze mit sich. Dazu kam, daß Krankheiten ausbrachen; auf der Santa Isabél waren schon mehr als hundert Seeleute erkrankt und stöhnten auf Deck und in ihren Kojen. Zusammen mit den Matrosen eilten Rodrigo und seine Gefährten auf dem Schiff umher, pflegten die Kranken und halfen beim Aderlassen.

Am 25. Juli, dem Fest des heiligen Jakob, umsegelte das Schiff das Kap der guten Hoffnung. An diesem Tag überraschte sie der zweite heftige Sturm. Er zerriß das Hauptsegel des Schiffes, das mit lautem Krach auf das Deck herabfiel. Man trieb alle, sogar die Kranken sowie Rodrigo und seine Gefährten, zusammen, um das vordere Segel zu retten. Als dies mit knapper Not gelungen war, lief das Schiff auf ein verborgenes Riff auf. Hätten nicht die anderen Schiffe Hilfe geleistet, wäre die Santa Isabél wahrscheinlich gesunken.

Nach dem Sturm flaute der Wind wieder ab. Das Segel hing kraftlos am Mast, nur ein tiefschwarzer Schatten fiel auf die Gesichter und Körper der Kranken, die wie tot auf dem Deck lagen. Tag für Tag das gleiche, die Meeresoberfläche schimmerte drückend heiß, und keine Welle bewegte sich.

Als die Schiffsreise sich immer länger hinzog, wurden auch die Lebensmittel und das Wasser knapp. Endlich, am 9. Oktober, erreichten sie ihr Ziel: Goa.

In Goa konnten sie sich genauer als in ihrer Heimat über die Lage in Japan informieren. So erfuhren sie, daß im Januar des Jahres 1638, als sie ihre Reise begonnen hatten, in Japan ein Aufstand von 35 000 Christen in Shimabara ausgebrochen war. In dessen Verlauf seien Alte und Junge, Männer und Frauen, ohne Ausnahme, niedergemetzelt worden. Und nicht genug damit, daß dieses Gebiet durch den Krieg entvölkert und verwüstet worden war; es hieß, daß man jeden noch am Leben gebliebenen Anhänger des Christentums ohne Gnade verfolgte. Die Neuigkeit jedoch, die Rodrigo und die zwei anderen Patres am härtesten traf, war die Tatsache, daß Japan nach diesem Aufstand den Handelsverkehr mit ihrem Heimatland abgebrochen hatte. Portugiesische Schiffe waren in japanischen Häfen unerwünscht. Die Priester wußten nun, daß kein portugiesisches Schiff sie nach Japan mitnehmen konnte; sie erreichten Makao und waren verzweifelt.

Makao war der äußerste Stützpunkt Portugals im Fernen Osten und diente als Basis für den Handel mit

China und Japan. Die Patres, die mit der Hoffnung auf irgendeine glückliche Wendung in Makao an Land gegangen waren, wurden auch hier mit ernsten Warnungen vom Visitator Valignano begrüßt. Der Pater hielt ihnen vor Augen, daß für die Mission in Japan keinerlei Hoffnung mehr bestünde, und er eröffnete ihnen, daß die Missionskirche von Makao nicht daran denke, Missionare auf eine riskante Reise dorthin zu schicken. Schon vor zehn Jahren hatte dieser Priester in Makao eine Schule zur Ausbildung der Missionare, die nach Japan und China gingen, gegründet. Seit der Christenverfolgung in Japan unterstand ihm auch die Administration der japanischen Gesellschaft Jesu.
Über Ferreira, den die drei Priester nach ihrer Landung in Japan suchen wollten, wußte Pater Valignano wenig zu berichten, denn seit 1633 waren jegliche Nachrichten der Untergrundmission ausgeblieben. Er hatte von holländischen Seeleuten, die aus Nagasaki nach Makao zurückgekehrt waren, gehört, daß Ferreira verhaftet und der Grubenfolter unterzogen worden sei. Die Umstände seien unklar, und man könne ihnen auch nicht nachgehen, denn das betreffende holländische Schiff sei gerade an jenem Tag von Nagasaki abgesegelt, an dem für Ferreira die Folter begann. Das einzige, was man mit Sicherheit wußte, war, daß Ferreira vom neuernannten Magistrat Inoue, dem Fürsten von Chikugo, ins Kreuzverhör genommen wurde. Auf keinen Fall könne die Missionskirche von Makao zustimmen, in solch einer Situation nach Japan überzusetzen. Dies war Valignanos ehrliche Überzeugung.
Unter den Dokumenten im Besitz des portugiesischen Forschungsinstitutes für ausländische Gebiete befinden sich auch einige Briefe von Sebastian Rodrigo. Der erste Brief beginnt zum Zeitpunkt, als er und seine Begleiter von Valignano über die Lage in Japan informiert werden.

1

Brief des Sebastian Rodrigo

Der Friede des Herrn sei mit Ihnen. Gelobt sei Jesus Christus.

Ich habe bereits davon berichtet, wie wir am 9. Oktober des letzten Jahres Goa, und jetzt am 1. Mai Makao erreicht haben. Francisco Garpe und ich erfreuen uns bester Gesundheit, Juante Santa Marta ist jedoch sehr erschöpft und leidet an fiebrigen Malaria-Anfällen, so daß nur wir beide den herzlichen Willkommensgruß des hiesigen Missionarseminars entgegennehmen konnten. Allerdings lehnte Vater Valignano, der hier seit zehn Jahren lebt und das Seminar leitet, anfänglich unsere Entsendung nach Japan strikt ab; wir saßen in seinem Zimmer, von dem aus wir mit einem Blick den ganzen Hafen überschauten, als er uns seine Einwände zu bedenken gab:

»Wir haben es aufgeben müssen, Missionare nach Japan zu schicken. Für portugiesische Handelsschiffe ist es auf dem Meer außerordentlich gefährlich. Schon vor der Ankunft in Japan würde ein solches Schiff noch auf hoher See zahllosen Gefahren ausgesetzt sein.«

Valignanos Widerstand war durchaus berechtigt. Nicht nur, daß die japanische Regierung seit 1636 den Handel mit Portugal vollkommen untersagt hatte, da sie den Verdacht hegte, daß zwischen dem Aufstand von Shimabara und den Portugiesen ein Zusammenhang

bestanden habe – überall auf dem Meer zwischen Makao und der japanischen Küste tauchten holländische und englische Kriegsschiffe auf und griffen unsere Handelsschiffe an.
»Aber mit Gottes Hilfe könnte unsere heimliche Fahrt nach Japan erfolgreich verlaufen«, warf Juante Santa Marta ein und blinzelte mit seinen fiebrigen Augen. »Die Gläubigen haben dort keine Priester mehr, sie sind wie eine Herde Lämmer ohne Schäfer. Jemand muß hinfahren, um zu verhüten, daß die Glut ihres Glaubens erlischt.«
Auf diese Worte zog Valignano seine Stirn in Falten und schwieg. Der Zwiespalt zwischen seiner Pflicht als Vorgesetzter und seiner Sorge um das Los der erbarmenswerten verfolgten Christen in Japan muß den alten Priester bis zum heutigen Tag tief gequält haben. Den Kopf in den Händen vergraben, schwieg er.
Das Zimmer gab den Blick weit über den Hafen frei, das Meer leuchtete rot in der Abenddämmerung, und Dschunken tauchten hier und dort wie schwarze Kleckse auf.
»Wir haben aber in Japan noch eine Verpflichtung. Wir wollen die Wahrheit über unseren Lehrer Ferreira herausfinden.«
»Von Ferreira haben wir lange nichts mehr gehört. Die Berichte über ihn sind unzuverlässig. Bislang haben wir nicht einmal die Möglichkeit gehabt, deren Wahrheit zu überprüfen.«
»Lebt er?«
»Nicht einmal das wissen wir!« Valignano atmete tief, es klang wie ein Ächzen oder ein Stöhnen, und er hob sein Gesicht. »Im Jahre 1633 sind die Berichte, die er mir bis dahin regelmäßig zukommen ließ, plötzlich ausgeblieben. Ich habe keine Ahnung, ob er erkrankt ist und starb, von den Heiden gefangengehalten wird, ob er, wie ihr annehmt, als glorreicher Märtyrer ins Himmelreich eingegangen ist, oder ob er, am Leben geblieben,

uns einen Brief schicken will, aber keinen Weg dazu finden kann.«
Mit keinem Wort erwähnte Valignano das Gerücht, daß Ferreira sich unter der Folter ergeben habe. Wie wir scheute auch er sich, einen alten Gefährten so zu verdächtigen.
»Noch dazu«, murmelte Valignano wie im Selbstgespräch, »ist jetzt in Japan ein Mann in Erscheinung getreten, der für die Christen wahrhaft eine Katastrophe bedeutet. Er heißt Inoue.«
So vernahmen wir denn zum zweitenmal den Namen Inoue. Valignano sagte, sein Vorgänger Takenaka, der eine große Zahl Christen hatte hinmorden lassen, sei dagegen sanft wie ein Lamm gewesen.
Um uns den Namen jenes Mannes, dem wir unzweifelhaft nach unserer Ankunft in Japan begegnen würden, einzuprägen, wiederholten wir die ungewöhnlichen Laute immer wieder: I-NO-U-E.
Aus dem letzten Bericht japanischer Christen auf Kyushu besaß Valignano einige Kenntnis über diesen Mann. Inoue war nach der Rebellion von Shimabara zur treibenden Kraft bei der Unterdrückung des Christentums geworden, und es scheint, daß er mit der Hinterlist einer Schlange heimtückische Methoden gegen Gläubige einsetzt, die bisher Folterungen und Drohungen widerstanden haben.
»Traurig ist es«, sagte Valignano, »daß er unseren Glauben einst teilte. Er ist sogar getauft worden.«
Über diesen Peiniger werde ich möglicherweise später mehr berichten können, aber nun will ich berichten, daß Valignanos Bedenken als Vorgesetzter schließlich unserer Begeisterung – besonders der Garpes – unterlagen und er uns die Erlaubnis erteilte, heimlich nach Japan überzusetzen.
Endlich waren die Würfel gefallen! Für die Bekehrung Japans und zum Ruhme Gottes haben wir uns bis in den Fernen Osten durchgeschlagen. Und die Anstrengun-

gen und Gefahren, die uns am Ziel der Reise erwarten, übertreffen wahrscheinlich um ein Vielfaches jene der Schiffsreise um Afrika und über den Indischen Ozean. Aber: »Verfolgt man euch in einer Stadt, so flieht in eine andere.« Und in meinem Herzen tönen die Worte der Apokalypse, daß Ehre, Ruhm und Kraft Gott allein zustehen.
Wie schon früher erwähnt, liegt Makao an der Mündung des Flusses Chukiang. Die Stadt, der wie allen Städten des Fernen Ostens eine Stadtmauer fehlt, wurde auf eine der vielen Inseln vor der Bucht gebaut. Die chinesischen Häuser liegen weit verstreut wie Staub. Ganz egal, wie viele Dörfer und Städte unseres Landes Sie sich vorstellen, Sie können sich kein Bild davon machen. Die Bevölkerung soll sich auf etwa 20000 Menschen belaufen, aber diese Zahl ist sicherlich falsch. An die Heimat erinnern nur die Residenz des Gouverneurs sowie das Handelshaus im portugiesischen Stil und die steingepflasterten Wege. Die Kanonen der Festung sind gegen die Bucht gerichtet, aber glücklicherweise wurden sie bisher noch nie benützt.
Der Großteil der Chinesen ist an unserer Lehre nicht interessiert. Es muß so sein, wie der heilige Franziskus Xavier behauptet hat: daß Japan unter den Ländern des Fernen Ostens die besten Voraussetzungen für die christliche Religion besitzt. Da ironischerweise die japanische Regierung den eigenen Schiffen die Fahrt ins Ausland untersagt hat, fiel den portugiesischen Kaufleuten in Makao das Monopol für den Seidenhandel im Fernen Osten zu, und dadurch dürfte der Erlös in diesem Jahr auf 400 Seraphim gestiegen sein, nach 100 Seraphim in den letzten beiden Jahren.

Heute kann ich Ihnen Erfreuliches mitteilen. Gestern haben wir endlich einen Japaner getroffen. Früher sollen ziemlich viele japanische Handelsleute und Mönche Makao aufgesucht haben, aber seit der Isolierung

des Landes haben diese Besuche aufgehört, und die wenigen, die noch hier waren, sind mittlerweile in ihre Heimat zurückgekehrt. Auch Valignano antwortete uns auf unsere Fragen, daß sich in dieser Stadt kein Japaner mehr aufhalte. Jedoch ganz zufällig erfuhren wir, daß doch ein Japaner unter den Chinesen lebt. Lassen Sie mich berichten, wie wir es schafften, ihn zu treffen.
Gestern regnete es, als wir uns in das chinesische Viertel begaben, um nach einem Schiff für die heimliche Überfahrt nach Japan zu suchen. Wir suchten einen Kapitän und Seeleute. Makao im Regen – da sieht diese erbärmliche Stadt noch armseliger aus. Meer und Häuser sind in nasses Grau getaucht, die Chinesen verkriechen sich in ihre Wohnungen, die nicht anders aussehen als Hundehütten, und in den schlammigen Straßen ist keine Menschenseele zu erblicken. Ich weiß nicht warum, aber wenn ich solche Straßen sehe, denke ich an das Rätsel des menschlichen Daseins und werde traurig.
Wir besuchten das Haus eines Chinesen, den man uns empfohlen hatte. Als wir zum Geschäftlichen kamen, sagte er plötzlich, daß er einen Japaner kenne, der aus Makao in die Heimat zurückkehren wolle. Auf unsere Bitte hin holte sein Junge diesen Japaner.
Was soll ich Ihnen über den ersten Japaner, den ich in meinem Leben gesehen habe, sagen? Ein Betrunkener taumelte in den Raum. Er war etwa achtundzwanzig Jahre alt, er war in Lumpen gehüllt. Sein Name war Kichijiro. Nach seinen Antworten, die er schließlich auf unsere Fragen hervorbrachte, ist er ein Fischer aus dem Distrikt von Hizen nahe bei Nagasaki, und es war noch vor dem Aufstand von Shimabara, daß ihn ein portugiesisches Schiff aus Seenot rettete. Er war ein Mann, der auch in betrunkenem Zustand verschlagen aussah. Als er sprach, rollte er mit den Augen.
»Sie sind ein Christ?« Die Frage kam von Garpe.
Aber dieser Bursche war plötzlich stumm. Wir begrif-

fen nicht ganz, warum diese Frage ihn so verstörte. Anfangs schien er nicht allzu sehr mit der Sprache herauszuwollen, aber als er dann von uns gedrängt wurde, begann er nach und nach zu erzählen, was er über die Christenverfolgung auf Kyushu wußte.
Dieser Mann scheint Zeuge einer Wasserkreuzigung gewesen zu sein, zu der im Dorf Kurasaki in Hizen vierundzwanzig Christen vom Fürsten verurteilt worden waren. Die Gläubigen werden an Holzpfosten gefesselt, die man am Meeresufer aufstellt. Nicht lange, und die Flut strömt heran. Das Wasser überflutet die Menschen bis zum Hals. Allmählich ermatten die Verurteilten. Aber es dauert bis zu einer Woche, bis sie in schrecklicher Agonie sterben. Ordnete Nero in Rom so grausame Hinrichtungen an?
Mitten im Erzählen benahm sich Kichijiro plötzlich merkwürdig. Er beschrieb flüsternd dieses entsetzliche Spektakel, als er unvermittelt verstummte. Sein Gesicht verzerrte sich. Er schug mit den Händen um sich, als ob er so jene furchtbare Erinnerung aus seinem Gedächtnis vertreiben wollte. Es könnte sein, daß sich unter den Christen, die bei dieser Wasserkreuzigung gestorben waren, Freunde oder Verwandte von ihm befanden. Vielleicht hatten wir den Finger in eine Wunde gelegt, die wir besser nicht berührt hätten.
»Sie sind also Christ, nicht wahr?« sagte Garpe, als ob er sich dessen ganz sicher wäre. »So ist es doch?«
»Nein, das stimmt nicht!« Kichijiro schüttelte seinen Kopf. »Das bin ich nicht!«
»Aber Sie wollen nach Japan zurückkehren. Wir besitzen genügend Geld, um ein Schiff kaufen zu können, einen Kapitän und Seeleute anzuheuern. Wenn Sie in Ihr Land zurückkehren wollen . . .«
Bei diesen Worten glomm in den vom Alkohol gelblich getrübten Augen des Japaners ein verschlagenes Funkeln auf, und, seine Knie in eine Ecke des Raumes gepreßt, wisperte er, als ob er sich vor uns rechtfertigen

müßte, daß er nur deshalb heimkehren wolle, um seine geliebten Verwandten wiederzusehen.
So begann unser Handel mit diesem ängstlichen Burschen. Eine Fliege zog in dem schmutzigen Raum summend immer wieder denselben Kreis. Die Weinflasche, aus der Kichijiro getrunken hatte, lag am Boden. Es war gut, diesen Burschen zu haben. In Japan würden wir uns nicht auskennen. Wir sind auf Kontakte mit den einheimischen Christen angewiesen, die uns Unterschlupf gewähren und in vielerlei Beziehung zur Seite stehen müssen. Um uns die Bekanntschaft solcher Leute zu vermitteln, brauchten wir am Anfang diesen Mann. Lange Zeit starrte Kichijiro, seine Arme um die Knie gelegt, an die Wand und sann über unser Angebot nach. Schließlich stimmte er zu. Zweifellos läßt er sich in ein Wagnis ein. Aber er fühlte wohl, daß er wahrscheinlich nie mehr zurückkehren könne, wenn er diese Gelegenheit versäumte.
Dank Pater Valignano haben wir eine große Dschunke aufgetrieben. Wie zerbrechlich jedoch sind die Pläne der Menschen! Heute benachrichtigte man uns, daß Termiten das Schiff angefallen hätten. Eisen und Pech sind hier kaum aufzutreiben.

Dieser Brief, dem ich täglich einige Zeilen hinzufüge, gleicht einem undatierten Tagebuch. Bitte haben Sie beim Lesen Geduld. Vor einer Woche erwähnte ich, daß die Dschunke, die wir uns beschafft haben, von Termiten befallen wurde. Zum Glück hat man mit Gottes Hilfe eine Methode gefunden, diesen Schaden zu reparieren. Man will das Loch von innen mit einer Planke zunageln und so bis Taiwan schiffen. Wenn das Provisorium hält, werden wir versuchen, damit nach Japan zu fahren. Der Herr möge uns bewahren, daß uns im ostindischen Meer ein Sturm begegnet!
Heute habe ich eine traurige Nachricht. Wie Sie wissen, hat die lange und beschwerliche Seereise Santa Marta

sehr geschwächt. Er ist an Malaria erkrankt. Nun hat ihn wieder hohes Fieber befallen, so daß er in einem Zimmer der Missionarsschule das Bett hüten muß. Ich glaube, Sie können sich nicht vorstellen, wie abgemagert und geschwächt dieser früher so kräftige Mensch jetzt ist. Seine Augen sind gerötet und trüb; legt man auf seine Stirn ein feuchtes Tuch, so wird es heiß, als ob man es in siedendes Wasser getaucht hätte. Unter diesen Umständen ist es unmöglich, daß er mit uns gemeinsam nach Japan reist. Valignano sagte, daß er unsere Fahrt nur gestatte, wenn wir Santa Marta hier unter ärztlicher Betreuung zurückließen.

»Wir fahren voraus«, versuchte Garpe unseren Gefährten zu trösten, »und bereiten alles vor, du kommst nach, wenn es dir besser geht.«

Aber wer kann voraussagen, ob er tatsächlich genesen wird und ob nicht wir dann schon, wie so viele andere Gläubige, Gefangene der Heiden geworden sind?

Marta, auf dessen Kinn und eingefallenen Wangen sich dunkler Bart ausbreitet, starrte schweigend zum Fenster. Woran dachte er? Da Sie ihn schon lange kennen, wissen Sie, was ihm durch den Kopf ging. Er dachte an den Tag, an dem wir uns, gesegnet von Ihnen und Bischof Dasco, an der Mündung des Tajo einschifften. An die lange beschwerliche Reise. An das Schiff, das Durst und Krankheit heimsuchten. Und wozu wir dies alles erduldet haben. Warum wir uns in diese öde Stadt im Fernen Osten begeben haben.

Wir Priester sind doch nur in diese Welt geboren, um den Menschen zu dienen, und es gibt keine einsameren und bedauernswerteren Menschen als Priester, die diesem Dienst am Menschen nicht gewachsen sind. Marta hegte eine tiefe Verehrung für den heiligen Franziskus Xavier, als wir uns in Goa aufhielten. Er pilgerte jeden Tag zum Schrein des indischen Heiligen, um dessen Segen für eine sichere Ankunft in Japan zu erflehen. Jeden Tag beten wir, daß er möglichst bald genesen

möge, jedoch der Zustand des Kranken bessert sich kaum. Allein, wenn wir es auch nicht zu durchschauen vermögen, Gott gewährt jedem Menschen das für ihn beste Los. In zwei Wochen werden wir abreisen; es ist nicht ausgeschlossen, daß unser Gebieter in seiner Allmacht durch ein Wunder alles zu einem guten Ende führt.
Die Reparatur des erstandenen Schiffes schreitet schnell voran. Man hat neue Bretter eingefügt, so daß die Nagespuren der Termiten nicht mehr zu sehen sind. Mit Hilfe Pater Valignanos haben wir fünfundzwanzig Matrosen aufgetrieben, die uns bis an die Küste Japans bringen werden. Diese chinesischen Seeleute sind mager wie Kranke, die einige Monate keine Mahlzeit zu sich genommen haben, aber die Kraft in ihren drahtigen Händen ist erstaunlich. Gelassen tragen sie mit den dünnen Armen, die mich an den eisernen Stiel einer Ofenschaufel erinnern, die schwersten Lebensmittelkisten. Nun warten wir auf einen günstigen Wind.
Auch unser Japaner Kichijiro hilft beim Aufladen der Schiffsfracht und beim Ausbessern der Segel. Wir versäumen es nicht, den Charakter dieses Japaners, der vielleicht unser künftiges Schicksal in seiner Hand hat, zu studieren. Bis jetzt wirkt er auf uns ziemlich verschlagen, aber ich vermute, daß seine Falschheit auf seinen schwachen Charakter zurückzuführen ist. Neulich wurden wir Zeugen der folgenden Szene: Er erweckte den Anschein, fleißig zu arbeiten. Ist der Aufseher nicht da, läßt sein Arbeitseifer schnell nach. Anfangs schwiegen die Matrosen dazu, aber allmählich begannen sie Kichijiro zu beschimpfen. Das allein wäre sicherlich nichts Ungewöhnliches; verblüfft waren wir jedoch, als Kichijiro, nachdem ihn drei Seeleute niedergeschlagen und getreten haben, kreidebleich wurde und, auf den Knien im Sand liegend, demütig um Vergebung bat. Wie weit war doch die Haltung dieses Hasenfußes von der christlichen Tugend des Duldens

entfernt! Er erhob sein Gesicht, das im Sand vergraben gewesen war, und rief etwas auf japanisch. Wangen und Nase waren voller Sand, aus dem Mund rann schmutziger Speichel. Ich weiß nicht warum, aber ich ahnte, weshalb Kichijiro plötzlich geschwiegen hatte, als er über die japanischen Christen berichtete. Vielleicht hatte ihn der Inhalt seiner eigenen Erzählung in Angst versetzt. Wie dem auch sei, wir schritten ein und beendeten den ungleichen Streit. Seither begegnet uns Kichijiro immer mit einem unterwürfigen Lächeln.
»Bist du denn wirklich ein Japaner?«
Wie nicht anders zu erwarten, war es Garpe, der ihn verdrießlich fragte, worauf Kichijiro bestürzt versicherte, ein Japaner zu sein. Garpe hatte die unbeugsame Haltung der Japaner vor Augen, die viele Missionare als ein Volk, »das selbst den Tod nicht fürchtet«, beschrieben hatten. Aber neben solchen Japanern, deren Standhaftigkeit auch dann nicht zerbricht, wenn sie fünf Tage lang gefoltert werden, gibt es eben auch Schwächlinge wie Kichijiro. Und gerade so einem Mann müssen wir nach der Ankunft in Japan unser Schicksal anvertrauen! Er hat uns zwar versprochen, daß er uns mit Gläubigen, die uns aufnehmen können, in Verbindung bringen würde, aber sowie er sich jetzt verhält, wissen wir nicht, ob wir ihm trauen können.
Aber bitte schließen Sie nicht aus diesen Zeilen, daß unsere Energie und unser Mut nachgelassen haben. Es scheint mir nur zum Lachen, wenn ich daran denke, daß ich meine eigene Zukunft einem Mann wie Kichijiro anvertraue. Wenn ich es jedoch bedenke, hat auch unser Gebieter sein Los in die Hände unglaubwürdiger Menschen gelegt. Wie dem auch sei, in unserer Situation bleibt uns gar nichts anderes übrig, als Kichijiro zu vertrauen. So tun wir es auch. Nur eins beunruhigt mich sehr. Er trinkt übermäßig. Nach der Arbeit setzt er seinen ganzen Lohn in Sake um. Sein Verhalten ist dann unsagbar. Ich kann es mir nicht anders erklären,

als daß er sich betrinkt, um irgendeine Erinnerung, die ihn nicht in Ruhe läßt, zu vergessen.

In Makao hört man nachts das traurige lange Echo der Trompete, die Soldaten auf der Festung blasen. Wie in der Heimat ist es auch hier üblich, daß nach beendeter Mahlzeit und dem Segen in der Kapelle Priester und Mönche sich mit Kerzen in ihre Zellen zurückziehen. Jetzt sind die Bediensteten über das steinerne Pflaster im Innenhof gegangen. Auch im Zimmer von Garpe und Santa Marta ist das Licht verlöscht. Hier ist wirklich das Ende der Welt.

Die Hände auf die Knie gelegt, sitze ich ruhig im Schein der Kerze. Bewegungslos in dieser Stille lasse ich mich ganz erfüllen von der Empfindung, daß ich jetzt in diesem fernen Land bin, das Sie nicht kennen und in Ihrem ganzen Leben nicht besuchen werden. Es ist ein schmerzliches Gefühl. Einen Augenblick erschien vor meinem inneren Auge die lange entsetzliche Seereise, so daß meine Brust schmerzerfüllt ist. Auch daß ich in dieser fremden orientalischen Stadt bin, ist wie ein Traum, nein, nicht wie ein Traum, denke ich und möchte rufen: Es ist ein Wunder! Bin ich denn wirklich in Makao? So unvorstellbar scheint mir dies, daß ich noch immer nicht glauben kann, es sei wahr.

Auf der Wand kriecht eine große Küchenschabe. Das trockene Geräusch zerbricht die Stille der Nacht.

»Geht hin in die Welt und verkündigt das Evangelium allen Geschöpfen. Wer glaubt und sich taufen läßt, wird gerettet werden; wer aber nicht glaubt, wird verdammt werden.« So sprach Christus nach der Auferstehung zu den Aposteln. Diese Worte rufen auch jetzt Sein Antlitz in mein Gedächtnis. Wie sah das Antlitz Christi aus? Darüber schweigt die Bibel. Wie Sie natürlich wissen, haben sich die frühen Christen den Herrn als Schäfer vorgestellt, mit kurzem Mantel und Gewand, in der Hand die Beine eines Lamms, das Er auf den Schultern trägt, in der anderen Hand einen Stock, ein Ebenbild junger Burschen, wie wir sie in unserem Land immer noch finden können. Dies war das schlichte Antlitz Christi, das die Gläubigen am Anfang hegten. In der oströmischen Kirche formte man ein Christusgesicht mit langer Nase, gelocktem Haar und schwarzem Bart. Man schuf einen orientalischen Christus. Mittelalterliche Künstler schließlich verliehen Seinem Antlitz die Würde eines Königs. Aber heute nacht ersteht Sein Antlitz so, wie ich es zum erstenmal in Burgo San Sepulcro erblickte und wie ich es seither in meinem Herzen aufbewahre. Einen Fuß auf das Grabmal gestützt, in der rechten Hand das Kreuz, wendet Christus sein Antlitz dem Betrachter zu, das ermutigende männliche und krafterfüllte Antlitz, das den Jüngern dreimal befahl: »Hütet meine Lämmer! Hütet meine Lämmer! Hütet meine Lämmer!« Ich liebe dieses Antlitz. So wie das Gesicht der Geliebten einen Mann bezaubert, so bezaubert mich das Antlitz Christi.

In fünf Tagen reisen wir ab. Da wir außer unseren Herzen keinerlei Gepäck nach Japan mitnehmen, haben wir nur uns selbst vorzubereiten. Über Santa Marta mag ich Ihnen gar nichts mehr berichten. Gott hat unserem Gefährten die Freude der Genesung nicht zuteil werden lassen. Aber was Gott tut, ist wohlgetan. Ich bin sicher, daß der Gebieter im geheimen eine Aufgabe für Santa Marta vorbereitet hat.

2

Brief des Sebastian Rodrigo

Der Friede des Herrn sei mit Ihnen. Gelobt sei Jesus Christus.
Wie kann ich auf diesem schmalen Papier alle Erlebnisse schildern, die uns in den letzten zwei Monaten widerfahren sind! In unserer gegenwärtigen Lage weiß ich auch nicht einmal, ob dieser Brief in Ihre Hände gelangen wird. Dennoch habe ich das Gefühl, daß es meine Pflicht ist, einen Brief zu hinterlassen.
Nach der Abfahrt von Makao war unser Schiff acht Tage lang von günstigem Wind gesegnet. Der Himmel leuchtete blau und heiter, die Segel blähten sich in einer leichten Brise, und die ganze Zeit sahen wir Schwärme silbern glänzender Flugfische zwischen den Wellen springen. Garpe und ich dankten dem Herrn jeden Morgen bei der Messe, die wir an Bord hielten für die sichere Seereise. Doch bald gerieten wir in den ersten Sturm. Es war am 6. Mai. Zunächst kam vom Südosten her ein starker Wind auf. Die in der Seefahrt bewanderten Matrosen holten das Segel ein und ließen nur am Vordermast ein kleines Segel steigen. Jedoch am Bug des Schiffes, das so allein Wind und Wellen überlassen war, entstand gegen Mitternacht ein Riß, und die Fluten strömten herein. Wir verstopften diesen notdürftig mit Fetzen, und fast die ganze Nacht mußten wir ohne Unterlaß Wasser aus dem Schiff schöpfen.

Als es tagte, legte sich der Sturm. Sowohl die Matrosen wie auch Garpe und ich waren mit unserer Kraft am Ende.
Wir warfen uns einfach zwischen die Gepäckstücke und starrten hinauf zu den tiefschwarzen regenschweren Wolken, die gegen Osten trieben. In dieser Stunde gedachte ich des heiligen Franziskus Xavier, der vor achtzig Jahren unter noch größeren Schwierigkeiten Japan zu erreichen versucht hatte. Zweifellos hat auch er nach solch stürmischen Nächten bei Tagesanbruch zum milchweißen Himmel hinaufgeblickt. Und nicht nur er! Wie viele Missionare und Theologiestudenten haben in den folgenden Jahrzehnten Afrika umschifft und von Indien aus dieses Meer überquert, um in Japan zu missionieren. Bischof Cerqueira ebenso wie Barinia, Organtino, Gomez, Lopez, Gregorio . . ., man könnte noch viele nennen. Unter ihnen befanden sich auch zahlreiche, die, wie Gil de la Matta, Japan vor Augen, mit ihrem Schiff untergingen. Jetzt begreife ich, was ihre Begeisterung anfachte und ihnen die Kraft gab, all diese Leiden zu ertragen. Auch diese Menschen haben auf den milchweißen Himmel und die nach Osten treibenden schwarzen Wolken gestarrt. Heute verstehe ich, was sie damals dachten.
Aus der Schiffsfracht war Kichijiros Stimme zu hören. Während des Sturmes hatte er, anstatt den Matrosen zu helfen, leichenblaß zwischen den Gepäckstücken gezittert und seine Umgebung mit Erbrochenem bedeckt. Nun murmelte er auf japanisch vor sich hin.
Anfangs bedachten wir ihn wie die Seeleute mit verachtungsvollen Blicken. Die japanischen Worte, die er murmelte, drangen kaum in die todmüden Ohren. Ich hörte die Worte »Graça« und »Santa Maria«. Dieser Mann stammelte, während er wie ein Schwein sein Gesicht im Erbrochenen wälzte, zweimal das Wort »Santa Maria«.
Garpe und ich schauten uns an. Ist es denkbar, daß

dieser Mensch, der auf der Schiffsreise weit davon entfernt war, sich als nützlich zu erweisen, unserem Glauben anhing? Nein, das kann und darf nicht sein! Nie und nimmer ist es möglich, daß der Glaube einen Menschen zu solch einem Feigling werden läßt.
Kichijiro erhob sein Gesicht, das vom Erbrochenem beschmutzt war, und schaute uns von unten her verlegen an. Auf die Frage, die wir jetzt an ihn richteten, verzog er sein Gesicht zu einem unterwürfigen Grinsen und tat, als ob er nichts verstanden hätte. Es ist eine unangenehme Gewohnheit dieses Menschen, gegen jedermann sein kriecherisches Lächeln aufzusetzen; mich und auch Garpe beleidigt es nur.
»Ich habe dir eine Frage gestellt!« Garpe erhob seine Stimme: »Sage uns jetzt klar und deutlich: Bist du ein Christ oder bist du kein Christ?«
Kichijiro schüttelte heftig den Kopf.
Die chinesischen Matrosen beobachteten uns zwischen den Gepäcksstücken heraus mit Blicken, in denen sich Neugier mit Verachtung mischte. Angenommen, Kichijiro ist ein Christ, warum verbirgt er dies dann vor uns Priestern? Ich kann es mir nur so erklären, daß dieser Feigling befürchtet, wir würden ihn in Japan den Behörden übergeben. Wenn er jedoch nicht an Gott glaubt, warum stammelte er dann in Todesangst die Worte »Graça« und »Santa Maria«? Dieser Mann interessiert mich jedenfalls, und nach und nach werde ich sein Geheimnis erfahren.
Bis zu diesem Tag war nicht eine Spur von Land oder einer Insel zu entdecken. Der graue Himmel erstreckte sich endlos, nur manchmal erreichten kraftlose Sonnenstrahlen das Schiff. Von Traurigkeit niedergedrückt, starrten wir auf das eiskalte Meer, das seine weißen Wellenzähne fletschte. Aber Gott hat uns nicht im Stich gelassen.
Plötzlich schrie ein Matrose auf, der wie tot auf dem Boden des Schiffes gelegen hatte. Er wies mit dem

Finger auf einen kleinen Vogel. Dieser kleine Vogel überquerte wie ein schwarzer Punkt das Meer und setzte sich auf die Segelstange, deren Tuch im Sturm der letzten Nacht zerrissen war. Schon trieben im Meer unzählige Zweige. All das ließ uns hoffen, daß Land in Sicht war. Aber unsere Freude verwandelte sich in Sorge. Denn wenn dieses Land Japan war, mußten wir vermeiden, auch nur vom kleinsten Schiff entdeckt zu werden. Unverzüglich würden die Fischer zur Behörde laufen, um zu melden, daß sich eine Dschunke mit Ausländern an Bord nähere.

Bis die Dunkelheit hereinbrach, versteckten Garpe und ich uns wie zwei Hunde eng aneinandergedrückt zwischen der Fracht. Die Matrosen zogen nur das kleine Segel am Vordermast auf und bemühten sich, Punkte, die Land glichen, soweit wie möglich zu umfahren.

Mitternacht kam. Das Schiff fuhr geräuschlos. Glücklicherweise verhinderte die mondlose Nacht mit dem tiefschwarzen Himmel, daß uns jemand entdeckte. Stück für Stück rückte das Land heran. Als sich an beide Seiten des Schiffes steile Berge drängten, erkannten wir, daß wir einen Hafen erreicht hatten. Am Strand war eine Ansammlung niedriger Häuser zu erkennen. Bei einer Sandbank verließ als erster Kichijiro das Schiff, dann tauchten Garpe und ich in das eiskalte Wasser. Alle drei hatten wir offen gesagt keine Ahnung, ob wir hier nun in Japan waren oder auf einer Insel, die zu einem anderen Land gehörte.

Kichijiro schlich davon, um die Lage zu erkunden, wir duckten uns in eine Einsenkung des Sandstrandes. Wir hielten den Atem an und umklammerten unsere durchnäßten Gewänder. Direkt vor uns ging eine alte Frau vorbei. Den Kopf hatte sie mit einem Tuch bedeckt, auf den Schultern trug sie einen Korb. Sie bemerkte uns nicht. Als das Geräusch ihrer Schritte sich in der Ferne verlor, überfiel uns wieder die Stille.

»Er kommt nicht zurück. Er kommt nicht zurück«,

sagte Garpe tränenerstickt. »Dieser Feigling hat uns im Stich gelassen.«

Aber das schien mir nicht das schlimmste Los zu sein. Er ist nicht geflohen. Er ist wie Judas gegangen, uns anzuzeigen. Bald würden die Beamten, von ihm hergeführt, erscheinen.

»Also kamen dorthin eine Abteilung Soldaten mit Fakkeln und Waffen...«, zitierte Garpe die Bibel.

Ja, in dieser Stunde sollten wir an den Gebieter denken, der in jener Nacht am Ölberg sein Los in die Hände der Menschen gab. Die Zeit verging so langsam, daß es mir die Luft abschnürte. Ich glaubte, es nicht mehr ertragen zu können. Ich hatte Angst. Schweiß rann mir von der Stirn in die Augen. In meinen Ohren hallten Fußtritte. Näher und näher kamen sie, die Flammen ihrer Fackeln loderten unheimlich in der Dunkelheit.

Jemand streckte eine Fackel vor, und im dunkelroten Licht dieses Feuers tauchte undeutlich das Gesicht eines kleinen alten Mannes auf, um den herum fünf, sechs junge Männer standen, die ängstlich auf uns herunterschauten.

»Padre, Padre!« flüsterte der alte Mann mit einer Stimme voll Mitleid und Sanftheit. Nicht einmal im Traum hatte ich erwartet, in diesem Augenblick die teuren portugiesischen Worte »Padre« zu vernehmen. Natürlich hieß das nicht, daß der alte Mann Portugiesisch konnte. Aber er schlug vor unseren Augen ein Kreuz, das verbindende Symbol. Die Leute waren japanische Christen.

Als ich mich schnell aus dem Sand erhob, wurde mir mit überwältigender Kraft klar, daß ich japanischen Boden unter den Füßen hatte.

Kichijiro verkroch sich hinter den anderen, jenes unterwürfige Lächeln im Gesicht. Er benahm sich wie eine Maus, die sich bei der geringsten Gefahr davonmacht. Vor Scham biß ich mir auf die Lippen. Der Gebieter hat den Menschen getraut. Denn er liebte die Menschen.

Und ich hatte an diesem Menschen Kichijiro Zweifel gehegt.
»Schnell, gehen wir!« drängte der alte Mann leise. »Denn die Gentios dürfen uns nicht sehen.«
Dieser Mann kannte sogar »Gentio«, das portugiesische Wort für Heide! Sicher haben unsere Vorgänger, die seit dem heiligen Franziskus Xavier in dieses Gebiet kamen, diese Worte gelehrt. Wie schwierig mag es gewesen sein, in dieses unfruchtbare Land die Hacke zu setzen, es zu düngen und zu bebauen, bis aus den gesäten Samen solche Keime wuchsen! Und ich stellte mir vor, daß es nun meine und Garpes große Sendung sein werde, diese jungen Pflanzen aufzuziehen.
Diese Nacht versteckte man uns unter den niedrigen Dächern ihrer Häuser. Nebenan war ein Kuhstall, und sein Gestank wurde herübergetragen. Sie versicherten uns, daß es keine Gefahr gäbe.
Wie kam es aber, daß Kichijiro so schnell Christen aufgespürt hatte?
Am nächsten Tag, als es noch dunkel war, zogen Garpe und ich Bauernkittel an. Und gemeinsam mit zwei jungen Männern, die wir am Vorabend kennengelernt hatten, erstiegen wir einen Berg, der hinter dem Dorf lag. Die Christen wollten uns dort verstecken; dort gab es einen sicheren Ort, eine Köhlerhütte.
Dichter Nebel verhüllte die Wälder und den Weg vor uns. Bald wandelte sich der Nebel in feinen Regen.
Nachdem wir die Hütte erreicht hatten, vernahmen wir zum erstenmal, an welchem Ort wir gestern nacht eigentlich angekommen waren. Das Fischerdorf heißt Tomogi und liegt etwa sechzehn Seemeilen von Nagasaki entfernt. Es umfaßt mehr als zweihundert Häuser. Früher hatten fast alle Bewohner des Dorfes die Taufe empfangen.
»Und jetzt?«
»Ja, Padre...« Der junge Mann namens Mokichi, der uns heraufbegleitet hatte, wandte sich zu seinem

Freund. »Jetzt können wir nichts machen. Wenn jemand merkt, daß wir Christen sind, werden wir alle umgebracht.«

Wir nahmen kleine Kreuze von unserem Hals und überreichten sie ihnen. Ihre Freude war unbeschreiblich. Sie senkten voll Ehrfurcht ihre Köpfe zu Boden und verharrten lange in Andacht, die Kreuze an die Stirn gepreßt. Offenbar war schon viel Zeit vergangen, seit sie zum letztenmal ein solches Kreuz in den Händen gehabt hatten.

»Ist es möglich, daß ein Priester in unserer Mitte weilen wird?«

Mokichi hielt meine Hand fest. »Und was ist mit einem Mönch?«

Seit sechs Jahren hatten diese Leute weder Laienbruder noch Priester zu Gesicht bekommen. Bis zu diesem Zeitpunkt hielten ein japanischer Priester namens Miguel Matsuda und der Jesuit Mattheo de Couros eine geheime Verbindung zwischen den Nachbardörfern aufrecht. Dann, im Oktober 1633, erlagen beide den Strapazen.

»Wie habt ihr es denn mit der Taufe und den anderen Sakramenten gehalten in diesen sechs Jahren?« forschte Garpe.

Nichts hat mich jemals so bewegt wie der Bericht, den Mokichi uns nun gab. Ich bitte Sie, unter allen Umständen diese Fakten unseren Vorgesetzten zu übermitteln. Aber nicht nur unseren Vorgesetzten; ich ersuche Sie, unbedingt die gesamte römische Kirche davon in Kenntnis zu setzen.

»Jener Samen fiel auf guten Grund, ging auf, wuchs und brachte Frucht und trug, dreißig-, sechzig-, ja hundertfach.« Unwillkürlich drängen sich mir hier diese Worte aus dem Evangelium auf, denn ohne Unterstützung eines Priesters oder Laienbruders organisierten sie trotz der Bespitzelung durch die Beamten eine geheime religiöse Vereinigung. Der Aufbau dieser Vereinigung sieht

nun in Tomogi folgendermaßen aus: Aus der Menge der Gläubigen wird ein alter Mann ausgewählt, der die Vertretung des Priesters übernimmt. Aber ich möchte Ihnen genau das wiedergeben, was mir Mokichi über die Situation in Tomogi erzählte.
Der alte Mann, der uns gestern am Strand begegnete, wird Jiisama genannt und steht an der Spitze der Gemeinde. Da er ein untadelhaftes Leben führt, spendet er die Taufe, wenn im Dorf ein Kind zur Welt kommt. Dem Jiisama unterstehen Leute, die mit Tossama angeredet werden. Ihnen obliegt es, die Gläubigen in der heiligen Lehre und den Gebeten zu unterweisen. Sie und die übrigen Dorfbewohner, die sich als Mideshi bezeichnen, halten auf diese Weise, so gut sie es vermögen, das Licht des Glaubens am Leben.
»Dann gibt es sicher nicht nur in Tomogi«, fragte ich ermutigt, »sondern auch in anderen Dörfern der Umgebung ähnliche Organisationen?«
Diesmal verneinte Mokichi. Da in diesem Land, in dem die Blutsverwandtschaft eine überragende Rolle spielt, die Bewohner einer Ortschaft sich wie eine Familie fühlen, hegen sie anderen Ortschaften gegenüber bisweilen sogar Feindschaft.
»Wissen Sie, Padre, ich kann nur für die Leute meines Dorfes sprechen. Zu viel Kontakt zu einem anderen Dorf könnte zu Verrat beim Magistrat führen.«
Dennoch bat ich Mokichi und seinen Freund, auch in den anderen Dörfern nach Christen zu forschen. So schnell wie nur irgend möglich sollen sie erfahren, daß wiederum Priester im Zeichen des Kreuzes in diese verödete und einsame Gegend zurückgekehrt sind.
Vom nächsten Morgen an vollzog sich unser Tagesablauf etwa so: Wir lesen die Messe in tiefer Nacht wie zur Zeit der Katakomben. Wenn der Morgen graut, steigen wir wieder in die Berge, warten auf die Gläubigen, die uns vielleicht besuchen wollen. Jeden Tag kommen zwei, die uns Essen bringen. Nachdem wir

ihnen die Beichte abgenommen haben, lehren wir sie das Gebet. Wir vermeiden das kleinste Geräusch, um keinerlei Aufmerksamkeit zu erregen. Natürlich dürfen wir auch kein Feuer anzünden, da es Rauch erzeugen würde. Für den schlimmsten Fall haben Mokichi und sein Freund unter dem Boden der Hütte ein Loch ausgehoben.

Es scheint mir nicht unmöglich, daß in den Dörfern und auf den Inseln westlich von Tomogi noch Christen leben. Aber unter den gegenwärtigen Umständen wagen wir es nicht einmal, bei Tageslicht unsere Hütte zu verlassen. Doch ich muß einen Weg finden zu diesen einsamen und vergessenen Gläubigen.

3

Brief des Sebastian Rodrigo

Man hat uns gesagt, daß in diesem Land im Juni die Regenzeit anfängt. Das heißt, daß dann über einen Monat ununterbrochen Regen fällt. Ich werde diese Zeit nutzen, um zu reisen und nach verborgenen Christen zu suchen. Jeder Tag, an dem die Gläubigen früher erfahren, daß sie nicht völlig verlassen sind, zählt.

Nie war mir bewußt, wie sinnvoll die Arbeit eines Priesters sein kann. Ein Schiff im stürmischen Meer, das ohne Landkarte dahintreibt! So fühlen sich die Christen in Japan. Wenn sie sich auch gegenseitig aufmuntern, so sehe ich doch, daß sie ohne Priester die Hoffnung verlieren und sich in der Dunkelheit verirren.

Auch gestern regnete es. Aber dieser Regen ist nur der Vorbote für die Hitze, die folgt. Den ganzen Tag rauscht der Regen trübsinnig im Gehölz, das die Hütte umgibt. Bisweilen erzittern die Bäume, und Regentropfen fallen herab. Dann spähen Garpe und ich durch die schmalen Ritzen der Holztüre. Wenn wir dann Regen, nichts als Regen erkennen können, steigt ein Gefühl wie Zorn in uns auf. Wie lange soll denn dieses Leben nach weitergehen! Zweifellos sind wir beide seltsam nervös und gereizt, und der kleinste Fehler des anderen wird mit einem strengen Blick bedacht. Das kommt davon, daß unsere Nerven Tag für Tag angespannt werden wie Bogensehnen.

Lassen Sie mich noch ein wenig mehr über die Gläubigen von Tomogi erzählen! Sie sind arme Bauern, die mühselig Getreide und Kartoffeln ziehen. Reisfelder haben sie keine. Betrachtet man, wie sie jedes Stück Erde bis zu den Abhängen der Berge, die sich ins Meer hinausstrecken, für die Landwirtschaft nützen, so erregt das noch mehr als Bewunderung für ihren Fleiß: Mitleid mit der Unerbittlichkeit ihres kümmerlichen Lebens. Und doch hat ihnen der Magistrat von Nagasaki eine drückende Steuerlast auferlegt. Lange Zeit haben diese Bauern wie das Vieh gearbeitet und sind auf gleiche Weise gestorben.

Unsere Religion breitet sich aus wie Wasser, das in ausgetrocknete Erde einsickert, weil diese Leute zum erstenmal menschliche Wärme kennenlernen. Zum erstenmal treffen sie auf Wesen, die sie als Menschen behandeln. Die Freundlichkeit und Güte der Priester bewegt sie zutiefst.

Ich kenne noch nicht alle Gläubigen aus dem Dorf Tomogi. Denn sie können nur zu zweit, und das nur mitten in der Nacht, zu uns heraufsteigen. Ich muß gestehen, daß ich manchmal lachen muß, wenn die Lippen dieser unwissenden Bauern Wörter unserer Sprache wie »Deus«, »Anjo« oder »Beato« murmeln. Auch das Sakrament der Beichte benennen sie portugiesisch. »Confissão«, das Himmelreich »Paraiso« und die Hölle »Inferno«.

Leider sind ihre Namen schwer zu behalten, und außerdem geraten wir oft in Verlegenheit, weil auch ihre Gesichter alle gleich aussehen. Es kommt vor, daß wir Ichizo mit Seisuke verwechseln oder eine Frau namens Omatsu für die namens Saki halten.

Mokichi habe ich schon erwähnt; ich möchte außer ihm noch zwei andere Christen beschreiben. Der fünfzigjährige Ichizo kommt des Nachts mit einem Gesicht zu unserer Hütte herauf, als ob er sich gerade geärgert hätte. Er öffnet sowohl während der Messe wie auch

nachher kaum den Mund. Aber er ist nicht wirklich zornig, dies ist einfach sein natürlicher Gesichtsausdruck. Neugierig hält er stets ruhig die schmalen, in Runzeln gebetteten Augen offen und beobachtet reglos jede Bewegung, die Garpe und ich vollziehen.
Omatsu, eine Witwe, deren Mann schon vor langer Zeit verstarb, ist die ältere Schwester von Ichizo. Sie kam zweimal mit ihrer Nichte Sei heraufgeschlichen, unser Essen in einem Korb am Rücken. Wie Ichizo ist auch sie außerordentlich neugierig. So sitzt sie zum Beispiel mit ihrer Nichte da und beobachtet Garpe und mich beim Essen. Wenn ich und Garpe die einfachen Speisen – so einfach, wie Sie es sich kaum vorstellen können, ein paar gebratene Kartoffeln und Wasser –, wenn also ich und Garpe diese hinunterschlingen, erscheint auf ihrem Gesicht ein zufriedenes Lächeln.
»Ist das so merkwürdig«, fragte eines Tages Garpe gereizt, »wenn wir essen?«
Sie verstanden kein Wort, aber brachen in Gelächter aus, so daß ihre Gesichter wie Papier zerknitterten.
Nun werde ich Ihnen noch genauer über die schon erwähnte Geheimorganisation der hiesigen Christen schreiben. Sie wissen bereits, daß es in dieser Vereinigung Jiisama und Tossama genannte Personen gibt und daß der Jiisama das Sakrament der Taufe betreut, der Tossama aber den Inhalt der heiligen Lehren und die Gebete an die Gläubigen weitergibt. Sie führen darüber hinaus den Festtagskalender der Kirche und lehren die Befolgung der Festregeln. Die Dorfbewohner berichten, daß es im Ermessen des Vaters liegt, wie sie die Feiertage Weihnachten, Ostern oder Karfreitag begehen. Da es in dieser Gegend keinen Priester mehr gegeben hat, konnten sie natürlich keine Messe hören. Sie treffen sich also nur in einem Haus, betrachten dort heimlich ein Heiligenbild und beten sodann das *Paternoster* oder das *Ave Maria*, wie sie sagen, auf lateinisch. Zwischen die Gebete mischen sie immer wieder harm-

loses Geplauder. Auf diese Weise tarnen sie ihre religiösen Versammlungen als freundschaftliche Zusammenkünfte, denn sie sind nie vor einem überraschenden Überfall der Beamten sicher.
Nach dem Aufstand von Shimabara hat der Fürst dieser Region sich auf eine gnadenlose Jagd nach verborgenen Christen gemacht, und jeden Tag einmal inspiziert ein Spitzel der Behörde jede einzelne Ortschaft. Zudem kommt es auch vor, daß Beamte unangekündigt in ein Haus eindringen.
Ein anderes Beispiel: Im vorigen Jahr kam ein Erlaß heraus, daß es verboten sei, zwischen Nachbarhäusern einen Zaun oder eine Hecke zu errichten. Das Innere der Behausung muß einsichtig sein, und jeder hat seinen Nachbarn, falls dieser ein verdächtiges Benehmen an den Tag legt, sofort anzuzeigen. Ein Mann, der den Aufenthaltsort eines Paters verrät, erhält dreihundert Silbermünzen, für einen Laienbruder sind zweihundert ausgeschrieben, und wenn einer wenigstens irgendeinen gewöhnlichen Gläubigen entdeckt hat, ist die Belohnung einhundert Silberstücke. Stellen Sie sich bitte einmal vor, welch eine Versuchung so viel Geld für die armen Bauern darstellt! Darum haben die Christen kein Vertrauen zu Bewohnern anderer Dörfer.
Wie ich Ihnen schon geschrieben habe, sind die Gesichter aller, ob ich nun an Mokichi oder an Ichizo oder an jenen alten Mann denke, ausdruckslos wie die von Puppen. Nun weiß ich den Grund. Sie können auf ihren Mienen keine Freude und nicht einmal Trauer äußern! Die vielen Jahre der Geheimhaltung haben die Gesichter dieser Leute zu Masken erstarren lassen. Ich finde dies schmerzlich und traurig.
Warum hat Gott uns Christen solche Leiden auferlegt? Das kann ich nicht verstehen.
Über das Schicksal Ferreiras, das wir erkunden möchten, und über Inoue (Sie werden sich vielleicht erinnern, er ist der, den Valignano in Makao den meistgefürchte-

sten Mann Japans nannte) werde ich Ihnen im nächsten Brief berichten. Ich bitte Sie Lucius de Sanctis meiner Gebete und Verehrung zu versichern.

Auch heute regnet es. Garpe und ich haben uns im Stroh der Liegestatt vergraben und kratzen uns in der Dunkelheit. Um Kopf und Rücken krabbeln kleine Insekten, die uns nicht schlafen lassen. Die japanischen Läuse verhalten sich am Tag ruhig, bei Nacht aber überfallen diese kleinen Teufel unsere Körper.
Da es nicht zu erwarten ist, daß in einer solchen Nacht jemand zu uns heraufsteigt, rasten wir nicht nur körperlich, sondern auch die Tag für Tag angespannten Nerven erholen sich. Bei den Geräuschen der regennassen Äste dachte ich an Padre Ferreira.
Die Bauern von Tomogi wissen nichts über ihn. Aber es ist erwiesen, daß er bis 1633 in Nagasaki, das von hier etwa sechzehn Seemeilen entfernt ist, im Untergrund lebte. Und es war auch in jenem Jahr, daß der Briefverkehr zwischen ihm und Valignano in Makao so plötzlich aufhörte. Ob er noch am Leben ist? Kann es sein, daß er, wie das Gerücht geht, vor den Heiden wie ein Hund gekrochen ist und die Sache im Stich ließ, der er sein Leben geweiht hatte? Und angenommen, er lebt, lauscht er jetzt dem trostlosen Geräusch des Regens? Und mit welchen Gefühlen?
»Wenn ich...«, ich mußte mich Garpe, der sich gerade mit den Läusen plagte, anvertrauen. »Wenn ich nach Nagasaki ginge, wäre es doch möglich, daß ich Christen treffe, die etwas von Pater Ferreira wissen.«
Garpe unterbrach die Laussuche und räusperte sich in der Finsternis.
»Werden wir gefangen, ist alles zu Ende. Außerdem geht das nicht nur uns zwei an. Wir bringen auch die Bauern hier in Gefahr. Und, vergiß nicht, daß wir die letzte Hoffnung für die Mission in diesem Land sind.«
Ich seufzte. Ich kenne die Stimmung, in der er starr zu

mir herüberblickt, nur allzugut. In meinen Gedanken lasse ich die Gesichter von Mokichi, Ichizo und all den jungen Leuten des Dorfes vorüberziehen. Könnte nicht jemand für uns nach Nagasaki wandern? Nein, auch das geht nicht. Diese Leute müssen eine Familie ernähren, anders als wir Priester, die wir weder Frau noch Kinder haben.

»Bitten wir doch Kichijiro!«

Da lachte Garpe mit verhaltener Stimme. Auch in meinem Herzen tauchte das Bild von Kichijiro auf, wie er auf dem Schiff sein Gesicht im Erbrochenen vergrub; ich sah ihn vor mir, wie er die fünfundzwanzig Matrosen feige und händeringend um Vergebung bat.

»Du bist wohl von Sinnen!« sagte mein Kamerad.

Dann verfielen wir beide in langes Schweigen. Der Regen prasselte auf das Dach der Hütte, wie der Sand einer Sanduhr herabrinnt. Hier sind Nacht und Einsamkeit eins.

»Ob auch wir einmal wie Ferreira gefangengenommen werden?« murmelte ich.

Wieder begann Garpe zu lachen. »Die Läuse, die meinen Körper plagen, machen mir mehr Kummer.«

Seit wir in Japan gelandet sind, war Garpe stets guter Stimmung. Vielleicht dachte er, uns so Mut zu machen. Was mich betrifft, so denke ich, daß wir nicht verhaftet werden. Der Mensch ist ein merkwürdiges Wesen, das in einem Winkel seines Herzens immer glaubt, er könne der Gefahr entrinnen. Ein Regentag, an dem in der Ferne mattes Sonnenlicht einen Hügel übergießt, bietet einen guten Vergleich mit mir. Der Gedanke an meine Verhaftung durch die Japaner kommt mir gar nicht. Ich weiß nicht warum, und es scheint mir selbst komisch, aber in dieser armseligen Hütte habe ich das Gefühl immerwährender Sicherheit. Ich weiß nicht, warum dies so sein sollte. Es ist ein merkwürdiges Gefühl.

Endlich hörte der Regen auf, der drei Tage ununterbrochen gefallen war. In der Hütte merkte man es, weil

durch die Ritzen in der Brettertür weißes Licht sickerte.
»Gehen wir für einen Augenblick hinaus!« forderte ich Garpe auf, der erfreut zustimmte.
Als wir die nasse Tür aufstießen, strömte uns wie eine sprudelnde Quelle der Gesang der Vögel entgegen. Noch nie hatte ich so intensiv gefühlt, welch ein Glück es war, zu leben.
In der Nähe der Hütte ließen wir uns nieder und schlüpften aus unseren Kleidern. Die Läuse, die sich reglos in den Säumen versteckten, glichen weißem Staub. Erfüllt von einer unbeschreiblichen Lust zerdrückten wir eine nach der anderen. Ist es das, was die Polizisten fühlen, wenn sie Christen fangen und töten? Im Wald trieben noch Nebelfetzen, aber es kam der blaue Himmel zum Vorschein und das ferne Meer. An das Ufer klammert sich eine Gruppe Häuser: Tomogi. Bei dem Anblick vergaßen wir die Schlacht gegen die Läuse. Nachdem wir so lange in unserer Hütte eingesperrt waren, konnten wir uns an einer von Menschen bewohnten Welt nicht sattsehen.
»Warum waren wir nur so ängstlich?« lachte Garpe, seine weißen Zähne entblößend, während er den nackten Körper mit den goldglänzenden Brusthaaren in sichtbarem Wohlbehagen der Sonne aussetzte. »Mir scheint, wir haben die Gefahr überschätzt. So ein Sonnenbad vergönnen wir uns jetzt öfters!«
Es folgte ein wolkenloser Tag dem anderen. Wir wurden immer kühner, und bald schreckten wir nicht mehr davor zurück, auch in den vom Geruch junger Blätter und nassen Schlammes erfüllten Wäldern, die sich an den Abhängen hinzogen, herumzuwandern. Auf solchen Spaziergängen ins Blaue bezeichnete dann Garpe unsere Hütte als Kloster und brachte mich mit seinen Scherzen zum Lachen.
»Jetzt gehen wir zum Kloster zurück und essen Suppe und Brot. Aber den Japanern verraten wir nichts!«
Wir gedachten des Lebens, das wir zusammen mit Ihnen

in Lissabon im Kloster des heiligen Xavier geführt hatten. Und hier gibt es weder eine Flasche Wein noch ein Stück Fleisch. Unsere Mahlzeiten in diesem Land bestehen aus gebratenen Kartoffeln und gekochtem Gemüse, das uns die Bauern von Tomogi heraufbringen. Aber dennoch wuchs tief in meinem Herzen die Überzeugung, daß wir von Gott beschützt und vollkommen sicher seien.

Eines abends saßen wir wieder wie gewöhnlich auf einem Stein zwischen der Hütte und dem Wald und sprachen über dies und jenes. Plötzlich flog ein großer Vogel im Licht des Abendhimmels in einem schwarzen Bogen zu einen nahegelegenen Hügel.

»Jemand beobachtet uns!« sagte Garpe mit leiser, aber durchdringender Stimme und duckte sich. »Bewege dich nicht! Bleib sitzen!«

Auf dem Hügel, der im Abendlicht dalag und zu dem der Vogel über den Wald hinweggeflogen war, standen zwei Männer und blickten in unsere Richtung. Es war klar, daß es nicht Bauern aus Tomogi waren, die wir kannten. Starr wie Steine beteten wir nur, daß die westliche Sonne unsere Gesichter nicht verraten möge.

»Hallo, ist da jemand?« riefen die zwei Männer vom Gipfel des Hügels mit lauter Stimme.

Wir zögerten, ob wir antworten sollten oder nicht, aber die Angst überwog, und wir gaben keinen Laut von uns.

»Sie steigen den Hügel hinunter und kommen auf uns zu!« sagte Garpe in unveränderter Haltung leise. »Nein, doch nicht, sie gehen in eine andere Richtung.«

Die Gestalten kletterten ins Tal hinab und wurden immer kleiner. Aber wir wissen nicht, ob uns die zwei Männer dort auf dem Hügel in den Strahlen der Abendsonne gesehen haben.

In dieser Nacht besuchte uns Ichizo, begleitet von einem Mann namens Magoichi, der die Funktion eines Tossama innehatte. Nachdem wir ihnen die Begebenheit des Abends erzählt hatten, starrte Ichizo reglos vor sich hin. Er stand auf und sagte etwas zu Magoichi, worauf beide begannen, die Bretter des Bodens aufzureißen. Eine Motte flog immer wieder um die Öllampe, während die Männer arbeiteten. Magoichi nahm die Hacke, die an der Brettertür hing, und grub ein Loch in die Erde. Ihr Schatten bewegte sich auf der Wand. Nachdem er eine Grube geschaufelt hatte, in der wir beide Platz finden konnten, legten sie diese mit Stroh aus und bedeckten sie wieder mit den Brettern. Dort sollten wir uns im Notfall verstecken.

Seit jenem Tag ließen wir Vorsicht walten. Wir wagten uns kaum aus der Hütte, und bei Nacht vermieden wir es, Licht anzuzünden.

Der nächste Vorfall ereignete sich fünf Tage danach. Es war spät in der Nacht. Wir hatten einen Säugling getauft, den Omatsu und zwei Männer, die zu den Tossama gehörten, gebracht hatten. Es war die erste Taufe, die wir durchführten, seit wir nach Japan gekommen waren. In dieser Holzkohlenhütte hatten wir weder Kerzen noch Musik; eine kleine Tasse, die schon gesprungen war, diente bei der Zeremonie als Schale für das Weihwasser. Aber selbst die Feste in Kirchen haben mich nicht mehr gerührt als Garpe, der mit würdevoller Stimme in unserer armseligen Hütte die Taufgebete rezitierte, während der Säugling schrie, Omatsu ihn tröstete und einer vor der Türe Wache stand. Solch ein Glück wird wohl nur einem Missionar in fremdem Land zuteil! Als das Taufwasser über die Stirn des Säuglings lief, verzog er sein Gesicht und schrie laut. Kleiner Kopf, schmale Augen, dies war schon das Gesicht eines Bauern, wie das von Mokichi und Ichizo. Auch diesem Kind ist es bestimmt, wie sein Vater, wie sein Großvater das karge Land, das an jenes finstere Meer grenzt, zu bestellen, ist es bestimmt, wie Vieh zu verenden. Aber Christus starb nicht für das Schöne und für das Gute. Es ist leicht, für schöne und gute Menschen zu sterben,

aber es ist schwer, sein Leben für die Elenden und die Verderbten hinzugeben.
Als sie aufgebrochen waren, verkrochen wir uns müde ins Stroh. In der Hütte schwebte noch der Geruch des Fischöls, das die Männer mitgebracht hatten. Wieder krochen die Läuse über Rücken und Schenkel. Ich weiß nicht, wie lange ich geschlafen hatte. Ich war wohl nur kurz eingenickt, als Garpes Schnarchen mich weckte. Mir schien, daß jemand in Abständen an der Tür rüttelte. Zuerst hielt ich dies für den Wind, der vom Tal heraufwehte und an die Tür stieß. Ich krabbelte aus dem Stroh und erfaßte schon die Bretter des Bodens, unter denen sich das Versteck befand, das Ichizo für uns gegraben hatte. Das Rütteln an der Tür hörte auf. Gedämpft vernahm ich die traurige Stimme eines Mannes.
»Padre, Padre!«
Dies war nicht das vereinbarte Zeichen der Bauern von Tomogi. Wäre es einer von ihnen gewesen, hätte er nach unserer Übereinkunft dreimal leicht an die Türe geklopft. Auch Garpe, endlich aufgewacht, lauschte wie erstarrt.
»Padre.« Wieder drang die traurige Stimme herein. »Sie brauchen sich vor uns nicht zu fürchten!«
Wir hielten in der Finsternis unseren Atem an und schwiegen. Welch ein törichter Polizeibeamter, der versucht, uns auf diese Weise in eine Falle zu locken!
»Glauben Sie uns nicht? ... Wir sind Bauern aus dem Dorf Fukazawa... Schon lange möchten wir einen Padre treffen. Wir wollen beichten.«
Anscheinend entmutigt durch unser Schweigen, gaben sie es auf, an der Tür zu klopfen. Ihre Fußtritte entfernten sich betrübt. Da griff ich mit der Hand nach der Tür, um sie zu öffnen. Ja, ich muß aufmachen, selbst wenn es Polizeibeamte sind, die uns eine Falle stellen, dachte ich. Denn in meinem Herzen erschallte unüberhörbar eine Stimme, die mich fragte: »Und was ist, wenn es wirklich

Christen sind?« Ich war ein Priester und als solcher geboren, um den Menschen zu dienen. Ich schämte mich, daß ich gezögert hatte, dieser Aufgabe nachzukommen.
»Was machst du?« stieß Garpe hervor. »Bist du verrückt?«
»Ich bin nicht verrückt. Es ist meine Pflicht!«
Ich öffnete die Tür. Bleich versilberte das Mondlicht Erde und Wald. Zwei Männer, in Lumpen gehüllt wie Bettler, hockten wie Hunde am Boden. Jetzt wandten sie sich mir zu.
»Padre, glauben Sie uns nicht?« Ich sah, daß der Fuß des einen blutbedeckt war. Er hatte sich wohl an einem Baumstumpf verletzt. Die beiden waren völlig erschöpft. Kein Wunder. Denn den Weg von der Insel Goto, die zwanzig Seemeilen entfernt im Meer liegt, hatten sie in nur zwei Tagen zurückgelegt.
»Wir sind schon länger hier. Vor fünf Tagen haben wir uns dort drüben auf dem Hügel versteckt und herübergeschaut.«
Einer von ihnen wies mit dem Finger zum Hügel gegenüber der Hütte. Diese zwei Männer waren es also gewesen, die uns in der Dämmerung beobachtet hatten.
Wir brachten sie in die Hütte. Die getrockneten Kartoffeln, die uns Ichizo mitgebracht hatte, steckten sie mit beiden Händen in den Mund und verschlangen sie gierig wie Tiere. Es war klar, daß sie seit zwei Tagen nichts gegessen hatten.
Dann begannen wir zu fragen. Wer hatte ihnen berichtet, daß sie uns finden würden? Das war unsere erste Frage.
»Kichijiro, ein Christ aus unserer Gegend, hat uns von Ihnen erzählt.«
»Kichijiro?«
»Ja, Padre.«
Sie aßen noch immer, und im Licht der Öllampe sah man Kartoffelreste an ihren Lippen. Der eine Mann

besaß fast keine Zähne mehr. Er entblößte die restlichen zwei, als er wie ein Kind lachte. Der andere Mann saß angespannt und befangen vor uns ausländischen Priestern.
»Aber Kichijiro ist doch kein Christ«, sagte ich schließlich.
»Padre, er ist ein Christ.«
Diese Antwort kam unerwartet, obwohl wir vermutet hatten, daß dieser Bursche vielleicht doch ein Christ sei. Nach und nach erfuhren wir die Geschichte. Kichijiro war Christ, aber einer, der den Glauben bereits einmal aufgegeben hatte. Vor acht Jahren hatte ein Denunziant die Familie Kichijiros angezeigt. Sie wurden einem Verhör unterzogen, bei dem sich Bruder und Schwester weigerten, mit den Füßen auf ein Bild, das das Antlitz des Herrn darstellte, zu treten. Kichijiro jedoch rief sofort, als die Beamten ihn bedrohten, daß er bereit sei, von seinem Glauben abzulassen. Seinen Bruder und seine Schwester warf man in den Kerker; er wurde freigelassen, kehrte aber nicht ins Dorf zurück.
Am Tag der brennenden Scheiterhaufen soll man sein feiges Gesicht in der Menschenmenge gesehen haben. Dann verschwand sein Gesicht, schmutzig wie das eines Hundes, da er den Anblick des Martyriums seiner Geschwister nicht ertragen konnte.
Sie berichteten uns eine erstaunliche Neuigkeit. Die Bewohner der Ortschaft Odomeri waren der Christenverfolgung entgangen und auch heute noch gläubige Christen, unbemerkt von den Augen der Behörde. Aber nicht nur in Odomeri, ebenso in den benachbarten Siedlungen und Dörfern Miyahara, Dozaki und Egami verbergen sich Christen, die vorgeben, Buddhisten zu sein, in Wahrheit jedoch an unseren Gott glauben. Auf den Tag, an dem wir Priester wieder über das weite Meer zu ihnen kommen, sie segnen und ihnen beistehen würden, haben sie seit langem gewartet.
»Beichte oder Messe haben wir keine. Nur unsere

Gebete verrichten wir«, sagte der Mann mit dem blutbedeckten Fuß. »Kommen Sie in unser Dorf! Auch die Kinder kennen schon die Gebete und freuen sich auf den Tag, an dem ein Padre sie besucht.«
Der Mann mit den gelben Zahnstumpfen gähnte, wodurch er den Blick auf die dunkle Mundhöhle freigab. Er nickte zustimmend. Das Fischöl knisterte. Konnten Garpe und ich diese Bitte zurückweisen? Wir waren zu ängstlich gewesen. Verglichen mit jenen Bauern, die im Freien übernachteten und sich auch von einem verwundeten Bein nicht abhalten ließen, war unsere Furcht übertrieben gewesen.
Der Himmel färbte sich weiß. Kalte Luft, die den milchfarbenen Morgen ankündigte, stahl sich in die Hütte. Wie sehr wir ihnen auch zuredeten, die Bauern schlüpften nicht unter das Stroh, sondern schliefen im Sitzen, die Arme um die Knie gelegt. Nicht lange, und die Strahlen des Morgenlichtes drangen schon durch die Ritzen zwischen den Brettern.
Zwei Tage später berieten wir mit den Gläubigen von Tomogi unsere Reise nach Goto. Schließlich entschieden wir, daß Garpe hierbleiben, ich aber fünf Tage lang versuchen würde, die Christen von Goto aufzuspüren. Die Leute von Tomogi sahen bei diesem Gespräch nicht glücklich aus. Manche sprachen davon, daß man uns auf diese Weise in eine Falle locken wollte.
In der vereinbarten Nacht schickte man ein Boot an die Küste von Tomogi. Ich trug die Kleidung eines japanischen Bauern. Mokichi und noch ein anderer Mann warteten mit mir am Ufer, und sie geleiteten mich zum Schiff. Dann hallte auf dem mondlosen schwarzen Meer nur noch das Knarren der Ruder regelmäßig wider. Der Mann, der die Ruder führte, sprach kein Wort. Als wir auf das offene Meer hinausfuhren, wogten gewaltige Wellen gegen das Schiff.
Plötzlich bekam ich Angst. Mißtrauen erfaßte mich. Diente dieser Mann als Werkzeug, so wie die Leute von

Tomogi argwöhnten, mich zu verkaufen? Warum holte mich nicht der Mann mit dem verletzten Bein oder sein Gefährte? Unheimlich ausdruckslos wie ein Buddha starrte der Japaner am Ruder vor sich hin. Ich kauerte am Bug und zitterte, aber nicht wegen der Kälte; es war Angst. Doch du mußt fahren, ermahnte ich mich.
Das Meer erstreckte sich in schwarzer Grenzenlosigkeit, am Himmel blinkte kein einziger Stern. Zwei Stunden vergingen, da merkte ich, daß der ein pechschwarze Schatten einer Insel langsam neben das Schiff schob. Der Mann sagte, daß dies Kabashima in der Nähe von Goto sei.
Als wir den Strand erreichten, wurde mir vor Seekrankheit, Müdigkeit und Anspannung schwindlig. Unter den Gesichtern der drei Fischer, die mich erwarteten, sah ich das unterwürfige Gesicht Kichijiros wieder. Im Ort waren alle Lampen ausgelöscht. Irgendwo im Dorf bellte ein Hund.

Die Bauern und Fischer von Goto warteten tatsächlich so sehr auf einen Priester, wie man es uns geschildert hatte. Ich weiß nicht, wie ich diese Situation bewältigen soll. Nicht einmal zum Schlafen finde ich Zeit. Einer nach dem anderen kommt in mein Versteck, ohne sich um das Verbot des Christentums zu kümmern. Den Kindern spende ich die Taufe, und den Erwachsenen nehme ich die Beichte ab. Obwohl ich den ganzen Tag beschäftigt bin, komme ich nicht nach. Wie eine Armee nicht vom Wasser ablassen kann, nachdem sie durch eine Wüste gezogen ist, suchen sie meine Ansprache. In dem windschiefen Bauernhaus, das als Kirche dient, drängen sie sich, um ihre Sünden zu beichten, wobei sie ihre Lippen an mein Ohr bringen und mir fast übel wird von ihrem Mundgeruch. Sogar die Kranken schleppen sich zu mir.
»Padre ..., hören Sie mich bitte an!«
»Padre ..., hören Sie mich bitte an!«

Das Komischste von allem ist Kichijiro. Nicht länger der alte, ist er nun ein Held des Dorfes und wird angehimmelt; er geht erhobenen Hauptes umher. Natürlich brüstet er sich nicht zu Unrecht, denn ohne ihn wäre ich nicht hier. Dieses Verdienst scheint alle Ereignisse der Vergangenheit, auch die Tatsache, daß er einmal vom Glauben abgefallen ist, aufzuwiegen. Wahrscheinlich hat dieser Trunkenbold aber aufgeschnitten und die Sache so hingestellt, als ob es ihm allein zu verdanken sei, daß zwei Priester nach Japan gekommen sind. Ich habe nicht vor, ihn deswegen zur Rede zu stellen. Kichijiros Aufschneiderei ist mir zwar lästig, doch auch ich bin ihm zu Dank verpflichtet. Als ich ihn zur Beichte drängte, gestand er seine begangenen Sünden. Darauf verordnete ich, daß er stets an die Worte des Herrn denken sollte, die da lauten: »Wer immer also mich bekennen wird vor den Menschen, den werde auch ich bekennen vor meinem himmlischen Vater. Wer immer aber mich verleugnen wird vor den Menschen, den werde auch ich verleugnen vor meinem himmlischen Vater.«

Kichijiro hockte da wie ein geprügelter Hund und schlug mit der Hand auf seine Stirn. Dieser Mann ist ein Schwächling, der keinen Funken Mut aufbringt. Sein Charakter ist gut; ich beschwor ihn, daß ihn nicht der Alkohol von seiner Willensschwäche und Feigheit, die ihn schon bei der geringsten Gewalt erzittern ließen, befreien könne, sondern nur die Kraft des Glaubens.

Was hoffen die japanischen Christen durch mich zu erlangen? Die Antwort lautet, daß diese Leute, die man arbeiten läßt wie Vieh und die ebenso sterben, in unserer Lehre einen Weg zur Befreiung von ihren Fesseln erkennen. Die buddhistischen Mönche nutzten sie auch nur aus und ließen sie lange Zeit in dem Glauben, daß Leben Verzicht bedeute.

Heute habe ich dreißig Erwachsene und Kinder getauft. Nicht nur von hier, auch von weit über die Berge hinter dem Ort kommen Gläubige aus Miyahara, Kuzushima und Harajika heimlich herbei. Über fünfzig Menschen habe ich die Beichte abgenommen. Nach der Messe am Sonntag sprach ich zum erstenmal auf Japanisch mit ihnen. Die Bauern starrten mich neugierig an. Während ich redete, kam mir das Antlitz des Herrn bei der Bergpredigt und die Menschen, die halb liegend oder die Knie umarmend seinen Worten lauschten, in den Sinn. Warum denke ich immer wieder an das Antlitz des Herrn? Vielleicht weil es in der Bibel nirgendwo beschrieben ist. Weil es keine Beschreibung gibt, ist das Antlitz des Herrn meiner Imagination überlassen. Seit meiner Kindheit habe ich es in meinem Busen gehegt und gepflegt, so wie andere das Antlitz ihrer Geliebten. Im Seminar und später im Kloster rief ich mir in schlaflosen Nächten Sein schönes Antlitz vor die Augen.

Ganz abgesehen davon weiß ich, daß diese Zusammenkünfte gefährlich sind. Früher oder später wird die Behörde aufmerksam werden.

Auch hier ist das Schicksal von Ferreira nicht bekannt. Wohl traf ich zwei betagte Gläubige, die ihn früher gesehen haben. Während dieser Begegnung erfuhr ich, daß Ferreira in einem Ort namens Shinmachi nahe Nagasaki ein Heim für Findelkinder und Kranke eingerichtet haben soll. Dies war natürlich vor der großen Christenverfolgung. Vor meinem inneren Auge tauchte das Angesicht des Lehrers auf, sein kastanienbrauner Bart, der das Kinn bedeckte, und der Blick seiner ein wenig tiefliegenden Augen. Ob er wohl den armseligen Christen Japans ebenso die Hand auf die Schultern gelegt hatte wie seinerzeit uns Studenten?

»War dieser Padre...«, mit Absicht stellte ich eine solche Frage, »war er ein Mensch, vor dem man Angst hat?«

Die alten Männer schauten mich an und schüttelten die Köpfe. Mit ihren zitternden Lippen murmelten sie, daß

sie niemals einen so freundlichen Menschen gesehen hätten.
Vor meiner Rückkehr riet ich den Leuten, eine Vereinigung zu bilden, wie die Gläubigen von Tomogi. Ich sagte ihnen, daß es wohl keinen besseren Weg gäbe, als mit Hilfe von Jiisama und Tossama, die von ihnen gewählt würden, den Glauben an die Jugend und an deren Kinder weiterzugeben. Sie zeigten auch Interesse an dieser Methode, aber als es zur Entscheidung kam, wer nun Jiisama oder Tossama sein sollte, gerieten sie sich, ganz wie das Wahlvolk von Lissabon, in die Haare. Besonders Kichijiro beharrte hartnäckig darauf, daß ihm ein Amt zustehe.
Ein weiterer Punkt ist hervorzuheben. Wie auch die Bauern in Tomogi baten mich die hiesigen Bauern um ein kleines Kreuz, Medaillon oder Heiligenbild. Sagte ich ihnen, daß ich solche Dinge auf dem Schiff zurückgelassen hätte, wurde ihre Miene traurig. So blieb mir nichts anderes übrig, als von meinem Rosenkranz Kugeln zu verteilen. Obwohl nichts dagegen zu sagen ist, daß die japanischen Christen diese Gegenstände verehren, bereitet mir dies Unbehagen. Ich frage mich, ob da nicht ein Mißverständnis vorliegt.
In der Nacht des sechsten Tages brachte man mich wieder heimlich auf ein Boot, und wir ruderten aufs nächtliche Meer hinaus. Wieder knarrten die Ruder, und mit monotonem Rauschen wuschen die Wellen den Schiffsrumpf. Kichijiro stand vorne am Bug und sang leise ein Lied. Beim Gedanken an die unerklärliche Furcht, die mich während der Überfahrt vor fünf Tagen befallen hatte, lächelte ich. Alles war gutgegangen. Solchen Gedanken hing ich nach.
Seit wir in Japan angekommen sind, ist alles leichter gegangen, als wir es uns vorgestellt hatten. Ohne uns in Gefahr zu begeben, hatten wir Christen kennengelernt, die von den Beamten nicht aufgespürt worden waren. Ich frage mich, ob Valignano in Makao die Christenver-

folgung nicht überschätzt hat. Das Gefühl von Freude und Glück erfüllte mich plötzlich: Es war das Gefühl der Befriedigung, nützlich zu sein. Ja, ich nütze den Menschen in diesem Lande am Ende der Welt. Land und Leute, die man nie wirklich verstehen wird.
War es wegen dieser Gedanken – mir erschien die Rückfahrt bei weitem nicht so lang wie die Hinfahrt. Und als das Schiff knirschend auf Grund stieß, wunderte ich mich, daß wir schon in Tomogi angekommen waren.
Ich verbarg mich am Strand und wartete auf Mokichi und die anderen, die mich abholen würden. Mir kamen diese Vorsichtsmaßnahmen überflüssig vor. Zufrieden erinnerte ich mich der Nacht, in der Garpe und ich zum erstenmal den Fuß auf japanische Erde gesetzt hatten.
Schritte waren zu hören.
»Padre!«
In übergroßer Freude sprang ich auf, um den anderen mit sandigen Händen zu grüßen.
»Sie müssen fliehen, schnell, Sie müssen fliehen!« stieß Mokichi hastig hervor und drängte mich weiter. »Die Beamten sind im Dorf.«
»Beamte...?«
»Ja, Padre, die Beamten wissen etwas!«
»Und sie wissen von uns?«
Mokichi schüttelte eilig den Kopf. Sie hatten noch nicht gemerkt, daß wir hier verborgen waren. Es schien mir, als ob Mokichi und Kichijiro mich an den Händen mitzögen; wir rannten in die der Ortschaft entgegengesetzte Richtung, hinaus auf die Felder. Von dort eilten wir zu dem Berg, über den der Weg zu unserer Hütte führte.
Ein leichter Nieselregen fiel. Es begann die japanische Regenzeit.

4

Brief des Sebastian Rodrigo

Es scheint, als ob ich Ihnen wieder einen Brief schreiben könnte. Ich habe Ihnen schon berichtet, daß Beamte im Dorf eine Untersuchung durchführten, als ich von der Missionsarbeit auf Goto zurückkehrte; beim Gedanken, daß Garpe und ich unentdeckt geblieben sind, erfüllt mich tiefe Dankbarkeit.

Zum Glück ließen die Tossama der Organisation vor der Ankunft der Beamten alle verräterischen Gegenstände, wie Heiligenbilder oder Kreuze, schnell verschwinden. Wie wertvoll diese religiöse Gemeinschaft wirklich ist, erweist sich erst richtig in solchen Situationen. Alle setzten mit unschuldigen Mienen ihre Arbeit auf den Äckern fort. Der Jiisama antwortete schwerfällig und mit teilnahmslosem Gesicht auf die Fragen der Beamten. Mit Bauernschläue täuschte er Dummheit vor. Nach einer langen Befragung waren die Beamten zufrieden und gingen.

Als Ichimatsu und Omatsu dies erzählten, entblößten sie mit triumphierendem Lachen die Zähne. Ihre Züge enthüllten die Schlauheit derer, die immer nur mißhandelt werden.

Jedoch haben wir keine Ahnung, wer uns verraten hat. Sicherlich war es niemand aus Tomogi. Trotzdem begegnen sich die Dorfbewohner mit Argwohn. Es wäre schrecklich, würden sie sich deswegen entzweien.

Davon abgesehen aber herrscht Friede im Dorf, seitdem ich zurückgekommen bin. In unserer Hütte hört man den Hahn krähen. Rot blühend erstreckt sich am Fuße des Berges ein Teppich von Blumen.

Auch in Tomogi erfreut sich Kichijiro großer Beliebtheit, seitdem er mit uns zurückgekehrt ist. Er besucht ein Haus nach dem anderen, wobei er sich dann mit den Verhältnissen auf Goto brüstet. Damit es jeder im Dorf erfährt, schwätzt er über die herzliche Aufnahme, die ich in jenem Dorf erfuhr, und welches Aufhebens um ihn selbst gemacht worden sei; er bekommt dann von den Bauern etwas zum Essen und gelegentlich auch einen Schluck Sake.
Einmal kam er völlig betrunken mit zwei, drei Burschen zu unserer Hütte herauf. Sein Gesicht wurde rot, als er prahlte: »Ich bin bei dir... Wenn ich bei dir bin, brauchst du keine Angst zu haben!« Als er merkte, daß die jungen Männer ihn respektvoll betrachteten, begann er mit noch mehr Eifer zu singen: »Ich bin bei dir... Wenn ich bei dir bin, brauchst du keine Angst zu haben.« Dann streckte er die Beine von sich und versank in tiefen Schlaf. Ist er ein Einfaltspinsel? Ich vermag jedenfalls nicht, ihn zu hassen.

Nun möchte ich die Gelegenheit nützen und Ihnen mehr über das Leben der Japaner erzählen. Natürlich bezieht sich mein Bericht auf das, was ich in Tomogi erlebt und von den Bauern gehört habe. Ich berichte von dem, was sie mir erzählten. Schließen Sie daraus nicht auf die Lage in Japan.
Als erstes sollten Sie wissen, daß es den Bauern hier viel schlechter geht als denen in den abgeschiedensten Gegenden Portugals. Sogar die Oberschicht kommt nur zweimal jährlich in den Genuß von Reis. Gewöhnlich bestehen die Mahlzeiten aus Kartoffeln und Rettich oder ähnlichem Gemüse, dazu trinken sie warmes

Wasser. Außerdem essen sie Wurzeln, die sie ausgraben. Sonderbar ist die Art und Weise, wie die Leute sitzen – vollkommen anders als wir. Sie legen die Knie auf den Fußboden oder auf die Erde und setzen sich auf die Fersen. Für jeden Japaner bedeutet dies Erholung, Garpe und ich aber mußten eine schmerzhafte Schule durchmachen, ehe wir uns daran gewöhnten.
Die Häuser haben Strohdächer; weil sie sehr schmutzig sind, stinkt es im Innern. Nur zwei Höfe in Tomogi besitzen Rinder und Pferde.
Der Fürst herrscht unumschränkt über seine Untertanen; er verfügt über mehr Macht als der König eines christlichen Landes. Die Last der Steuern ist erdrükkend, und jene, die nicht zahlen können, werden gnadenlos bestraft. Dies war die Ursache des Aufstandes von Shimabara, die Bauern konnten die jährlichen Steuern und die Grausamkeit der Eintreibung nicht mehr ertragen. In Tomogi erzählt man die Geschichte eines Mannes namens Mozaemon, der vor fünf Jahren fünf Säcke Reis nicht ablieferte. Daraufhin warf man seine Frau und Kinder als Geiseln in das Wassergefängnis. Die Bauern sind die Sklaven der Samurai, und über diese wiederum herrscht der Fürst. Die Samurai schätzen Waffen; egal, welche Stellung sie bekleiden, ab dem dreizehnten oder vierzehnten Lebensjahr tragen sie ein kurzes und ein langes Schwert. Die Feudalherren besitzen absolute Macht über die Samurai; sie können sie nach Belieben töten und deren Vermögen konfiszieren.
Die Japaner tragen weder im Winter noch im Sommer eine Kopfbedeckung, auch ihre Kleidung bietet keinerlei Schutz gegen Kälte. Man läßt sich den Kopf kahlscheren und läßt nur einen Zopf, der in den Nacken fällt, stehen. Die buddhistischen Priester rasieren sich die Haare vollständig, aber auch andere, unter ihnen die Samurai.
... eine plötzliche Unterbrechung.
Ich möchte Ihnen so wahrheitsgetreu wie möglich die

Ereignisse schildern, die sich seit dem 5. Juni zugetragen haben. Es kann sein, daß dieser Bericht sehr kurz wird. In der jetzigen Situation müssen wir jeden Augenblick darauf gefaßt sein, daß auch wir in Gefahr geraten. Für lange Berichte ist daher keine Gelegenheit.
Es war am 5. Juni gegen Mittag, als wir auf einmal das Gefühl hatten, im Dorf unten stimme irgend etwas nicht. Durch den Wald hörten wir das Bellen der Hunde und das Gackern der Hühner bis zu uns herauf, und wir, die wir einsam in dieser Hütte versteckt waren, empfanden diese Stimmen sogar als gewissen Trost; es war dies also nichts Besonderes. Heute aber waren wir doch beunruhigt.
Von einer bösen Ahnung getrieben, schlichen wir uns bis zum Wald, von dessen östlicher Seite man den Ort zu Füßen des Berges mit einem Blick erfassen konnte. Als erstes fiel uns auf, daß auf der Straße, die sich entlang der Küste hinzog, eine weiße Staubwolke aufstieg. Was war da los? Wie von Sinnen raste ein ungesatteltes Pferd aus dem Dorf heraus. Am Ausgang des Dorfes erkannten wir fünf Männer, ganz offenkundig keine Bauern, die einen etwaigen Fluchtversuch aus dem Dorf vereiteln sollten.
Augenblicklich wurde uns klar, was dies bedeutete. Die Beamten durchsuchten das Dorf zum zweitenmal. Garpe und ich machten kehrt, rannten zur Hütte, suchten zusammen, was die Bewohner der Hütte hätte verraten können, und vergruben es in dem Loch, das Ichizo seinerzeit ausgehoben hatte. Dann nahmen wir allen unseren Mut zusammen und beschlossen, hinabzusteigen, um die Vorgänge im Dorf aus größerer Nähe zu beobachten.
Im Ort war es totenstill. Das weiße Mittagslicht brannte unerbittlich auf die Straße und die Häuser. Kein Laut, auch das Bellen der Hunde war verstummt. Tomogi machte den Eindruck einer verlassenen Ruine. Andererseits spürte ich das entsetzliche Schweigen dieser Men-

schen, die hier wohnten. Ich betete inbrünstig. Wohl wußte ich, daß man nicht um Segen und Glück auf Erden beten sollte, aber obwohl ich dies wußte, wußte ich kein anderes Gebet, als daß dieses entsetzliche mittägliche Schweigen den Ort verlassen möge.
Die Hunde bellten wieder, die Männer, die den Ausgang des Dorfes bewacht hatten, rührten sich. In ihrer Mitte erkannte ich die Gestalt des Jiisama – den armen alten Mann – in Stricken gebunden! Ein Samurai mit schwarzem Hut rief etwas vom Pferd herab, das wir nicht verstehen konnten, worauf die Männer sich in einer Reihe hinter dem alten Mann aufstellten und abmarschierten. Der Samurai schwang die Peitsche empor und galoppierte, weißen Staub aufwirbelnd, auf der Straße davon; unterwegs blickte er sich noch einmal um. Dieses Bild – das Pferd, das sich aufbäumt, der alte Mann, der, mitgezerrt, den Weg entlang taumelt –, dieses Bild weicht nicht mehr von meinen Augen. Wie eine Reihe Ameisen bewegte sich der Zug ohne Ende auf der weißen Straße in der Glut des Mittags, bis er schließlich immer kleiner wurde und entschwand.
In der Nacht schilderten uns Mokichi und Kichijiro die Ereignisse. Die Beamten erschienen vor Mittag. Diesmal hatten die Dorfbewohner keine Vorwarnung erhalten. Die Samurai brüllten zornig auf die Männer ein und jagten auf ihren Pferden kreuz und quer durch das Dorf. Obwohl sich herausstellte, daß in keinem Haus ein Beweisstück für den christlichen Glauben zu entdecken war, zogen sie sich nicht zurück.
Alle Bauern wurden zusammengerufen, und ein Samurai verkündete, daß, falls kein Geständnis abgelegt, eine Geisel mitgenommen würde. Keiner sprach auch nur ein Wort.
»Wir haben Steuern bezahlt und unsere Fronarbeit geleistet, wie es unsere Pflicht ist«, sagte der Jiisama schließlich zu dem Samurai. »Und unsere Toten lassen wir im Tempel begraben.«

Ohne eine Antwort wies der Samurai mit der Peitsche auf ihn. Schon legten Männer den Alten in Stricke.
»Ich warne euch, nehmt euch in acht! Wir verhandeln nicht! Uns wurde berichtet, daß unter euch welche sind, die zur verbotenen Christensekte gehören. Wer die Gesetzesbrecher nennt, bekommt hundert Silberstücke. Wenn ihr nicht gesteht, holen wir uns in drei Tagen eine neue Geisel. Überlegt, was ihr tut!«
Die Bauern standen aufrecht und schwiegen. Männer, Frauen, Kinder, alle schwiegen. Lange standen sie regungslos vor ihren Feinden. Es muß diese Totenstille gewesen sein, die ich am Berg oben fühlte.
Dann lenkte der Samurai den Kopf des Pferdes zum Dorfausgang und ritt mit der Peitsche in der Hand davon. Hinter dem Pferd fiel der alte Jiisama zu Boden, rappelte sich auf, brach wieder zusammen und wurde mitgezerrt. Schließlich packten ihn die Männer und stellten ihn auf seine Beine.
Das sind die Vorfälle des 5. Juni, wie wir sie erfahren haben.
»Und, Padre, kein Wort, daß Sie sich hier verstecken«, sagte Mokichi, die Hände auf den Knien. »Auch das nächstemal verraten wir nichts. Niemals erfahren die, daß Sie hier sind.«
Hatte er dies gesagt, weil er auf unseren Gesichtern einen Schatten von Furcht bemerkt hatte? Wäre dies so, müßten wir vor Scham versinken. Doch es war möglich, daß er uns in Angst glaubte, denn der ansonsten heitere Garpe fixierte Mokichi mit sorgenvoller Miene.
»Am Ende werdet ihr alle als Geisel mitgenommen!«
»Möglich, Padre. Aber auch in diesem Fall sagen wir nichts.«
»Das geht nicht. Da ist es doch besser, wenn wir beide diesen Berg verlassen.« Garpe wandte sich Kichijiro zu, der furchtsam neben Mokichi und mir hockte. »Könnten wir nicht auf seine Insel flüchten?« Bei diesen Worten zeigte sich auf Kichijiros Gesicht Entsetzen, er

brachte kein Wort hervor. Nun saß er in der Klemme, dieser charakterschwache Kerl, weil er uns hierher gebracht hatte. Man sah ihm förmlich an, wie er in seinem kleinen Gehirn einen Weg suchte, sich aus der Affäre zu ziehen, ohne sein Gesicht als Christ zu verlieren. Seine Augen funkelten verschlagen, und er rieb seine Hände wie eine Fliege ihre Beine, als er herausstotterte, daß die Nachforschungen der Behörde sich zweifellos in nächster Zukunft auf Goto erstrecken würden und es daher zu empfehlen sei, nicht so nahe, sondern in einer entfernteren Gegend Unterschlupf zu suchen. Ohne in dieser Nacht zu einem Resultat zu gelangen, stiegen die beiden schließlich wieder ins Dorf hinab.

Am nächsten Tag waren die Bewohner von Tomogi alle nervös und erregt. Es liegt mir fern, sie deswegen zu tadeln, aber Mokichi hat uns erzählt, daß sich die Dorfleute in zwei Lager gespalten haben: die einen bestehen darauf, uns Zuflucht zu gewähren, die anderen verlangen, daß wir den Ort verlassen. Es gab sogar Stimmen, daß ich und Garpe es seien, die alles Unheil über das Dorf gebracht hätten. Mokichi, Ichizo und Omatsu erwiesen sich als die gläubigsten Christen in Tomogi. Sie beharren darauf, uns Priester zu schützen, was auch geschehe.

Genau diese Uneinigkeit lag in der Absicht der Beamten. Am 8. Juni erschienen sie wieder, diesmal nicht angeführt von jenem wilden, furchterregenden Samurai hoch zu Roß, sondern von einem betagten Samurai, den ein Gefolge von vier oder fünf Männern begleitete. Ein Lächeln auf seinen Zügen, hieß er die Bauern, Nutzen und Schaden, Vor- und Nachteile zu überdenken. Er schlug ihnen vor, demjenigen, der ihm verrate, wer zur christlichen Sekte gehöre, die jährlichen Steuern zu vermindern. Sie können nicht ermessen, welch eine Versuchung die Herabsetzung des Jahrestributes für die Bauern bedeutet; sie haben dieser Verlockung widerstanden.

»Wenn ihr sogar das ablehnt, muß auch ich euch wohl glauben!« sagte der alte Mann lachend zu seinem Gefolge gewandt. »Aber die Entscheidung liegt bei meinen Vorgesetzten, welche Behauptung nun stimmt, die eure oder die des Anklägers. Also brauchen wir Geiseln. Drei Männer aus eurer Mitte kommen morgen nach Nagasaki! Da ihr nichts Böses getan habt, braucht ihr euch auch nicht zu fürchten.«

In seinen Worten lag nicht der leiseste Hinweis auf eine Drohung. Die Leute des Ortes begriffen aber, daß es sich um eine Falle handelte. Lange diskutierten die Männer von Tomogi in dieser Nacht, wen man am nächsten Tag nach Nagasaki ins Gouverneursamt schikken sollte. Es war möglich, daß die Leute, die sich dort einfanden, nicht mehr lebend ins Dorf zurückkehrten. Solche Überlegungen schreckten sogar die Tossama. Die Bauern, die in einem dunklen Bauernhaus zusammensaßen, beobachteten verstohlen die anderen, und jeder schien einen Ausweg zu suchen, diesem Auftrag zu entkommen.

Schließlich fiel der Name Kichijiro, denn erstens stammte er nicht aus Tomogi, und zweitens hatten alle das Gefühl, daß im Grunde dieser Mann die Schuld am Unglück trug. Kichijiro wußte nicht mehr ein noch aus, er weinte, und schließlich überschüttete er alle mit einer Flut von Beschimpfungen. Als ihn jedoch die Dorfleute händeringend anflehten: »Du bist noch jung, wir aber haben Frauen und Kinder. Sicherlich fragen dich die Beamten nicht so genau, weil du ja nicht von hier bist. Bitte, geh du!«, da konnte er wohl wieder aus Willensschwäche nicht ablehnen.

»Ich gehe mit!« stieß plötzlich Ichizo hervor. Alle blickten erstaunt auf diesen Mann, der gewöhnlich als wortkarger Starrkopf angesehen wurde. Dann meldete sich Mokichi und sagte, daß er sich den beiden anschließen wolle.

9. – Ein Tag, an dem von morgens bis abends grauer

Nieselregen die Bäume vor der Hütte wie Nebel verschleierte. Die drei Männer stiegen durch den Wald zu uns herauf. Mokichi schien ein wenig aufgeregt, Ichizo kniff wie immer die Augen verdrossen zusammen. Hinter den beiden Kichijiro; bedrückt blickte er uns an, wie ein geschlagener Hund.

»Padre, dort müssen wir auf das Christusbild treten!« flüsterte Mokichi mit niedergeschlagenen Augen wie im Selbstgespräch. »Wenn wir dies nicht tun, werden alle Dorfbewohner ins Kreuzverhör genommen. Was sollen wir tun?«

In meiner Brust regte sich Mitleid. Ohne zu denken gab ich eine Antwort, die Sie wahrscheinlich gegeben hätten. Ich dachte an Pater Gabriel, der während der Verfolgung in Unzen vor dem Bild erklärt hatte: »Lieber lasse ich mir diesen Fuß abschneiden, als daß ich darauf trete.« Ich weiß, daß viele japanische Christen und Patres in dem Augenblick, in dem man ihnen das Christusbild vor die Füße legte, das gleiche empfunden haben. Aber wie konnte ich solchen Opfermut von diesen drei bemitleidenswerten Kreaturen verlangen!

»Tretet nur darauf! Tretet nur darauf!« Kaum hatte ich dies hervorgestoßen, begriff ich, daß ich dies nie hätte sagen dürfen. Voll Tadel starrte mich Garpe an.

In Kichijiros Augen standen noch immer Tränen. »Weswegen hat uns der Herr Jesus dieses Leiden auferlegt? Wir haben doch gar nichts Böses getan!«

Was sollten wir darauf antworten? Auch Mokichi und Ichizo schwiegen, ihre Blicke starr auf einen Punkt in der Hütte gerichtet.

Dann sprachen wir ein Abschiedsgebet. Als wir es beendet hatten, machten die drei sich an den Abstieg ins Dorf. Garpe und ich konnten unsere Augen nicht von ihren Gestalten lösen, die schließlich der Nebel verschluckte. Wir würden Ichizo und Mokichi nie mehr wiedersehen.

Wieder habe ich lange Zeit nicht geschrieben. Daß Tomogi von den Beamten überrascht wurde, habe ich Ihnen schon berichtet. Erst heute aber haben wir erfahren, wie es jenen drei Männern beim Kreuzverhör in Nagasaki ergangen ist. Wir beteten für eine gesunde Rückkehr der drei und des Jiisama. Auch die Gläubigen von Tomogi sprachen ihre Gebete für sie.
Sicherlich hat Gott uns diese Prüfung nicht ohne Absicht auferlegt. Daher wird der Tag kommen, an dem wir erkennen, warum Gott uns dieses Schicksal zuteil werden ließ. Sie werden sich wundern, daß ich so etwas schreibe, aber Kichijiros Worte am Morgen vor dem Aufbruch, die er da mit gesenkten Augen gemurmelt hatte, gehen mir nicht aus dem Sinn und drücken wie eine schwere Last auf mein Herz.
»Weswegen hat uns der Herr Jesus diese Leiden auferlegt?« hatte er, die Augen vorwurfsvoll auf mich gerichtet, gesagt. »Wir haben doch nichts Böses getan.«
Warum nur bohrten sich die Worte dieses feigen Kerls mit der Schärfe einer Nadelspitze in meine Brust? Was bezweckt unser Herr damit, daß er diesen armseligen Bauern Unterdrückung und Folter sendet? Aber Kichijiros Worte meinten etwas anderes, etwas Schrecklicheres: das Schweigen Gottes. Obwohl doch in den zwanzig Jahren seit dem Ausbruch der Verfolgung über diese schwarze Erde von Japan das Stöhnen unzähliger Christen hallt, das rote Blut der Priester in ihr versickert und die Türme der Kirchen niedergerissen wurden, schweigt Gott, schweigt im Angesicht dieser Opfer, die für ihn dargebracht werden. Dies ist das Problem, das hinter der einfachen Frage Kichijiros verborgen liegt.
Aber jetzt will ich über das Schicksal der drei Männer berichten. Nachdem sie sich am Sitz des Gouverneurs in Sakuramachi eingefunden hatten, wurden sie für zwei Tage in den Kerker hinter dem Amt geworfen, unterzog man sie dem Verhör. Befremdlicherweise begann es als geschäftsmäßiger Dialog.

»Ihr wißt, daß das Christentum eine ungesetzliche Religion ist?« Mokichi nickte mit dem Kopf.
»Aber hier liegt eine Klage vor, daß ihr diese ungesetzliche Religion praktiziert. Was sagt ihr dazu?«
Die drei antworteten, daß sie Buddhisten seien und den Lehren ihres Heimattempels gehorchten.
»Gut, dann tretet auf dieses Bild!«
Vor ihre Füße wurde ein Bild gelegt, das die heilige Maria, den Gottessohn in den Armen, zeigte. Sie folgten meinem Rat. Kichijiro, sodann Mokichi und als letzter Ichizo stellten ihren Fuß darauf. Zu glauben, daß man ihnen nun die Freiheit wiedergegeben hätte, ist ein Fehler. Auf den Gesichtern der Beamten, die vor den Angeklagten in einer Reihe saßen, zeigte sich ein Lächeln. Sie hatten nicht gezweifelt, daß die drei Männer auf das Bild treten würden, sondern nur deren Gesichtsausdruck im Auge gehabt.
»Ihr glaubt, ihr könnt uns so hinters Licht führen?« fragte jetzt ein älterer Beamter. Nun erst bemerkten die drei, daß es der alte Samurai war, der sie in Tomogi befragt hatte. »Haltet ihr uns für Dummköpfe? Wir haben nicht übersehen, daß euer Atem heftiger ging, als ihr auf das Bild getreten habt.«
»Aber wir regen uns überhaupt nicht auf«, versicherte Mokichi verzweifelt. »Wir sind keine Christen.«
»Gut, dann macht jetzt auch das, was wir euch nun sagen!« Man befahl ihnen, auf das Bild zu spucken und die heilige Jungfrau eine Hure zu nennen. Wie ich später erfahren habe, geht diese Methode auf Inoue zurück, der einmal die Taufe empfangen hatte, als dies für seine Karriere von Vorteil schien. Er weiß, daß die armen Bauern die heilige Jungfrau mehr als alles andere anbeten. In der Tat hat es auch mir in Tomogi mißfallen, daß die Leute manchmal Maria mehr verehren als Christus.
»Nun, spuckt ihr nicht darauf? Bringt denn niemand die Worte heraus, die ihr sagen sollt?«
Ichizo faßte mit beiden Händen das Bild, von hinten

bedrängten ihn die Beamten. Verzweifelt bemühte er sich, darauf zu spucken, aber er vermochte es einfach nicht. Auch Kichijiro stand bewegungslos mit hängendem Kopf.
»Was ist denn los mit euch!«
Von den Beamten heftig gepackt, quoll eine weiße Träne aus Mokichis Auge und lief über seine Wange. Qualerfüllt schüttelte auch Ichizo seinen Kopf. So gestanden beide, Christen zu sein. Nur Kichijiro keuchte Worte der Entehrung gegen die heilige Jungfrau.
»Spucke.«
Und Kichijiro ließ seinen Speichel auf das Bild fließen, der nie mehr entfernt werden konnte.

Nach dem Verhör wurden die zwei, Mokichi und Ichizo, für zehn Tage in den Kerker von Sakuramachi geworfen. Der abtrünnige Kichijiro wurde freigelassen und verschwand spurlos. Seitdem ist er nicht nach Tomogi zurückgekehrt. Es ist aber unmöglich für ihn, zurückzukehren.
Die Regenzeit hat angefangen. Jeden Tag fällt dünner Regen. Ich erlebe zum erstenmal diese düstere Periode, in der der Regen alles von der Oberfläche bis zu den Wurzeln der Fäulnis überläßt. Wie ausgestorben liegt der Ort. Jeder wußte, welches Schicksal auf die beiden wartete. Die Bauern fürchteten, bald selbst ein Verhör durchmachen zu müssen. Fast niemand ging seiner Feldarbeit nach. Wie schwarz war das Meer hinter den trostlosen Feldern!
20. – Wieder kamen Beamte ins Dorf. Sie verkündeten öffentlich, daß Mokichi und Ichizo hier am Strand von Tomogi der Wasserkreuzigung unterzogen würden.
22. – Die Leute von Tomogi entdeckten auf der regennassen aschfarbenen Landstraße eine Prozession, die, von weitem einer Kette von Bohnen ähnlich, auf das Dorf zukam. Nicht lange, und die einzelnen Gestalten

wurden größer und größer. In der Mitte erkannten sie nun Ichizo und Mokichi. Ihre Hände waren an ein ungesatteltes Pferd gebunden, die Köpfe hielten sie gesenkt. Wächter umringten sie. Die Dorfleute verschlossen ihre Türen und wagten sich nicht hinaus. Hinter dem Zug drängten sich Schaulustige. Auch von unserer Hütte aus war diese Prozession zu sehen.
Nachdem sie den Ufer erreicht hatten, ließen die Beamten ein Feuer anzünden, das die durchnäßten Körper von Mokichi und Ichizo erwärmen sollte. Als besondere Gnade schien man ihnen einen Schluck Reiswein gewährt zu haben. Als ich dies hörte, fiel mir der Soldat ein, der dem sterbenden Jesus einen mit Essig getränkten Schwamm gab.
Zwei Kreuze aus zusammengebundenen Baumstämmen wurden am Strand aufgestellt. Daran befestigte man Ichizo und Mokichi. Nachts, wenn die Flut gestiegen ist, hängen dann die zwei Männer bis zum Kinn im Wasser. Auf diese Weise sterben sie nicht sofort, sondern brauchen zwei, drei Tage, ehe sie vollkommen ermattet an Körper und Seele den Geist aushauchen. Dieser lange Todeskampf vor den Augen der Leute von Tomogi und der Bauern aus den umliegenden Dörfern soll alle davon abhalten, sich jemals wieder dem Christentum zu nähern; dies war die Absicht der Behörde.
Es war nach Mittag, als man Mokichi und Ichizo an die Pfähle band. Die Beamten ließen etwa vier Männer zur Bewachung zurück und ritten weg. Auch die Zuschauer, die sich anfänglich an der Küste scharten, traten wegen des Regens und der Kälte nach und nach den Heimweg an.
Die Flut stieg. Die Gestalten von Mokichi und Ichizo bewegten sich nicht. Eintönig rauschend drängten sich die Wellen heran, tauchten die Füße und die untere Körperhälfte ins Wasser, und eintönig rauschend zogen sie sich wieder zurück.
Am Abend brachten Omatsu und ihre Nichte das Essen

für die Wachen, und sie bat, auch jenen zwei Männern an den Kreuzen etwas bringen zu dürfen. Da dies erlaubt wurde, näherte sie sich schließlich den beiden in einem Boot.
»Mokichi, Mokichi!« rief Omatsu.
Es schien, als ob Mokichi darauf mit einem »Ja?« antwortete. Dann sagte sie auf gleiche Weise: »Ichizo, Ichizo!« Aber der alte Mann vermochte keine Antwort mehr zu geben. Daß er jedoch noch lebte, merkte sie an einer matten Bewegung seines Kopfes.
»Ihr leidet schrecklich, aber seid geduldig. Die Padres und wir, alle beten wir für euch. Ihr werdet ins Paradies eingehen.« So bemühte sich Omatsu, ihnen Mut zuzusprechen. Als sie versuchte, Mokichi eine Kartoffel in den Mund zu schieben, schüttelte dieser den Kopf. Ich möchte diesen Leiden so schnell wie möglich entrinnen, wird er gedacht haben.
»Gib Ichizo«, murmelte Mokichi, »laß ihn essen. Ich kann nicht mehr.«
Omatsu und ihre Nichte kehrten weinend zum Strand zurück. Und dort, völlig durchnäßt vom Regen, erhoben sie ihre Stimme und klagten.
Die Nacht sank herab. Von unserer Hütte aus konnten wir schemenhaft die roten Flammen des Feuers erkennen, das die Wachen angezündet hatten. Dort am Meeresufer standen die Leute von Tomogi und starrten hinaus auf das dunkle Wasser. Meer und Himmel waren so schwarz, daß niemand mehr wußte, wo Mokichi und Ichizo waren. Auch ob sie noch lebten, wußte niemand zu sagen. Weinend sprachen sie Gebete in ihren Herzen.
Da klang mit dem Rauschen der Wellen eine Stimme an ihre Ohren, die Mokichi zu gehören schien. Ob er nun den Dorfbewohnern vermitteln wollte, daß sein Leben noch nicht verlöscht war, oder ob er versuchte, sich selbst so Mut einzuflößen –, der junge Mann sang, um Atem ringend, ein christliches Lied:
»Lasset uns wandern, lasset uns wandern,

zum Tempel des Paradieses lasset uns wandern!
Wenn wir vom Tempel des Paradieses sprechen,
wenn wir vom großen Tempel des Paradieses sprechen...«

Alle lauschten Mokichis Stimme, auch die Wachen lauschten. Immer wieder brandete seine Stimme, unterbrochen vom Rauschen des Regens und der Wellen, an das Ufer.

24. – Den ganzen Tag fiel Nieselregen. Die Bewohner des Ortes Tomogi sammelten sich wieder und starrten auf die Pfähle in der Ferne, an denen Ichizo und Mokichi hingen. Gleich einer eingesunkenen Wüste dehnte sich der Strand, vom Regen umschlossen, verlassen und einsam. Heute waren auch keine Schaulustigen aus den Nachbardörfern gekommen. Als mit der Ebbe das Wasser zurückwich, ragten nur die Holzstämme in die Höhe. Es sah aus, als ob Mokichi und Ichizo mit den Pfählen eins geworden seien. Indessen erkannten die Dorfleute an einem dunklen Stöhnen, das von Mokichi stammen mochte, daß die beiden noch lebten.

Dann und wann brach das Stöhnen ab. Mokichi war die Kraft, sich wie gestern mit einem Lied neuen Mut zuzusingen, abhanden gekommen. Nach etwa einer Stunde trieb der Wind neuerlich das Stöhnen zu den Dorfleuten am Ufer. Wenn diese Stimme wie das Heulen eines Tieres an ihre Ohren drang, zitterten und schluchzten die Bauern. Am Nachmittag bedeckte die Flut nach und nach die Pfähle, das Meer vertiefte seine schwarze und eisige Farbe, die Holzkreuze schienen darin zu versinken. Weißgekrönte Wellen überrollten die Kreuze, brachen sich am Strand, ein weißer Vogel glitt über das Wasser und flog davon. Und dann war alles zu Ende.

Sie waren Märtyrer. Aber was für ein Märtyrertum war das! Ich hatte viel über Märtyrertum im Leben der Heiligen gelesen – so zum Beispiel hatte ich davon geträumt, daß im Augenblick der Heimkehr der Seelen

Strahlen der göttlichen Gnade das Firmament erfüllen und Engel mit ihren Trompeten sie willkommen heißen. Das Martyrium der japanischen Christen, das ich Ihnen eben geschildert habe, glich keinem solch strahlenden Bild. Wie überaus elend, wie schmerzerfüllt hatten die beiden sterben müssen. Unaufhörlich fällt der Regen ins Meer. Und das Meer, das sie getötet hat, verharrt ungerührt in Schweigen.
Abends kehrten die Beamten zu Pferd zurück. Auf ihr Geheiß sammelten die Männer der Wache feuchte Holzscheite und machten sich daran, die Leichen von Ichizo und Mokichi, die sie von den Pfählen herabgelöst hatten, zu verbrennen. Dadurch sollte vermieden werden, daß Andenken zur Verehrung mit nach Hause genommen werden würden. Als die Leichen zu Asche zerfallen waren, streuten die Männer sie ins Meer. Die Flammen des Feuers, das sie angefacht hatten, schwankten dunkelrot im Wind. Die Dorfbewohner verfolgten bewegungslos den Rauch, der über den Sandstrand hinzog. Nachdem alles vorbei war, gingen sie nach Hause, mit hängenden Köpfen und schweren Füßen, wie eine Herde Rinder.
Während ich Ihnen heute diesen Brief schrieb, trat ich manchmal vor die Hütte, um auf das Meer hinabzuschauen, das nun zum Grab jener zwei japanischen Bauern, die an unsere Worte geglaubt haben, geworden ist. Das Meer dehnte sich trübe und schwarz bis an den Horizont, und unter den aschfarbenen Wolken zeichnete sich nicht die Spur einer Insel ab.
Nichts hatte sich geändert. Sie an meiner Stelle würden sagen, daß ihr Tod auf keinen Fall sinnlos gewesen sei. Daß er einen Stein bilde, der bald zum Pfeiler der Kirche werde. Daß unser Gebieter niemals Prüfungen auferlegt, die wir nicht bestehen können. Daß Ichizo und Mokichi jetzt wie viele japanische Märtyrer an der Seite unseres Gebieters, die ewige Seligkeit finden. Natürlich stimme auch ich dem allen zu. Warum bleibt Trauer in

meinem Herzen zurück? Warum schmerzt es, wenn ich mich jetzt noch einmal des Liedes entsinne, das Mokichi, an den Pfahl gebunden, gesungen hatte?

»Lasset uns wandern, lasset uns wandern,
zum Tempel des Paradieses lasset uns wandern!«

Die Leute von Tomogi haben uns erzählt, daß viele Gläubige auf dem Weg zur Hinrichtung dieses Lied gesungen haben. Dieses Lied mit der schwermütigen Melodie, getragen von einem langsamen Rhythmus! Das irdische Dasein ist für diese japanischen Bauern allzu qualerfüllt. So voll Qualen und Schmerzen, daß sie es nur in der Hoffnung auf den Tempel des Paradieses erdulden. Mir scheint dieses Lied angefüllt von Traurigkeit.

Was will ich damit sagen? Ich weiß es selbst nicht genau. Ich weiß nur, daß ich es nicht ertrage, daß auch am heutigen Tag, an dem Mokichi und Ichizo ihr Leben unter Leiden für die Ehre des Herrn gegeben haben, daß auch heute das Meer dunkel und eintönig ans Ufer schlägt. Hinter der ungerührten Ruhe dieses Meeres ahne ich das Schweigen Gottes; Gott, der, die klagenden Stimmen der Menschen im Ohr, mit verschränkten Armen sein Schweigen bewahrt...

Es kann sein, daß dies mein letzter Bericht wird. Denn heute morgen erfuhren wir, daß ohne Zweifel Beamte beabsichtigen, die Berge zu durchkämmen. So mußten wir noch vorher unsere Hütte in ihren alten Zustand bringen, um alle Spuren, daß wir uns hier versteckt hatten, zu verwischen. Garpe und ich hatten uns nicht entscheiden können, wohin wir uns wenden sollten. Wir berieten lange. Sollten wir gemeinsam fliehen oder uns trennen? Schließlich faßten wir den Entschluß, auseinanderzugehen, damit, falls einer den Heiden zum Opfer fiele, wenigstens der andere am Leben bliebe. Warum bleiben wir überhaupt in diesem Land? Weder Garpe noch ich hatten Afrika umschifft, den Indischen Ozean überquert und uns von Makao in dieses Land

begeben, um immer auf der Flucht zu sein. Wir waren nicht hierhergekommen, um uns wie Feldmäuse in den Bergen zu verstecken und von den armen Bauern eine Handvoll Essen zu erbetteln, um in einer Köhlerhütte zu hocken ohne Christen zu sehen. Hatten wir unsere Träume schon aufgegeben?...
Auch nur ein Priester in diesem Land hat so viel Bedeutung wie eine Öllampe in den Katakomben. Daher gelobten wir uns, alles zu unternehmen, unser Leben zu erhalten.
Wenn Sie also nicht so bald wieder etwas von uns hören werden, muß dies nicht bedeuten, daß wir gestorben sind. Es ist fraglich, ob Sie meine bisherigen Briefe überhaupt erhalten haben. Es geht doch darum, in diesem wüsten Land eine Hacke zurückzulassen, um es von neuem zu bebauen...

Ich kann nicht unterscheiden, wo das Meer endet und die Dunkelheit der Nacht beginnt. Auch die Inseln sind in die Finsternis zurückgesunken. Daß ich selbst mich auf dem Meer befinde, erkenne ich nur an den Atemzügen des Burschen, der hinter mir das Boot lenkt, am Knarren der Ruder, am Klang der Wellen, die an das Schiff schlagen.
Eine Stunde ist vergangen, seitdem Garpe und ich uns getrennt haben. Jeder von uns wurde zu einem anderen Boot geführt. Dann verließen wir Tomogi. Ich hörte das knarrende Geräusch der Ruder, als Garpe in Richtung der Insel Hirado davonfuhr. Wir hatten nicht einmal Zeit gefunden, uns in der Dunkelheit auf Wiedersehen zu sagen.
Allein gelassen begann ich, ohne es zu wollen, zu zittern. Ich hätte gelogen, wenn ich behauptete, mich nicht zu fürchten. Es war eine körperliche Angst, die mich überwältigte, trotz meines tiefen Glaubens und obwohl ich mich zu beherrschen versuchte. Als Garpe noch neben mir war, teilten wir uns, ebenso, wie man

ein Brot in zwei Stücke teilt, auch die Furcht, doch nun lastet die Kälte und Dunkelheit allein auf meinen Schultern. Ob auch alle anderen Missionare, die nach Japan gekommen sind, solche Furcht hatten? Wie ist es wohl ihnen ergangen? Ich weiß nicht warum, aber auf einmal fiel mir Kichijiros kleines angsterfülltes Mäusegesicht ein. Ja, der Feigling, der im Amt des Gouverneurs zu Nagasaki auf das Bild trat und floh. Wenn ich nicht Priester, sondern irgendein Gläubiger wäre, ergriffe ich ebenso die Flucht wie er? Was mich aufrecht hält, ist meine Selbstachtung und meine priesterliche Pflicht.
»Gib mir Wasser!« wandte ich mich an den Burschen, der die Ruder führte, aber der gab keine Antwort. Allmählich begriff ich, daß uns die Leute von Tomogi nach dem Martyrium von Ichizo und Mokichi als Fremde, die Unheil über sie gebracht hatten, und uns als Belastung empfanden. Auch dieser junge Mann wäre wohl froh gewesen, wenn er mich nicht hätte begleiten müssen. Um meine Zunge zu befeuchten, lutschte ich die mit Meerwasser benetzten Finger; abermals erinnerte ich mich an den Geschmack des Essigs, den Jesus am Kreuz gekostet hatte.
Nach und nach änderte das Schiff seine Richtung. Von links her klang das Rauschen der Wellen so, als ob sie an Felsen brandeten. Auch neulich, als ich zur Insel herüberfuhr, hörte ich dieses Geräusch der Wellen wie dunkle Trommeln. Das Meer verengt sich hier zu einem Meeresarm, und die Gischt wäscht den Strand der Insel. Die Insel verbirgt sich jedoch in tiefschwarzer Dunkelheit. Wo der Ort liegt, kann ich nicht erkennen.
Wie viele Missionare sind wohl so wie ich jetzt in einem Boot zu dieser Insel herübergekommen? Aber dennoch ist meine Situation heute anders. Sie hielten sich zu einem Zeitpunkt in Japan auf, an dem die Mission aufzublühen begann. Sie waren sicher, sie fanden Gläubige, die sie mit Freude willkommen hießen, und ein Haus, in dem sie sanft ruhen konnten. Die Fürsten

wetteiferten, sie zu beschützen, wenn auch nicht aus echtem Glauben, so wegen der Handelsvorteile. Die Missionare wiederum nützten diese Chance und vermehrten ihre Anhänger. Aus irgendeinem Grund ging mir durch den Kopf, was Valignano in Makao gesagt hatte: »In jener Zeit war die Frage, ob wir Missionare in Japan nun Gewänder aus Seide oder aus Baumwolle tragen sollten, ein Problem, das man ernsthaft diskutierte.«
Ich lachte leise und umfaßte meine Knie. Mißverstehen Sie mich bitte nicht! Es ist keinesfalls so, daß ich die Missionare jener Periode geringschätze. Es schien mir nur lächerlich, daß auch ich – dieser Mann in einem kleinen Boot voller Ungeziefer, in zerlumptem Arbeitsgewand, das ihm Mokichi aus dem Dorf Tomogi geschenkt hatte –, daß auch dieser Kerl ebenso wie jene Männer ein Priester sein sollte.
Allmählich näherten sich pechschwarze Klippen. Vom Strand wehte Gestank von verrottetem Seegras herüber; als Sand den Boden des Schiffes kratzte, sprang der Bursche ins Wasser und machte sich daran, mit beiden Händen das Schiff auf den Strand zu ziehen.
Auch ich setzte meine Füße ins seichte Wasser und tastete mich mit Mühe ans Ufer, während ich in tiefen Zügen die salzige Luft einsog.
»Vielen Dank. Der Ort ist da oben, nicht wahr?«
»Padre, ich ...«
Ich sah zwar nicht sein Gesicht, aber an seiner Stimme merkte ich, daß er mich nicht weiter als bis hierher begleiten wollte. Wir reichten uns die Hand. Er lief offensichtlich erleichtert zum Meer zurück. Ich hörte das dumpfe Geräusch, als er ins Boot sprang.
Während ich noch dem Plätschern der Ruder lauschte, fragte ich mich, wo Garpe in dieser Stunde wohl sei. Wie eine Mutter, die ihr Kind zu beruhigen versucht, redete ich mir ein, daß ich nichts zu befürchten habe, und lief los. Ich kenne ja den Weg. Wenn ich von hier geradeaus

weitergehe, gelange ich ganz einfach zu dem Dorf, das mich neulich aufgenommen hat. In der Ferne ertönte etwas wie ein schwaches Wimmern. Es war das Miauen einer Katze. Doch im Augenblick hatte ich keinen anderen Gedanken, als mich sobald als möglich auszuruhen und etwas für meinen leeren Magen zu finden.
Je näher ich dem Dorf kam, desto deutlicher wurde das Jammern der Katzen. Aus der gleichen Richtung trieb ein widerlicher Geruch, so daß ich fast einen Brechreiz verspürte. Es stank nach verdorbenem Fisch. Als ich das Dorf betrat, umgab mich eine erschreckende, unheimliche Stille. Kein einziger Mensch war da.
Der Ort glich weniger einer Ruine als einem verlassenen Schlachtfeld. Überall auf den Wegen lagen zerbrochene Teller und Schüsseln, und die Häuser standen offen – sämtliche Türen herausgerissen. Eine Katze hatte sich gierig irgendwelche Reste geholt, die sie in den leeren Räumen aufgestöbert hatte.
Ziemlich lange Zeit stand ich regungslos mitten im Ort. Merkwürdigerweise fühlte ich dabei weder Angst noch Entsetzen. Mir kam nur die eine Frage immer wieder in den Sinn: »Warum nur? Warum?«
Ich schlich zum anderen Ende des Dorfes. Wo ich auch ging, streiften abgemagerte wilde Katzen umher. Sie hockten auf dem Boden oder rieben sich an meinen Beinen und musterten mich mit funkelnden Augen. Ich betrat, auf der Suche nach etwas Eßbarem, eines der leeren Häuser. Aber ich fand schließlich nur eine Schale voll Wasser. Müdigkeit überwältigte mich; ich versank mit dem Rücken an die Wand gelehnt wie ein Kamel in Schlaf. Im Dahindösen spürte ich, wie eine Katze mich umschlich, die sich davonmachte, als sie ein Stück verfaulten Trockenfisches gefunden hatte. Als ich die Augen wieder öffnete, sah ich durch den leeren Türrahmen die schwarze sternenlose Nacht.
Am Morgen ließ mich die kühle Luft aufhusten. Der Himmel erbleicht schon, und verschwommen sehe ich

die Silhouette der Berge hinter dem Dorf. Es war gefährlich, länger zu bleiben. Ich mußte mich aufraffen, hinaus auf die Straße und aus dem menschenleeren Ort! Wohin sollte ich gehen? Es war sicherer, die Berge zu überqueren, als am Meeresufer entlang zu wandern, wo ich die Blicke auf mich zog, überlegte ich. Irgendwo in den Bergen mußte es einen Ort geben, in dem, so wie hier noch vor einem Monat, Christen heimlich lebten. Ich würde sie suchen und herausfinden, was hier passiert ist; dann würde ich entscheiden, was zu tun ist. Dann dachte ich plötzlich an Garpe und wie es ihm ergangen sein mochte.
Bevor ich den Ort verließ, durchsuchte ich die Häuser nach Lebensmitteln. Schließlich entdeckte ich in einem, das so verwüstet war, daß ich kaum Platz zum Stehen fand, ein paar Körner Reis. Ich wickelte sie in einen Fetzen und machte mich auf in die Berge.
Bis zum Gipfel der ersten Anhöhe führte der Weg durch Felder. Schlamm klebte an meinen Füßen. Man brauchte nur diese bergigen Felder zu sehen, mit ihren Steinwällen, diese karge Erde, um die Armut der Christen hier zu ermessen. Vom Ertrag des schmalen Landstreifens am Meer konnten sie nicht ihr Leben fristen und gleichzeitig Steuern zahlen. Der Jauchegestank war überall und umhüllte auch den ärmlichen Weizen und die Kastanienbäume. Schwärme von Fliegen umgaben mich und ließen sich sogar auf meinem Gesicht nieder, obwohl ich sie heftig vertrieb. Wie Schwerter stießen die Berge in den hell werdenden Himmel, von Wolken umgeben. Mit heiserem Krächzen flatterte ein Schwarm Krähen in der trüben Luft.
Oben am Hügel rastete ich und schaute auf den Ort hinab. Eine Handvoll brauner Erdklumpen. Aus Lehm und Holz zusammengeknetete Hütten! Keine Spur von Menschen, weder auf den Wegen noch am schwarzen Strand. An einen Baumstamm gelehnt, ließ ich meine Augen über den milchweißen Dunst streifen, der die

Täler verhüllte. Nur das morgendliche Meer war schön. Weit draußen auf offener See lagen kleine Inseln verstreut. Unter den schwachen Sonnenstrahlen blitzten die Wellen auf. Die Brandung schäumte weiß am Ufer. Ich stellte mir vor, wie Xavier, Cabral, Valignano und andere über dieses Meer zu den Christen gekommen waren. Sicher war Xavier auf dem Weg nach Hirado hier vorbeigekommen. Und ohne Zweifel hatte auch Torres, der vorbildliche Leiter der Mission in Japan, diese Inseln besucht. Aber sie wurden überall von den Gläubigen herbeigesehnt, wurden herzlich empfangen und wirkten in zwar kleinen, aber schönen und mit Blumen geschmückten Kirchen. Sie mußten nicht in die Berge fliehen, um sich vor Häschern zu verstecken. Bei diesen Gedanken stieg ein spöttisches Lachen in mir hoch.

Es versprach, ein schwüler Tag zu werden. Der Schwarm Krähen zog beharrlich seine Kreise über meinem Kopf. Sobald ich stehenblieb, verstummten ihre dunklen, aufdringlichen Stimmen; sie folgten, wenn ich weiterging. Von Zeit zu Zeit ließ sich einer der Vögel in den Ästen eines nahen Baumes nieder und spähte flügelschlagend zu mir her. Hin und wieder versuchte ich die Vögel mit Kieselsteinen zu verjagen. Gegen Mittag erreichte ich den Rücken des schwertförmigen Berges. Ich hatte den Weg so gewählt, daß ich das Meer und die Küste stets im Auge behielt, damit ich einen etwaigen Ort am Meeresufer nicht übersehen konnte. Regenwolken trieben wie Schafe am Firmament. Ich ließ mich im Gras nieder und aß trockenen Reis, den ich aus dem Dorf entwendet hatte, mit Gurken, die ich aufgelesen hatte. Der Saft der Gurken erfrischte mich und gab mir neuen Mut. Ein Windzug wehte über die Felder. Mit geschlossenen Augen witterte ich den Geruch von etwas Verbranntem. Ich richtete mich auf. Ich entdeckte Überreste eines Feuers. Hier mußte jemand gewesen sein, der Äste eingesam-

melt und angezündet hatte. Ich legte einen Finger in die Asche und fühlte noch etwas von der Wärme.
Lange Zeit zögerte ich, ob ich zurückgehen oder weitergehen sollte. Dieser Tag ohne menschlichen Kontakt in dem ausgestorbenen Ort und den braunen Bergen hatte mich schon viel Kraft und Mut gekostet. Ich wollte einen Menschen treffen, wer immer es auch sein mochte. Dies war der erste Gedanke, es regte sich aber andererseits die Angst beim Gedanken an die Gefahr, die dies bedeutete. Schließlich erlag ich der Versuchung. Nicht einmal Christus hätte dieser Verlockung widerstehen können. Denn Er war von den Bergen herabgestiegen, weil Er sich nach Menschen sehnte.
Es war nicht schwer zu erraten, wohin sich der Mann, der das Feuer anfachte, gewandt hatte. Es gab nur einen Weg. Er mußte in die entgegengesetzte Richtung des Dorfes, von dem ich kam, gegangen sein. Am Himmel dämpften trübe Wolken das weiße Licht der Sonne. Krähen kreischten mit rauher Stimme.
Ich beschleunigte meine Schritte. Auf der kargen Fläche wuchsen Eichen und Kampferbäume. Manchmal schienen sie menschliche Gestalt anzunehmen. In solchen Augenblicken erstarrte ich wie vom Blitz getroffen. Außerdem ließen die Krähen nicht ab, mich zu verfolgen. Die schwarzen Vögel steigerten die Vorahnung irgendeines Unglücks, die in meinem Herzen nistete. Um mich abzulenken, betrachtete ich aufmerksam die Bäume. Seit meiner Kindheit hegte ich eine Vorliebe für Botanik, und ich dachte mir, daß sich auch in Japan eine Menge Bäume kennen würde. Es gab zum Beispiel den chinesischen Nesselbaum, das rote Farnkraut und andere Bäume oder Büsche, die Gott anscheinend jedem Land geschenkt hat, aber die übrigen Hölzer gehörten Arten an, die ich niemals zuvor gesehen hatte.
Am Nachmittag hellte sich der Himmel kurz auf. In den Wasserpfützen spiegelten sich kleine weiße Wolken und die Bläue des Himmels. Ich kauerte nieder, um meinen

Hals zu befeuchten; ich war in Schweiß gebadet. Die Wolken verschwanden vom Wasser, statt dessen erschien dort das Gesicht eines Mannes – es spiegelte sich ein müdes, mageres Gesicht. In diesem Moment fiel mir das Gesicht eines anderen Mannes ein. Das Gesicht eines Gekreuzigten, das viele Jahrhunderte lang Künstlerhände anregte. Zwar hatte keiner das Angesicht des Herrn erblickt, aber dennoch gestalteten sie Sein Antlitz – das reinste, das schönste, das die Gebete der Menschen erfüllt. Ich bin aber sicher, daß Sein Antlitz noch erhabener war, als sie es darzustellen vermochten. Das Gesicht, das mich aus dem Regenwasser anblickte, war die Fratze eines Gejagten, voll Bartstoppeln und schmutzigem Schlamm, in Angst und Erschöpfung. Kennen Sie das Gefühl, in großer Niedergeschlagenheit plötzlich laut lachen zu müssen? Ich benahm mich wie ein Verrückter, dehnte mein Gesicht im Wasser in die Länge, verzog den Mund, verdrehte die Augen und hörte auf, mich närrisch zu gebärden.
Warum benahm ich mich so lächerlich? Warum? Warum?
Im Wald zirpte auf einmal eine Zikade. Sonst war alles still. Als die Sonnenstrahlen verblichen, Wolken wieder über den Himmel zogen und die Schatten länger wurden, gab ich die Hoffnung auf, den Mann, der das Feuer entzündet hatte, einzuholen. »Wir wandern begierig nach Zerstörung und Bösem durch die weglose Wildnis.« Diese Psalmworte summend, wie sie mir gerade durch den Sinn zogen, trottete ich den Weg entlang. »Die Sonne steigt auf, die Sonne geht unter. Sie kehrt zum Ursprung zurück. Der Wind weht nach Süden, dann wieder nach Norden, er dreht sich im Kreise, und sein Kommen und Gehn hört nie auf. Obgleich sich die Flüsse alle im Meer ergießen, geht es nie über. Alles erfüllt jetzt die Finsternis. Was einmal geschehen ist, geschieht niemals wieder. Was einmal getan, wird nie wieder getan.«

Da erwachte in meinem Herzen das Brüllen des Meeres, wie es mir und Garpe in unserem Versteck in den Bergen in die Ohren geklungen war. Jenes Rauschen, das in der Finsternis wie die Schläge einer Trommel klang. Jenes Rauschen, das die ganze Nacht ohne irgendeine Bedeutung heranrollte, sich zurückzog und wieder heranrollte. Teilnahmslos hatten die Wellen auch die Leichen von Mokichi und Ichizo verschlungen. Unverändert erstreckte es sich, endlos. Und Gott schwieg wie dieses Meer. Und schwieg immer weiter.

Nein, nein! Ich schüttelte den Kopf. Ohne Gott ertrügen die Menschen nicht die Monotonie dieses Meeres und seine unbewegte Teilnahmslosigkeit. Aber angenommen, natürlich nur angenommen, raunte gleichzeitig tief in der Brust eine andere Stimme, angenommen, daß Gott nicht existierte...

Der Gedanke war grauenhaft. Welch für ein Hohn, wenn Gott nicht existierte! Welch ein groteskes Schauspiel bildete dann das Leben von Mokichi und Ichizo, an Pfähle gebunden, von den Wellen überschwemmt. Welch eine Illusion hätte dann sie selbst angetrieben, die drei Jahre benötigten, um über alle Meere in dieses Land zu gelangen! Und wie absonderlich verhielte ich mich selbst, unterwegs durch menschenleeres Gebirge. Um diese Vorstellungen, die wie Brechreiz im Halse würgten, hinunterzudrücken, riß ich Gras aus und steckte es verzweifelt in den Mund. Mir war klar, daß der Zweifel an Gott die größte aller Sünden ist, aber ich begriff nicht, warum Gott sein Schweigen nicht brach. »Und der Herr rettete die Guten aus den Flammen, die fünf Städte ergriffen.« Aber jetzt, da aus der unfruchtbaren Erde Rauch aufstieg und die Bäume Früchte trugen, die noch unreif waren, jetzt sollte der Herr ein Wort, ein einziges Wort zu seinen Gläubigen sprechen!

Ich rannte und glitt auf der Böschung aus. Es war entsetzlich, aber lief ich langsam, so stiegen entsetzliche Gedanken an die Oberfläche meines Bewußtseins.

Wenn ich ihnen nachgab, verlor sich mein bisheriges Leben im Schweigen.
Regenspritzer ließen mich zum Himmel emporblicken. Über das graue Firmament breiteten sich langsam schwarze Wolken gleich riesigen Fingern aus. Die Tropfen nahmen nach und nach zu; nicht lange, und der Regen rauschte auf den kargen Boden. In der Nähe entdeckte ich dichtes, schwarzes Gehölz. Dorthin flüchtete ich mich. Auch ein Schwarm kleiner Vögel flog wie ein Pfeil auf der Suche nach einem Zufluchtsort durch die Lüfte. Als würde man Kieselsteine auf Dächer werfen, so trommelte der Regen auf die Blätter der Eichen. Mein Gewand war bald durchweicht. Im silbernen Wasserstaub des Regens zitterten die Wipfel der Bäume wie Seegras. In diesem Augenblick fiel mir eine Hütte hinter den bebenden Baumkronen auf. Wahrscheinlich diente sie den Leuten vom Dorf, wenn sie hier Bäume fällten. Der Regen endete so jäh, wie er begonnen hatte. Kleine Vögel begannen zu lärmen, von den Blättern der Buchen und Kampferbäume fielen platschend große Tropfen. Während ich mir das Regenwasser, das von der Stirne herab in meine Augen rann, mit dem Handrücken abwischte, näherte ich mich der Hütte. An ihrem Eingang empfing mich ekelhafter Gestank. Gleich neben der Tür zogen Fliegen ihre Kreise um frische menschliche Exkremente.
So erkannte ich, daß mein Vorgänger hier eine Rast eingelegt hatte. Obwohl in mir der Zorn über die Frechheit dieses Kerls, der sich hier hatte erleichtern müssen, aufstieg, konnte ich anderseits der Komik dieser Situation nicht widerstehen und brach in Lachen aus. Zumindest hatte diese eigenartige Episode die Folge, daß meine Bedenken gegenüber jenem Unbekannten zu einem guten Teil abnahmen.
Im Innern der Hütte schwelte noch der Rauch eines Feuers. Glücklicherweise glommen noch Kohlereste, und ich ging daran, mein Gewand zu trocknen. Es

schien mir nicht allzu schwierig, den Unbekannten einzuholen, auch wenn ich jetzt Zeit vergeudete.
Als ich aus der Hütte trat, erstrahlte der Wald, der mir Schutz gewährt hatte, im goldenen Licht. Das Laub rauschte wie trockener Sand. Mit einem abgebrochenen Ast, der mir als Wanderstab diente, machte ich mich auf den Weg und erreichte den Abhang, von dem aus die ganze Küstenlinie zu sehen war.
Unverändert rollten die Wellen des Meeres, aufblitzend wie Nadeln, an den Strand, der sich in einem Bogen hinzog und, da von milchweißem Sand bedeckt, an anderer Stelle wieder zu einem Meeresarm verengt, von schwarzem Geröll überzogen ist. Vier, fünf Fischerboote lagen am Strand. Westlich davon war ein Fischerdorf, umgeben von Wald, zu erkennen. Die erste menschliche Ansiedlung, die ich seit dem Morgen sah. Ich setzte mich am Rand der Böschung hin und legte die Arme um meine Knie. Wie ein streunender Hund starrte ich einfältig hinab auf den Ort. Vielleicht war der Mann, den ich einholen wollte, in jenes Dorf hinuntergestiegen; auch ich konnte hinunterlaufen, seiner Spur folgen. Aber war dies ein christliches Dorf? Ich suchte nach einem Zeichen – einer Kirche, einem Kreuz.
Valignano und die übrigen Padres in Makao hatten uns gewarnt, daß es ein Irrtum wäre, zu erwarten, daß die Kirchen in Japan den Kirchen in der Heimat glichen. Die Fürsten hatten den Missionaren vorhandene Tempel oder Häuser zugewiesen. Tatsächlich verwechselten so die Bauern unsere heilige Lehre und die Lehren des Buddhismus. Auch der heilige Xavier war wegen Fehlern des Übersetzers fast gescheitert. Die Leute dachten, auch wir verehrten, wie ihr Volk seit Urzeiten, die Sonne.
Es hieß also nicht, daß es in dem Dorf keine Kirche gab, nur weil ich kein Gebäude mit spitzem Turm erblickte. Jede der elenden Hütten konnte eine Kirche beherbergen. Und es war nicht unmöglich, daß die armen

Christen einen Priester herbeisehnten, der ihre Kinder taufen, ihre Sünden anhören und ihnen den Leib Christi spenden sollte. Nur ich allein war es doch auf dieser Insel, über die sich nun die Dämmerung senkte, der ihnen das Wasser des Lebens zu bringen vermochte. Nur ich war übriggeblieben, mit schmutzbesudelten Kleidern. »O Herr! Alles, was du geschaffen hast, ist gut! Wie schön ist das Haus, in dem du wohnst!«
Überwältigt vom Gefühlsüberschwang in meiner Brust, lief ich den Abhang hinab, dem Dorf entgegen. Der Stock war auf der glitschigen, vom Regen mit Wasser vollgesaugten Erde kaum eine Stütze. Wiederholt glitt ich aus, dies konnte mich aber nicht hindern, zu meiner Gemeinde zu eilen. Ja, da unten waren sie, die Gläubigen, die Gott mir anvertraute.
Da plötzlich hörte ich vom Ende des Dorfes, dort, wo eine Gruppe von Kiefern die Häuser abschirmte, die Stimme eines Mannes – sie schien aus der Tiefe der Erde zu kommen. Wie angewurzelt blieb ich stehen. Dunkelrote Flammen und Rauch loderten auf.
Instinktiv erfaßte ich, was dort vor sich ging und hastete den Abhang wieder hinauf. Da sah ich einen graugekleideten Bauern, der die Flucht ergriff. Als der Mann mich bemerkte, hielt er inne, deutlich erkannte ich seine in Überraschung und Entsetzen verzerrten Züge.
»Padre!« rief er und schwenkte die Arme. Ich verstand nicht, was er weiter schrie, aber ich verstand seine Gesten, als er mit den Fingern auf das Dorf wies und mir deutete, mich zu verbergen. So schnell ich konnte lief ich zu einem großen Felsen und versuchte meinen Atem zu beruhigen. Ich hörte Fußtritte. Zwischen den Felsen spähten die schmutzigen kleinen Mäuseaugen jenes Kerls verstohlen zu mir her.
Ich wischte mein schweißnasses Gesicht mit den Händen ab und entdeckte, daß es nicht Schweiß, sondern Blut war. Beim Sturz mußte ich mich irgendwo angestoßen haben.

»Padre!« Zwischen den Felsen heraus beobachteten mich die kleinen Augen. »Padre, wie froh bin ich, Sie zu sehen...«
Sein Gesicht, jetzt von einem Kinnbart geziert, verzog sich zu einer unterwürfigen Grimasse, anscheinend um mich zu besänftigen.
»Hier ist's gefährlich. Aber ich passe schon auf!«
Als ich ihn schweigend anstarrte, senkte Kichijiro die Augen wie ein geprügelter Hund. Dann rupfte er Grashalme aus, steckte sie in den Mund und kaute sie mit seinen gelben Zähnen.
»Wie schrecklich«, sagte er und schaute zum Dorf hinab. Und als ich ihn betrachtete, fiel es mir mit einemmal wie Schuppen von den Augen. Er war jener Mann, der ein Feuer angefacht, der sich in der Hütte entleert hatte.
Warum treibt er sich wie ich in den Bergen umher? Er hatte auf das Christusbild getreten. Was hatte er zu fürchten?
»Padre, was machen Sie auf dieser Insel? Hier ist es gefährlich. Aber ich kenne ein Dorf, in dem heimliche Christen leben.«
Ich schwieg noch immer. Ein jedes Dorf, das dieser Mensch passiert hatte, war der Säuberung durch die Behörde anheimgefallen. Ich hegte einen gewissen Verdacht. Vielleicht war er ein Polizeispitzel. Daß die Obrigkeit Abgefallene zu ihrem Werkzeug machte, habe ich schon öfters gehört. Um ihre eigene Erbärmlichkeit zu rechtfertigen, versuchen die Abtrünnigen, frühere Gefährten in das gleiche Schicksal zu locken – wie die verbannten Engel, die gottgläubige Menschen zur Sünde verleiten.
Der Abendnebel zog sich bereits zusammen, das Feuer im Dorf griff auf die benachbarten Strohdächer über. Trotzdem war es entsetzlich still. Das Dorf und seine Bewohner schienen stumm das Unglück auf sich zu nehmen. Vielleicht weinten oder klagten sie nicht ein-

mal mehr, weil sie zu leiden gewöhnt waren. Den Ort im Stich zu lassen und wegzugehen, verursachte mir einen Schmerz, wie wenn man von einer zugeheilten Wunde die Kruste herabreißt. Du bist feige und schwach, flüsterte es in einem Winkel meines Herzens, und in einem anderen Winkel beschwor mich eine Stimme, mich nicht hinreißen zu lassen. Wahrscheinlich gibt es in diesem Land nur mehr zwei Priester, Garpe und dich. Wenn ihr sterbt, stirbt mit euch die japanische Kirche. Ihr müßt überleben, welche Demütigungen und Qualen dies für euch auch bedeuten mag.
Dann vermutete ich in dieser Stimme nur einen Vorwand, meiner Schwäche einen Sinn zu verleihen. Aber da erinnerte ich mich an eine Geschichte, die ich in Makao gehört hatte. Dort erzählte man von einem Franziskanerpater, der es satt gehabt hatte, immer weiter dem Märtyrertod zu entfliehen. Er war am Schloß des Herrn von Omura erschienen und hatte sich als Priester zu erkennen gegeben. Die Schwierigkeiten, die die übrigen Priester erfuhren, und die Verwicklungen, die sich für die Gläubigen ergaben, sind allseits bekannt. Wir Priester existieren nicht, um den Märtyrertod zu sterben, sondern es ist unsere Aufgabe, weiterzuleben und darauf zu achten, daß das Feuer der Kirche nicht erlischt.
Kichijiro folgte mir wie ein streunender Hund. Wenn ich stehenblieb, blieb er stehen. »Gehen Sie nicht so schnell. Ich bin krank. Wohin gehen Sie? Wissen Sie, daß im Statthalteramt ein Pater dreihundert Silberstücke wert ist...?«
»Mein Preis ist also dreihundert Silberstücke.«
Das waren die ersten Worte, die ich an Kichijiro richtete, während ich gequält lächelte. Judas hat unseren Herrn Christus um dreißig Silberstücke verkauft, für mich wird zehnmal soviel geboten.
»Allein zu gehen ist gefährlich!«
Erleichtert holte er auf und ging nun an meiner Seite. Er

schlug mit einem Zweig, den er von einem Baum abgebrochen hatte, an die Büsche am Wegrand. Im Zwielicht hörte man das Zwitschern der Vögel.
»Padre, ich weiß einen Ort, wo Christen wohnen. Dort wären Sie in Sicherheit. Aber heute ist es schon spät. Schlafen wir hier. Morgen in der Früh zeige ich Ihnen den Weg.«
Ohne meine Antwort abzuwarten, kauerte er sich an Ort und Stelle nieder, sammelte geschickt einige dürre Zweige, die vom Abendtau noch nicht feucht geworden waren, und entzündete sie mit einem Feuerstein, den er aus seiner Tasche zog.
»Sie werden hungrig sein.« Und er nahm aus seinem Sack einige getrocknete Fische heraus. Beim Anblick dieses Fisches lief mir, ausgehungert wie ich war, das Wasser im Mund zusammen, und ich schluckte. Seit dem Mittag hatte ich nichts mehr gegessen – da waren es auch nur ein paar Körner Reis und ein Stückchen Gurke gewesen, an dem ich herumgekaut hatte. So stellte dieser Trockenfisch, der da in Kichijiros Händen schimmerte, eine unwiderstehliche Verlockung für mich dar. Als Kichijiro den Fisch über dem Feuer briet, verbreitete sich ein unsagbar köstlicher Duft.
»Essen Sie bitte.«
Mit entblößten Zähnen stürzte ich mich gierig auf die ersehnte Mahlzeit. Eine einzige Scheibe Fisch hatte bereits erreicht, daß ich mich mit Kichijiro abfand. Er selbst beobachtete meine Mundbewegungen mit halb zufriedenem, halb verächtlichem Gesichtsausdruck. Noch immer kaute er Gras, als ob es Kautabak wäre.
Um uns schloß sich die Dunkelheit. Hier in den Bergen war es empfindlich kalt, und der Tau drang bis auf die Haut. Ich streckte mich neben dem Feuer aus, aber ich stellte mich nur so, als ob ich schliefe. Sicher plante Kichijiro, sich leise davonzuschleichen, sobald ich in Schlaf gefallen war. Sicherlich hatte er im Sinn, mich zu verkaufen, ebenso wie er seine Gefährten verraten hatte.

Vielleicht schon in dieser Nacht. Welch eine Verlokkung mußten dreihundert Stück Silber für diesen bettelarmen Mann bedeuten!
Sobald ich die Augen zumachte, erschien die Aussicht auf das Meer und die Inseln, auf die ich am Morgen von den Hügeln und den Wiesen hinabgeschaut hatte. Das Meer, das wie Nadeln blitzte. Die kleinen Inseln hier und dort im Meer. Die Zeit, da die Missionare, vom Herrn gesegnet, in ihren Booten jenes schöne Meer durchkreuzten. Die Zeit, in der Blumen die Kirchen schmückten und Gläubige mit Reis und Fisch kamen. Valignano hatte erzählt, daß sogar Priesterseminare errichtet wurden, daß die Schüler dort lateinische Lieder sangen, daß man in jenen Schulen Instrumente wie Harfe oder Orgel spielte und die Fürsten dies alles unterstützten.
»Padre, sind Sie wach?«
Ich gab keine Antwort. Durch einen Spalt zwischen den Lidern beobachtete ich Kichijiro. Wenn er sich nun leise davonmachte, würde er Beamten Bericht erstatten.
Ohne mich aus den Augen zu lassen, rückte Kichijiro Stück für Stück weg. Schlich wie ein Tier davon. So, jetzt wird er sich fortstehlen, dachte ich. Er kehrte jedoch aufseufzend zum Feuer zurück. Er warf einen frischen Zweig in die Glut, in der das dürre Holz schon zu Asche zerfallen war. Beide Hände darüberhaltend, stieß er Seufzer aus. Vor den dunkelroten Flammen erhob sich sein eingefallenes Profil. Die Müdigkeit übermannte mich, ich schlief ein. Wenn ich manchmal die Augen aufschlug, sah ich, daß Kichijiro neben mir saß.
Am nächsten Tag gingen wir weiter. Vom regennassen Boden stieg weißer Dampf auf, und hinter den Hügeln glänzten blendend weiße Wolken. Schon eine Weile peinigten mich Kopfschmerzen und Durst. Kichijiro nahm von meinem leidenden Gesichtsausdruck keine Notiz. Von Zeit zu Zeit schlug er mit seinem Stock auf den Kopf einer Schlange, die sich im Gebüsch verbarg

und steckte sie hierauf in seinen Sack. »Wissen Sie, wir Bauern essen die Schlangen als Medizin«, und zeigte lächelnd seine gelben Zähne.
Warum hast du mich gestern nacht nicht für die dreihundert Silberstücke verraten, dachte ich, während jene Szene aus dem Abendmahl in mein Gedächtnis zurückkehrte, in dessen Verlauf Christus zu Judas spricht: »Was du tun willst, tue bald!«
Seit ich Priester bin, konnte ich nie die wahre Bedeutung dieser Worte erfassen. Während ich Seite an Seite mit Kichijiro meine müden Füße durch den aufsteigenden Morgennebel schleppte, dachte ich darüber nach. Was empfand Christus, als Er dem Mann, der ihn um dreißig Silberlinge verkaufen sollte, dies sagte? Empfand Er Zorn oder Haß? Oder aber entsprangen diese Worte der Liebe? Wenn Er sie im Zorn rief, verwehrte Er diesem einen die Erlösung, dann ließ es der Herr zu, daß dieser Mensch der ewigen Verdammung anheim fiel.
Doch das konnte nicht sein. Christus wollte Judas sogar retten. Sonst hätte Er ihn doch nicht zu seinem Jünger gemacht. Aber dennoch hat Christus ihn nicht zurückgehalten, als er einen falschen Weg einschlug. Dies hatte ich im Seminar nie begriffen. Ich habe Padres darüber befragt. Sicher habe ich auch an Ferreira die Frage gerichtet. Aber da ich mich nicht erinnere, gab es wohl keine Antwort, die meine Zweifel beseitigte.
»Diese Worte entstammen weder Zorn noch Haß. Sie sind aus Abscheu entstanden.« Aber Abscheu wovor? Abscheu vor Judas überhaupt? Hat denn Christus Judas nicht mehr geliebt? »Nein, das nicht. Stell dir einen Mann vor, den seine Frau betrogen hat. Er liebt seine Frau noch immer. Aber die Tatsache, daß sie ihn hintergangen hat, kann er nicht verzeihen. Wie das Gefühl eines Ehemannes, der seine Frau zwar liebt, aber vor ihrer Tat Abscheu empfindet..., so war wohl die Einstellung Christi zu Judas.«
Diese Erklärungen der Padres wollte ich damals nicht

akzeptieren. Es mag ein gotteslästerlicher Gedanke sein, aber ich habe das Gefühl, daß Judas nur eine Marionette war zur Verherrlichung von Jesu dramatischem Leben und Kreuzestod. Wenn ich jetzt zu Kichijiro nicht sagte: »Was du tun willst, tue bald!«, so geschah dies aus Selbstschutz, aber auch, weil ich hoffte, daß er nicht Verrat auf Verrat häufen würde.
»Der Weg ist schmal. Das Laufen ist beschwerlich«, sagte mein Begleiter.
»Ist hier nirgends ein Bach?« fragte ich.
Ich konnte die Trockenheit in meiner Kehle kaum mehr ertragen.
Kichijiro sah mit dünnem Lächeln auf den Lippen forschend zu mir her. »Haben Sie Durst? Sie haben zuviel vom Trockenfisch gegessen.«
Wie gestern zogen in der Luft die Krähen ihre Kreise. Als ich zum Himmel hinaufschaute, stachen blendend weiße Strahlen in meine Augen. Während ich mit der Zunge meine Lippen befeuchtete, bereute ich die Unachtsamkeit, diesen Fisch gegessen zu haben. Das war ein Fehler gewesen, der nicht mehr gutzumachen war. Ich hielt Ausschau nach einem Sumpf oder einem Teich, aber vergebens. Auf der Wiese summten dumpf die Insekten, vom Meer herauf wehte ein lauwarmer Wind, der den Geruch feuchter Erde mit sich trug.
»Ist denn da nirgends ein Bach?«
»Nichtmal ein Rinnsal. Können Sie nicht mehr warten?« sagte Kichijiro. Ohne auf eine Antwort zu warten, lief er den Abhang hinunter.
Nachdem die Schatten der Felsen seine Gestalt verschluckt hatten, senkte sich tödliche Stille über die ganze Umgebung. Mit dürrem Ton rieben Insekten im Dunst des Grases ihre Flügel. Eine Eidechse kletterte über einen Stein und entfloh behende. Die verschreckten Züge dieser Eidechse glichen denen Kichijiros, der soeben entschwunden war.
War er wirklich Wasser für mich suchen gegangen?

Oder aber war er auf und davon, um irgend jemanden über meinen Aufenthaltsort zu informieren?
Kaum hatte ich den Stock gepackt und auszuschreiten begonnen, als mich der unerträgliche Durst von neuem übermannte. Dieser Kerl hatte mir vorsätzlich den Fisch zu essen gegeben. Jesus sprach: »Mich dürstet!«, und einer der Soldaten spießte einen essiggetränkten Schwamm auf seine Stange und brachte ihn an Seinen Mund. Ich schloß die Augen.
Von ferne hörte ich eine heisere Stimme auf der Suche nach mir. »Padre, Padre!« Ein Bambusrohr hin und her schwenkend, kam Kichijiro den Weg entlang. »Warum sind Sie davongelaufen?«
Seine Augen, in deren Winkeln wie bei Tieren Augenschmalz klebte, sahen bedrückt zu mir herauf. Ich entriß ihm das Bambusrohr und schlürfte das Wasser gurgelnd und schamlos in mich hinein. Bald waren meine Knie naß von der Flüssigkeit.
»Warum sind Sie davongelaufen? Auch Sie trauen mir nicht!«
»Sei mir nicht böse. Ich bin müde. Könntest du mich allein lassen?«
»Allein? Wohin wollen Sie denn gehen? Ich weiß doch einen Ort, wo Christen wohnen. Dort gibt es eine Kirche und daher auch einen Padre.«
»Auch einen Priester?« Ohne es zu wollen, erhob ich die Stimme. Es war undenkbar, daß sich ein anderer Priester auf dieser Insel aufhielt. Mißtrauisch prüfte ich Kichijiros Gesicht.
»Ja, Padre. Er ist kein Japaner. So hab' ich's gehört.«
»Unmöglich.«
»Der Padre glaubt mir nicht«, murmelte er mit unsicherer Stimme und zupfte an einem Grashalm. »Niemand traut mir.«
»Dafür hast du dich retten können. Mokichi und Ichizo aber hat man wie Steine auf den Boden des Meeres versenkt.«

»Mokichi war stark – wie ein Setzling. Aber ein schwacher Setzling, wie ich es bin, wird schlecht wachsen und kümmerliche Früchte tragen.«
Offensichtlich glaubte er, von mir streng gerügt worden zu sein, denn er wich zurück. Aber ich hatte meine Worte nicht vorwurfsvoll, sondern eher in traurigem Nachdenken vor mich hingemurmelt. Kichijiro hatte recht, die Menschen sind nicht immer Helden oder Heilige. Wie viele Gläubige hätten wohl, wenn sie nicht gerade in die Zeit dieser Verfolgung hineingeboren worden wären, fromm am Glauben festgehalten, ohne vor die Notwendigkeit gestellt zu sein, sich entweder von Gott abzukehren oder ihr Leben zu lassen.
»Weil ich nirgendwo hin kann, wandere ich durch die Berge.«
Ein Gefühl des Mitleids schnürte mir die Brust zusammen. Als ich ihn niederknien hieß, kniete sich Kichijiro scheu auf der Erde hin. »Hast du nicht das Gefühl, daß du zumindest wegen Mokichi und Ichizo beichten solltest?«
Es gibt zwei Gruppen von Menschen: Starke und Schwache. Heilige und gewöhnliche Menschen. Helden und solche, die diese verehren. In den Zeiten der Verfolgung werden die Starken verbrannt und im Meer versenkt. Die Schwachen irren wie dieser Kichijiro in den Bergen umher. Zu welcher Gruppe gehörst du selbst? Wenn ich nicht das Bewußtsein des Stolzes, daß ich ein Priester bin, und die daraus folgende Verpflichtung hätte, wäre ich vielleicht wie Kichijiro auf das Bild getreten.
»O Herr, der du gekreuzigt worden bist.«
»O Herr, der du gekreuzigt worden bist.«
»O Herr, der du die Dornenkrone trägst.«
»O Herr, der du die Dornenkrone trägst.«
Wie ein Kind die Worte der Mutter nachahmt, wiederholte Kichijiro jedes Wort, das ich ihm vorflüsterte. Im Wald drinnen ertönten die ersten Zikaden, und zu dem

weißen Stein empor, auf dem jetzt wieder die Eidechse herumkroch, trieb der dunstige Geruch des Grases.
Da hörte ich die Fußtritte aus der Richtung, aus der wir gekommen waren. Schon eilten Gestalten aus dem Dickicht und mit schnellen Schritten auf uns zu.
»Padre, vergeben Sie mir!« rief Kichijiro am Boden kniend, und es klang, als ob er weinte. »Ich bin schwach. Ich bin nicht so stark wie Mokichi und Ichizo.«
Die Männer packten mich mit ihren Armen und zogen mich vom Boden auf. Einer von ihnen schleuderte Kichijiro, der auf den Knien lag, verächtlich ein paar Silberstücke ins Gesicht.
Schweigend stießen sie mich vorwärts. Hin und wieder taumelte ich auf dem staubigen Pfad, auf dem wir uns dahinbewegten. Als ich mich einmal umsah, konnte ich von weitem das kleine Gesicht Kichijiros erkennen, der mich verraten hatte. Dieses Gesicht mit den Augen, die so entsetzt blickten wie die einer Eidechse...

5

Obwohl die Sonne strahlte, war es im Dorf merkwürdig dunkel. Als er hindurchgeschleppt wurde, starrten ihm aus den Hütten und schilfgedeckten Häusern, deren Dächer von Kieselsteinen beschwert waren, Erwachsene und Kinder mit funkelnden Augen reglos entgegen.

Vielleicht sind es Christen, dachte er und zwang sich zu einem Lächeln, aber keiner zeigte eine Reaktion. Einmal trat ein nacktes Kind aus der Reihe, worauf die Mutter mit aufgelöstem Haar vorstürzte, es zurückzerrte und entfloh. Um das Zittern seines Körpers zu bekämpfen, klammerte sich der Priester mit aller Macht an die Vorstellung des Mannes, den man in jener Nacht vom Olivenhain herab zum Palast des Kaiphas geführt hatte. Beim Verlassen des Dorfes trafen ihn blendend die Strahlen der Sonne. Da ihm schwindelte, blieb er stehen. Die Männer murmelten irgend etwas und stießen ihn von hinten weiter. Wider Willen verzog er sein Gesicht zu einem Lächeln und ersuchte sie, ein wenig rasten zu dürfen, aber die Männer verweigerten dies mit starren Blicken. Der Geruch von Dünger überzog die sonnenbeschienenen Felder. Lerchen trillerten heiter. Große, ihm unbekannte Bäume ließen ihre Blätter säuseln und spendeten wohltuenden Schatten. Der Pfad zwischen den Feldern verengte sich; als sie den Berg hinter dem

Dorf erreichten, sah er auf der einen Seite der Mulde eine Hütte aus zusammengelesenen Zweigen. Der schwarze Schatten fiel auf die lehmige Erde. Vier, fünf Männer und Frauen saßen in Bauernkitteln mit gebundenen Händen am Boden. Sie waren in ein Gespräch vertieft; beim Anblick des Priesters blieb ihnen jedoch von Staunen der Mund offen stehen.
Nachdem die Beamten den Priester zu dieser Gruppe gebracht hatten, war ihre Arbeit offenbar beendet, denn sie begannen lachend Geschichten zu erzählen. Sie schienen eine Flucht des Priesters nicht in Erwägung zu ziehen. Während der Priester sich auf die Erde niederließ, senkten die Männer und Frauen in seiner Umgebung ehrerbietig die Köpfe.
Eine Weile schwieg er. Eine Fliege flog beharrlich um sein Gesicht herum und versuchte an den Schweiß, der von seiner Stirne tropfte, heranzukommen. In seinen Ohren das dumpfe Geräusch ihrer Flügel, auf seinem Rücken die warmen Sonnenstrahlen, so erfüllte ihn eine Art Wohlgefühl. Obwohl er wußte, daß seine Gefangennahme nicht zu leugnen war, fragte er sich, ob nicht alles doch eine Sinnestäuschung gewesen sein könnte. Ohne Zusammenhang streiften die Worte »Sabbath, Ruhetag« durch seinen Kopf. Mit lachenden Gesichtern unterhielten sich die Beamten, als ob überhaupt nichts geschehen wäre.
Hell strahlte die Sonne auf das Gebüsch und auf die Hütte. Nie hatte er zu hoffen gewagt, daß der Tag seiner Verhaftung, den er seit langem gefürchtet hatte, so friedlich verlaufen würde. Ja, er spürte sogar eine Unzufriedenheit – eine Art Enttäuschung, selbst kein tragischer Held geworden zu sein, wie viele Märtyrer und Christus selbst.
»Padre«, sagte der Mann neben ihm, der ein ausgelaufenes Auge hatte, indem er die gefesselten Hände bewegte. »Was ist geschehen?«
Auf seine Frage hin erhoben auch die übrigen Männer

und Frauen ihre Gesichter. Ohne ihre Neugierde zu verbergen, warteten sie auf die Antwort des Priesters. Wie ahnungslose Tiere schienen diese Leute in vollkommener Unkenntnis ihres eigenen Loses zu sein. Als der Priester erklärte, daß er in den Bergen gefangen worden wäre, legte der Mann die Hand ans Ohr, wie wenn er diese Antwort nicht richtig verstanden hätte, und stellte nochmals die gleiche Frage. Dann begriffen sie.

»Ah!« Ein Seufzer, ohne Verständnis, ohne Erregung.

»Wie gut er spricht!« rief eine Frau und bewunderte kindlich das Japanisch des Priesters. »Wirklich gut!«

Die Polizisten schalten sie weder noch geboten sie ihnen Einhalt, sondern lachten ebenfalls. Auch als der Einäugige einen Polizeibeamten vertraulich anredete, antwortete dieser lächelnd.

»Was machen diese Männer?«, fragte der Priester die Frau leise. Darauf antwortete die Frau, daß die Polizisten auf das Eintreffen der Beamten warteten.

»Wir sind Christen, aber die sind keine Christen, die sind Heiden«, meinte die Frau. Offensichtlich sah sie die tiefere Bedeutung dieser Unterscheidung. »Möchten Sie nicht etwas essen, Padre?«

Sie zog mit den zusammengebundenen Handgelenken aus dem offenen Kimono kleine Gurken hervor. An einer nagte sie selbst, die andere reichte sie dem Priester. Als er hineinbiß, füllte sich sein Mund mit ihrem unreifen Geschmack. Während er wie eine Ratte mit seinen Vorderzähnen nagte, durchdrang ihn der Gedanke, daß er seit seiner Ankunft den armen Christen nur zur Last gefallen war. Sie boten ihm eine Hütte, sie gaben ihm Kleidung, sie teilten das Essen. Jetzt war er an der Reihe, ihnen etwas zu geben! Das einzige, was er bieten konnte, war sein Leben und sein Tod.

»Wie heißt du?«

»Monika.«

Die Frau gab diese Auskunft verschämt, so als ob sie den einzigen Schmuck, den sie besaß, zur Schau gestellt

hätte. Welcher Missionar hatte dieser Frau, die Fischgeruch ausdünstete, den Namen der Mutter des heiligen Augustin verliehen?
»Und er?« Der Priester wies auf den einäugigen Mann, der mit dem Polizisten sprach.
»Er heißt Juan.«
»Welcher Padre taufte euch?«
»Das war kein Padre. Das war der Bruder Ishida. Sie müssen ihn kennen.«
Der Priester schüttelte den Kopf. In diesem Land kannte er keinen Geistlichen außer Garpe.
»Sie kennen ihn nicht?« Mit großen Augen starrte sie verwundert in sein Gesicht. »Er ist doch einer von denen, die am Berg von Unzen umgebracht worden sind.«
»Seid ihr alle darauf vorbereitet«, stellte der Priester schließlich die Frage, die ihn beschäftigte, »daß wir auf dieselbe Weise sterben werden?«
Die Frau schlug die Augen nieder und blickte auf das Gras zu ihren Füßen. Fliegen kreisten, angezogen vom Schweißgeruch, erneut um ihre Köpfe.
»Ich weiß nicht. Bruder Ishida hat gesagt, im Paradies gibt es ewiges Glück. Dort werden nicht jedes Jahr die Steuern eingetrieben, oder? Dort gibt es weder Hunger noch Krankheit. Es gibt keine Fronarbeit. Auf der Welt aber müssen wir arbeiten, bis wir nicht mehr können. Auf dieser Welt gibt es nichts als Qual und Not. Im Paradies ist es anders, nicht wahr, Padre?«
Das Paradies existiert nicht in der Form, wie du es dir vorstellst, wollte der Priester sagen, aber er hielt die Worte zurück. Wie Kinder erträumten sich diese Bauern das Paradies als eine Welt ohne Steuern und Zwangsarbeit. Niemandem stand es zu, diesen Traum zu zerstören.
»Ja, ja!« flüsterte er. »Dort nimmt man uns nichts mehr weg.«
Dann stellte er noch eine Frage: »Einen Padre namens

Ferreira kennst du nicht?« Die Frau verneinte. Er fragte sich, ob nicht einmal der Name von Ferreira unter den Christen bekannt war.

Vom Rand der Mulde tönte plötzlich eine laute Stimme. Der Priester sah einen kleinen, lächelnden Samurai. Als er dieses Lächeln sah, wußte er, daß dieser alte Mann das Verhör in Tomogi geleitet haben mußte.

»Heiß!« Der Samurai fächelte sich Luft zu und kam langsam den Abhang herab. »Wenn es jetzt so heiß bleibt, wird es schlecht aussehen mit der Ernte!«

Monika, Juan und die anderen Männer und Frauen legten die zusammengebundenen Hände auf die Knie und verbeugten sich respektvoll. Mit einem Seitenblick streifte der alte Mann den Priester, der wie die anderen gesenkten Kopfes kniete, doch er ging an ihm vorbei, als ob er ihn nicht bemerkt hätte. Als er vorüberschritt, raschelte sein Überwurf, und der im Gewand haftende Wohlgeruch verteilte sich in seiner Umgebung.

»Es gibt in diesen Tagen nicht einmal einen Abendschauer. Die Wege sind staubig. Für einen alten Mann wie mich ist es eine Last, so weit zu reisen.« Er kauerte sich zwischen die Gefangenen, kühlte Kopf und Nakken mit einem weißen Fächer. »Einem alten Mann wie mir solchen Ärger zu bereiten!«

Die Strahlen der Sonne glätteten sein lachendes Gesicht, so daß es den Priester an die Buddhastatuen erinnerte, die er in Makao gesehen hatte. Sie hatten keinerlei Gefühl in ihm erweckt, wie sie das Antlitz Christi hervorriefen. Die Fliegen summten durch die Luft. Sobald sie die Köpfe der Gläubigen zu streifen schienen, machten sie kehrt in Richtung des alten Mannes, nur um wieder zurückzufliegen.

»Wir haben euch nicht verhaftet, weil wir euch hassen. Das müßt ihr einsehen. Warum sollten wir, wo ihr doch den Jahreszins erbracht habt und vorbildlich eure Fronarbeit geleistet habt. Wir wissen, daß die Bauern das Fundament des Landes sind!«

In das Surren der Fliegen mischten sich das Rascheln des Fächers und das Gackern von Hühnern, das mit dem warmen Wind herangetragen wurde. Ist dies nun das Verhör? fragte sich der Priester, während er wie alle zu Boden schaute. Hatte wohl all den vielen Gläubigen und Missionaren eine ähnliche Stimme in die Ohren gesäuselt, ehe sie gefoltert und hingerichtet wurden? Hatten auch damals in der einschläfernden Stille die Fliegen gesurrt? Er hatte damit gerechnet, daß ihn Angst überkommen würde, aber seltsamerweise regte sich in seinem Herzen keine Furcht. Die Gedanken an Folter oder Tod waren fern. Er fühlte wie jemand, der an einem regnerischen Tag an einen weitentfernten sonnigen Berg denkt.

»Ich will euch zum Nachdenken Zeit lassen, damit ihr mir eine vernünftige Antwort gebt.«

Damit erlosch das gekünstelte Lachen des alten Mannes. Statt dessen zeigte sich auf seinem Gesicht ein Ausdruck habgierigen Stolzes, wie er dem Priester bei den Kaufleuten in Makao aufgefallen war.

»Fort mit euch!«

Die Polizisten erhoben sich aus dem Gras, um die Gefangenen wegzutreiben. Auch der Priester war dabei, aufzustehen, als der alte Mann, die Züge wie ein Affe verzerrend, seinen Blick zu ihm wandte. Zum erstenmal tauchte in seinen Augen ein Schimmer von Haß auf.

»Du«, sagte er, mit einer Hand am Schwertgriff und den kurzen Körper in die Höhe gereckt, »du bleibst hier«.

Der Priester lächelte dünn und ließ sich wieder ins Gras nieder. Deutlich sprach aus dem kleinen Körper des alten Mannes, den er wie ein Hahn aufplusterte, das Bestreben, hier vor dem Gefangenen, dem Ausländer nicht zu unterliegen. Wie ein Affe, dachte der Priester. Es ist gar nicht notwendig, mich mit der Hand am Schwertknauf einzuschüchtern. Ich fliehe nicht.

Sein Blick folgte der Schar, die den Abhang hinaufkletterte und am gegenüberliegenden Plateau verschwand.

Hoc passionis tempore. Piis adauge gratiam. Bitter schmeckten die Worte des Gebetes auf den ausgetrockneten Lippen. O Gebieter! Erlege ihnen nicht noch mehr Prüfungen auf als bisher, flüsterte er wieder im Herzen. Schon diese sind für sie wohl allzu schwer gewesen. Bis heute haben sie die Steuern, die Fronarbeit, dieses ganze elende Leben ertragen. Hast Du vor, ihnen noch weitere Prüfungen aufzugeben?
Der alte Mann führte ein Bambusrohr an den Mund, und es klang, als ob ein Hahn Wasser trinke. »Ich habe schon einige Padres getroffen. Ich habe auch einige verhört.«
Er benetzte seine Lippen und fragte in einem ganz anderen, freundlichen Ton: »Kannst du Japanisch?«
Wolken schoben sich ein wenig vor die Sonne, und Schatten fielen auf die Mulden. Auf einmal stieg aus dem Gras ein dumpfes Surren von Insekten, das er bisher nicht wahrgenommen hatte.
»Bauern sind dumm. Ob die Bauern freikommen oder nicht, Padre, hängt davon ab, wie du dich dazu verhältst...«
Der Priester verstand nicht, was der andere mit diesen Worten meinte, sein Gesichtsausdruck sagte ihm nur, daß dieser Alte ihn in eine Falle locken wollte.
»Bauern können nicht denken. Mögen sie sich noch so sehr den Kopf zerbrechen, sie werden doch zu keinem Entschluß kommen. Aber sprecht ihr nur ein Wort!«
»Was soll ich sagen?«
»Schwört ab!« Der alte Mann lachte und fächelte sich Luft zu. »Schwört ab!«
»Und wenn ich das verweigere«, antwortete der Priester, ebenfalls lächelnd, »tötet ihr mich«.
»Nein, nein!« Der alte Mann blickte betrübt. »So was machen wir nicht. Machten wir das, würden diese Bauern nur noch verstockter. Wir haben diesen Fehler in Omura und Nagasaki gemacht. Die Christen sind ein verstockter Haufen.«

Der Alte täuschte einen tiefen Seufzer vor, den der Priester als Komödie erkannte. Es erregte in ihm sogar Lust, den kleinen affenähnlichen Alten seinerseits zum besten zu halten.
»Wenn du ein wahrhafter Priester wärst, hättest du Mitleid mit den Christen. Oder nicht?«
Der Priester spürte, wie ihm der Mund offen blieb. Was war das für ein naiver Alter! Denkt er, daß ich mich mit solch einer kindischen Logik zum Schweigen bringen lasse! Der Priester vergaß, daß ein kindischer Beamter in Zorn ausbricht, wenn seine Argumente widerlegt werden.
»Also was ist!«
»Bestraft nur mich allein!« Der Priester zuckte mit den Achseln und lachte.
Die Stirn des alten Mannes rötete sich vor Zorn, in der Ferne grollte schwacher Donner am bewölkten Himmel.
»Wegen dir müssen sie leiden«, schloß der alte Mann.

Man steckte ihn in die Hütte. Weiße Sonnenstrahlen flossen wie Fäden durch die Ritzen der aus Zweigen verfertigten Wand auf den nackten Lehmboden. Vor der Hütte vernahm er undeutlich die Stimmen der Beamten, die miteinander plauderten. Wohin haben sie die Christen gebracht?
Er hockte sich auf den Boden, die Hände um die Knie gelegt, und dachte an Monika, an den einäugigen Mann. Und dann schoben sich darüber die Bilder von Omatsu, Ichizo und Mokichi aus Tomogi. Hätte er nur ein wenig Muße gehabt, um ihnen zumindest noch einen kurzen Segen zu erteilen. Daß ihm dies gar nicht in den Sinn gekommen war, bewies wohl, daß die Zeit dafür gefehlt hatte.
Er bedauerte es auch, vergessen zu haben, diese Leute hier wenigstens nach Tag und Monat zu fragen. Er hatte keine Ahnung, wie viele Tage seit Ostern verstrichen

waren oder welcher Heilige am heutigen Tag gefeiert wurde.
Da er keinen Rosenkranz besaß, versuchte er mit Hilfe der fünf Finger das *Ave Maria* und das *Paternoster* zu rezitieren. Aber die Gebete streiften nur leer die Lippen, nicht anders, wie Wasser vom Mund eines Kranken herabfließt. Weit mehr fesselten die Stimmen der Wächter, die vor der Hütte sprachen, seine Aufmerksamkeit. Er fragte sich, was so lustig sein konnte, denn die Wachen lachten von Zeit zu Zeit laut auf. Vor die Augen des Priesters traten die Gestalten der Diener, die im Garten um das Feuer saßen. Die Gestalten, die in jener Nacht in Jerusalem ohne die geringste Anteilnahme am Schicksal des einen ihre Hände an den dunklen Flammen wärmten. Auch diese Wachen hier waren Menschen, auch sie blieben völlig gleichgültig! Sie lachten und plauderten mit ungerührten Stimmen. Sünde ist etwas ganz anderes als man gewöhnlich meint. Stehlen und Lügen sind keine Sünden. Sünde ist es, wenn ein Mensch über das Leben eines anderen hinwegschreitet, ohne einen Gedanken zu verlieren an die Wunden, die er dort hinterläßt.
Plötzlich traf weißes Licht seine geschlossenen Augenlider. Ein Mann bemühte sich, geräuschlos die Tür der Hütte zu öffnen. Kleine, hinterlistige Augen spähten reglos herein. Sowie der Priester aufblickte, machte er sich flink aus dem Staub.
»Es ist ruhig, nicht?« redete ein anderer Mann den Wächter an, der eben hereingelugt hatte, wobei er die Türe aufstieß. Licht floß in die Hütte, und in diesem Licht tauchte die Figur eines Mannes auf. Anders als der alte Samurai von vorhin hatte er kein Schwert umgegürtet.
»Señor, graça«, begrüßte ihn der Mann auf portugiesisch. Seine Aussprache war ungeschickt, aber er sprach zweifellos portugiesisch.
»Señor.«

»Plazera â Dios nuestro Señor.«
Ein wenig schwindlig vom Licht, das seine Augen überflutete, hörte der Priester dem Japaner zu, dessen Worte fehlerhaft, jedoch insgesamt verständlich waren.
»Sie wundern sich wohl? Aber in Nagasaki und auf Hirado gibt es noch mehr Übersetzungsbeamte! Ob Sie erraten, Padre, wo ich Ihre Sprache gelernt habe?«
Ohne gefragt zu sein, plauderte der Mann weiter. Während er sprach schwenkte er ebenso wie der alte Samurai pausenlos einen Fächer in seiner Hand.
»Die Padres aus Ihrer Heimat haben in Arima, in Amakusa und in Omura theologische Schulen errichtet. Ich bin nicht vom Glauben abgefallen, wie Sie vielleicht meinen. Ich habe die Taufe empfangen, weil man mich dazu überredet hat, doch hatte ich nie die Absicht, Christ oder gar Irmão zu werden. Für den Sohn eines Samurai gibt es kein anderes Mittel, in der Welt fortzukommen, als sich Wissen anzueignen.«
Eifrig betonte der Mann, daß er kein Christ sei. Ohne darauf zu reagieren, lauschte der Priester der Stimme, die in der Dunkelheit weitersprach.
»Warum schweigen Sie?« sagte der Mann, langsam erzürnt. »Immer haben die Padres uns Japaner als dumm hingestellt. Pater Cabral hat uns besonders verachtet. Er verspottete unsere Häuser, er verspottete unsere Sprache, er verspottete unser Essen und unsere Schrift, obwohl er in Japan lebte.
Und niemals, auch wenn wir das Seminar abgeschlossen hatten, gestattete man einem von uns, Priester zu werden!«
Ohne auf eine Antwort zu warten, redete der Mann weiter. Die Erbitterung dieses Mannes ist nicht ungerechtfertigt, dachte der Priester. Er entsann sich, von Valignano in Makao über Cabral gehört zu haben. Valignano hatte beklagt, daß dessen Einstellung zu Japan viele Gläubige der Kirche entfremdet habe.
»Ich bin nicht so wie Cabral«, sagte er schließlich.

»Ob das stimmt?« Der Mann lachte leise. »Das kann ich mir gar nicht vorstellen.«

»Warum?«

Die Dunkelheit hinderte ihn, die Gesichtszüge des Mannes zu erkennen, aber obwohl er sie nicht sah, vermochte der Priester allein aus dem leisen Lachen des anderen die Ursache von dessen Haß und Zorn zu erraten. War es doch sein Beruf, mit geschlossenen Augen Geständnisse der Gläubigen zu hören, wenn er in seinem Beichtstuhl in der Kirche saß. Was dieser Mann ablehnt, ging es ihm durch den Kopf, während er in die Richtung des anderen blickte, ist nicht Pater Cabral, sondern seine eigene Vergangenheit, ist die Tatsache, daß er einmal die Taufe empfangen hat.

»Wollen Sie nicht hinauskommen? Sie werden doch nicht davonlaufen, Padre?«

»Nun, ich weiß nicht!« sagte der Priester mit dem Anflug eines Lächelns. »Ich bin kein Heiliger, und Sterben ist schrecklich.«

»Padre, Mut ist für andere eine Last. Das nennen wir einen blinden Mut. Und ich muß Ihnen sagen, daß es unter den Padres viele gibt, die, von diesem blinden Mut besessen, vergessen, daß sie Japan zur Last fallen.«

»Ist das alles? Sie sind zur Last gefallen?«

»Jemandem etwas aufzudrängen, was dieser gar nicht verlangt hat, ist überflüssig. Die christliche Lehre ist so eine überflüssige Wohltat, die man uns aufgedrängt hat. Wir besitzen unsere eigene Religion. Wir wollen nicht, daß eine ausländische Lehre hier eindringt. Auch ich habe im Seminar die christliche Doktrin gelernt, aber es fällt mir überhaupt nichts ein, wozu mir dieses Wissen jetzt noch dienen könnte.«

»Unsere Ansichten scheinen nicht die gleichen zu sein«, sagte der Priester ruhig mit gesenkter Stimme. »Ansonsten würden wir uns wohl kaum über das weite Meer nach Japan begeben.«

Dies war die erste Diskussion, die er mit einem Japaner

führte. Seit der Zeit des Franziskus Xavier waren sicher zahlreiche Padres in einen Wortstreit mit den Anhängern des Buddhismus verwickelt worden. Valignano hatte gewarnt, die Japaner zu unterschätzen. Seinen Worten zufolge waren sie bei Streitgesprächen geschickt.

»Nun, ich möchte eine Frage stellen.« Er öffnete und schloß seinen Fächer. »Die Christen nennen *Deus* den Ursprung des Mitleids und des Erbarmens, den Ursprung alles Guten und aller Moral. Die Buddhas aber seien Menschen und daher nicht mit solchen Tugenden ausgestattet. Denken Sie ebenso, Padre?«

»Wie wir entrinnt auch Buddha nicht dem Tod. Er unterscheidet sich vom Schöpfer.«

»Das glauben Sie, Padre, weil Sie vom Buddhismus keine Ahnung haben. Ein Buddha kann wie wir auch dem Tod nicht entfliehen. Es gibt drei Arten von Buddhas – Hosshin, Hojin und Oge. Oge, der die Geschöpfe erlöst und ihnen ewige Gnade verleiht, nimmt acht Gestalten an; Hosshin aber ist ohne Anfang und Ende und wird auch in den Sutren immer als der ewig Bestehende, sich nicht Wandelnde dargestellt, denn er ist der Buddha, der in Ewigkeit unverändert existiert. Nur die Christen glauben, daß alle Buddhas Menschen sind; wir sind da anderer Meinung.«

Der Japaner gab diese Antwort in einem Atemzug, als ob er sie auswendig gelernt hätte. Ohne Zweifel hatte er immer wieder überlegt, mit welchen Argumenten sich die Missionare, deren er schon mehrere verhört hatte, schlagen ließen. Das wird auch der Grund sein, warum er so schwierige Wörter verwendet, daß er sie selbst kaum verstehen kann, dachte der Priester.

»Aber ihr glaubt doch, daß die ganze Schöpfung von selbst existiert und unsere Welt keinen Anfang und kein Ende kennt.« Der Priester zielte auf den schwachen Punkt der Argumentation und ging in die Offensive.

»Ja, das ist unsere Position.«

»Ein lebloses Ding kann sich nicht von selbst bewegen, wenn es nicht ein anderes Wesen in Bewegung setzt. Wie sind denn die Buddhas geboren worden? Ich weiß auch, daß die Buddhas ein mitleidiges Herz besitzen, aber zuvor muß doch die Welt geschaffen worden sein! Unser *Deus* ist das Wesen, das zuerst sich selbst erschuf und dann den Menschen und der ganzen Schöpfung ihre Existenz verlieh.«

»Das heißt also dann, daß vom christlichen *Deus* auch die bösen Menschen geschaffen wurden. Ihren Worten zufolge ist auch das Böse ein vom Deus vollbrachtes Werk!« Der Dolmetscher lachte leise, als ob er einen Sieg errungen hätte.

»Nein, nein, das stimmt nicht.« Der Priester schüttelte seinen Kopf. »*Deus* hat alle Menschen für das Gute bestimmt. Um dieses Gute zu erkennen, hat Deus den Menschen den Verstand geschenkt. Es gibt Menschen, die in Widerspruch zu ihrer Erkenntnis handeln. Dies nennen wir böse.«

Der Dolmetscher schnalzte verächtlich mit der Zunge. Der Priester hatte nicht erwartet, daß seine eigene Erklärung den anderen überzeugen würde. Solch ein Gespräch war kein Gespräch mehr, vielmehr ein Versuch, den Gegner mit Worten zu bezwingen.

»Hören Sie mit Ihren Spitzfindigkeiten auf! Vielleicht können Sie Bauern, Frauen oder Kindern auf diese Weise imponieren, ich lasse mich nicht in die Irre führen. Eine andere Frage! Angenommen, Deus besitzt ein wahrhaft mitleidiges Herz – wie erklären Sie dann, daß er den Weg zum Paradies mit so viel Schmerzen pflastert?«

»So viel Schmerzen? Das mißverstehen Sie! Handeln die Menschen nach den Geboten Gottes, dann können sie ein Leben in Frieden erwarten. Gott wird uns niemals befehlen, des Hungertodes zu sterben, wenn wir essen wollen. Gott, den Gebieter, der alles erschaffen hat, anzubeten – beherzigen wir das, so ist alles in Ordnung.

Gott zwingt uns auch nicht, Frauen fernzubleiben, wenn wir es nicht vermögen, den fleischlichen Bedürfnissen zu entsagen. Er sagt nur: Begnüge dich mit einer Frau und lebe nach Gottes Willen!«
Diese Antwort ist vorzüglich, dachte der Priester, nachdem er geendet hatte. In der Dunkelheit der Hütte spürte er, daß der Dolmetscher nicht mehr weiter wußte und verstummte.
»Genug! Dieses Gerede können wir nicht endlos fortsetzen.« Dann sagte er verärgert zum Priester, nun auf japanisch: »Ich bin nicht hergekommen für diesen Unfug.«
In der Ferne krähte ein Hahn. Durch die Tür, die einen Spalt geöffnet war, kam ein Lichtstrahl herein, unzählige Staubkörner flimmerten im Licht. Regungslos starrte der Priester darauf.
Der Dolmetscher seufzte tief. »Wenn Sie dem Glauben nicht abschwören, werden die Bauern in die Grube gehängt.«
Der Priester begriff nicht ganz, was der andere sagte.
»Die Bauern werden einige Tage mit dem Kopf nach unten in ein tiefes Loch ...«
»... In eine Grube gehängt?«
»Ja, Padre. Wenn Sie nicht abfallen.« Der Priester schwieg. War das eine Drohung oder wirkliche Absicht? Er starrte in die Dunkelheit, seine Augen leuchteten.
»Inoue, sicher haben Sie von ihm gehört, er ist der Gouverneur – Sie werden, Padre, von Inoue einer Befragung unterzogen werden.«
Nur die Silben I-no-u-e erreichten seine Ohren. Sie schienen sich zu bewegen wie ein lebendiges Wesen, und sein ganzer Körper wurde für einen Augenblick von Schauder ergriffen.
»Padres, die bisher nach Verhören durch unseren Herrn Inoue vom Glauben abgefallen sind«, der Dolmetscher zählte diese Namen auf wie eine Huldigung für Inoue:

»Padre Porro, Padre Pedro, Padre Cassola, Padre Ferreira.«
»Padre Ferreira!«
»Kennen Sie ihn?«
»Nein, ich kenne ihn nicht.« Der Priester schüttelte heftig den Kopf. »Er ist von einem anderen Orden. Ich habe ihn niemals getroffen, seinen Namen habe ich noch nie gehört... Ist dieser Pater noch am Leben?«
»Gewiß lebt er. Er hat einen japanischen Namen angenommen und lebt mit seiner Frau in Nagasaki. Er hat einen guten Leumund.«
Vor dem inneren Auge des Priesters tauchten plötzlich die noch nie gesehenen Straßen von Nagasaki auf. Er wußte nicht warum, aber in der Stadt seiner Phantasie glitzerten die Sonnenstrahlen in den Fenstern kleiner Häuser in labyrinthischen Straßen. Und in diesen Straßen ging Ferreira, bekleidet mit dem gleichen Gewand wie dieser Dolmetscher. Nein, das kann nicht sein. Diese Vorstellung war grotesk.
»Ich kann es nicht glauben!«
Der Dolmetscher trat mit einem höhnischen Lachen vor die Hütte.
Die Tür fiel zu, der weiße Lichtstrahl, der hereingeströmt war, erlosch. Wie vorher vernahm er von draußen die Stimmen der Wachen.
»Ein eigennütziger Halunke«, berichtete ihnen der Dolmetscher. »Aber ich sag's euch, er wird bald abfallen!«
Er meint mich, dachte der Priester. Die Hände um die Knie gelegt, grübelte er noch immer über die Namen der vier Männer, die der Dolmetscher heruntergeleiert hatte. Padre Porro und Padre Pedro kannte er nicht, aber er war sich sicher, über Padre Cassola in Makao etwas aufgeschnappt zu haben. Er mußte der portugiesische Pater sein, der sich ebenfalls nach Japan eingeschmuggelt hatte, aber nicht von Makao, sondern vom spanischen Territorium Manila aus. Da nach seinem heimlichen Eindringen in Japan jegliche Nachrichten

über ihn versiegt waren, hatte man in der Gesellschaft Jesu vermutet, daß er sofort nach der Landung einen glorreichen Märtyrertod erlitten habe. Hinter den Gestalten dieser drei Männer aber erschien das Gesicht von Ferreira, den er suchte, seitdem er den Fuß in dieses Land gesetzt hatte. Wenn er nun annahm, daß die Worte des Dolmetschers nicht nur leere Drohungen enthielten, dann war Ferreira tatsächlich, wie es das Gerücht behauptete, durch den Gouverneur Inoue zum Verzicht auf seinen Glauben gebracht worden.

Wenn selbst Ferreira die Kirche verraten hatte, so würde es vielleicht auch für ihn unmöglich sein, die zukünftigen Prüfungen auszuhalten – diese Angst regte sich in seiner Brust. Er schüttelte wild seinen Kopf. Verzweifelt versuchte er diese bedrückenden Gedanken zu verscheuchen, die ihn wie ein Brechreiz würgten, aber je heftiger er sich bemühte, diese Vorstellungen zu unterdrücken, desto mehr gewannen sie, unabhängig von seinem Willen, Gewalt über ihn.

Exaudi nos, Pater omnipotens, et mittere digneris sanctum angelum tuum qui custodiat, foveat, protegat, visitat atque defendat omnes habitantes… Er wiederholte das Gebet wieder und wieder, um seine Gedanken abzulenken, aber die Gebete beruhigten sein Herz nicht. Oh, mein Gebieter! Warum schweigst Du? Warum schweigst Du noch immer? flüsterte er…

Am Abend öffnete sich die Tür wieder. Ein Wächter stellte eine hölzerne Schüssel mit Kürbissen vor ihn und ging ohne ein Wort aus der Hütte. Als der Priester die Früchte zum Mund führte, stieg ein ranziger Geruch in seine Nase. Sicher waren sie schon vor zwei, drei Tagen zubereitet worden. Aber in seinem unerträglichen Hunger verschlang er sie. Er nagte noch daran herum, da begannen die Fliegen schon um seine Hände zu kreisen. Bin ich nicht wie ein Hund? dachte der Priester, während er die Finger abschleckte. In alten Zeiten waren die

Missionare sogar Gäste der japanischen Fürsten und Samurai gewesen. Wie Valignano erzählt hatte, kannten die Missionare keinen Mangel an Wein und Brot, denn regelmäßig besuchten portugiesische Schiffe mit reichlicher Schiffsfracht die Häfen von Hirado, Yokoseura und Fukuda. An reinen Eßtischen sprachen sie ihre Gebete und genossen mit Muße ihre Mahlzeiten. Er aber, er hatte jetzt sogar zu beten vergessen, so gierig war er auf diesen Hundefraß gewesen. Und wenn er betete, war es nicht, um Gott zu danken, sondern um Ihn um Hilfe zu bitten, um Vorwürfe oder Klagen zu äußern. Welch eine Schande für einen Priester! Er wußte nur zu gut, daß Gott existiert, um gepriesen zu werden, und nicht, um Klagen entgegenzunehmen. Wie schwierig ist es doch, am Tag einer solchen Prüfung oder gar wie der leprakranke Hiob allem Leiden zum Trotz Gott zu loben!
Die Tür knarrte, der Wächter von vorhin erschien.
»Padre, wir gehen jetzt.«
»Wohin?«
»Zum Hafen.«
Beim Aufstehen überkam ihn ein Schwindelgefühl, denn er hatte außer den Kürbissen nichts im Magen. Vor der Hütte dämmerte es bereits, die Bäume und Büsche in der Mulde senkten schlaff ihre Blätter, Moskitos streiften sein Gesicht, in der Ferne quakten Frösche.
Es begleiteten ihn zwar die Wächter, aber keiner achtete auf ihn. Sie redeten mit lauten Stimmen. Zuweilen brachen sie in Gelächter aus. Einer entfernte sich von der Gruppe, um sich im Gebüsch zu erleichtern. Ihm kam der Gedanke, daß er die anderen zwei zur Seite stoßen und entfliehen könnte.
Unerwartet drehte sich der Wächter um, der vor ihm ging.
»Padre, in der Hütte war's scheußlich, nicht?« Er lachte gutmütig. »Und heiß!«
Das gutmütige Lachen ließ mit einemmal alle Spannung

von dem Priester weichen. Selbstverständlich würden die Bauern bestraft, wenn ihm die Flucht gelänge. Ein mühsames Lächeln auf den Lippen, nickte er ihm zu.
Sie wanderten den Weg zurück, den sie am Morgen gekommen waren. Mit eingesunkenen Augen starrte der Priester auf die mächtigen Bäume inmitten der Felder, über die sich das Quaken der Frösche verbreitete. Er erinnerte sich, diese Bäume schon gesehen zu haben. In den Bäumen saßen große Krähen, krächzten und schlugen mit den Flügeln. Ihre Stimmen und die der Frösche vereinigten sich zu einem dunklen Chor.
Als sie das Dorf erreichten, trieb weißer Rauch von den Häusern, der die Moskitos verjagte. Ein Mann im Lendentuch mit einem Kind in den Armen brach in idiotisches Lachen aus, als er den Priester sah. Frauen starrten den vier Männern nach, die an ihnen vorbeigingen, ihre Augen bedrückt gesenkt.
Hinter dem Dorf erstreckten sich wieder Felder. Der Weg führte bergab. Schließlich wehte ein salziger Wind über die eingefallenen Wangen des Priesters. Direkt unter ihnen lag der sogenannte Hafen; es gab aber nur eine Schiffsanlegestelle aus geschichteten schwarzen Kieselsteinen. Am Strand lagen zwei einsame Boote. Während die Wächter Holzblöcke unter diese Schiffe schoben, sammelte der Priester pfirsichfarbene Muschelschalen im Sand und bewegte sie spielerisch in seinen Händen. Das waren die ersten schönen Dinge, die er an diesem Tag zu Gesicht bekam. Wenn er sie an die Ohren hielt, hörte er aus dem Innern der Muscheln leises Rauschen. Plötzlich ließ er sich von einem dunklen Drang hinreißen. Mit dumpfem Geräusch zerbrachen die Muschelschalen in seiner Hand.
»Gehen Sie an Bord!«
Das Wasser am Schiffsboden war weiß von Staub. Es war kalt an den geschwollenen Füßen. Die Füße im Nassen, hielt er sich mit beiden Händen am Schiffsrand, schloß die Augen und stieß einen Seufzer aus.

Während das Boot langsam vom Ufer wegglitt, streiften seine Blicke aus tiefliegenden Augen gedankenverloren die Berge, in denen er heute morgen noch gewandert war. Im Abenddunst erstreckten sie sich blauschwarz, geformt wie die Brust einer Frau. Als er sich nochmals zum Strand zurückwandte, lief dort ein Mann, gekleidet wie ein Bettler. Beim Laufen schrie er irgend etwas, beim Schreien rutschte er im Sand aus. Es war Kichijiro, der ihn verkauft hatte.
Kichijiro fiel hin, rappelte sich wieder auf und rief abermals mit lauter Stimme. Einmal klang es wie Hohngeschrei, dann wieder hörte es sich an wie Weinen, aber der Priester konnte keines der Worte verstehen. Seltsamerweise empfand er gegenüber diesem Mann weder Haß noch Groll. Das Gefühl der Resignation, die Einsicht, daß er früher oder später auf jeden Fall in Gefangenschaft geraten wäre, beherrschte seine Brust. Endlich nahm Kichijiro zur Kenntnis, daß er das Schiff nicht mehr erreichen konnte. Wie ein Stock stand er am Ufer und starrte zum Boot. Im Abendnebel wurde seine Gestalt allmählich immer kleiner.

Als die Nacht kam, ruderten sie in einen Meeresarm hinein. Er hatte geschlafen. Als er die Augen einen Spalt öffnete, sah er, daß hier die Wächter, die ihn bisher begleiteten, ausstiegen und drei andere Männer als Ersatz an Bord des Schiffes kamen. Die alten und die neuen Wächter unterhielten sich im Dialekt der Gegend. Vollkommen erschöpft, wie er war, vermochte er sich nicht mehr aufzuraffen, ihr Japanisch zu enträtseln. Nur ab und zu, wenn in ihrem Gespräch Worte wie Nagasaki oder Omura fielen, dachte er zerstreut, daß einer dieser Orte vielleicht sein Ziel sein würde. In der Hütte hatte er noch genug Kraft aufgebracht, um für die anderen Gefangenen, die Frau und den einäugigen Mann, zu beten, aber jetzt war er zu nichts mehr fähig. Wohin sie ihn auch führten, was sie dort auch mit ihm anstellten – nichts, gar nichts schien ihm mehr von Bedeutung. Die Augen fielen ihm zu, und er schlief wieder ein; manchmal öffnete er die Lider, dann hörte er das eintönige Geknarre der Ruder. Einer der Männer ruderte, die beiden anderen kauerten mit düsterem Gesicht und sprachen kein Wort. O Herr, alles geschehe nach Deinem Willen, murmelte er im Halbschlaf. Obwohl die Stimmung, in die er nun verfiel, auf den ersten Blick der der Demut ähnelte, in die die meisten Heiligen sich selbst der Vorsehung Gottes ergeben hatten, schien ihm doch irgendwo ein wesentlicher Unterschied zu sein. Wie wirst du dich denn verhalten gegenüber all dem, was auf dich zurollt? Wird es soweit kommen, daß du deinen Glauben nach und nach ganz verlierst? So bohrte eine Stimme tief in ihm. Allein diese Stimme zu hören tat ihm weh.

»Wohin?« fragte er die drei neuen Wächter, als er wieder einmal aufwachte, mit heiserer Stimme, aber die Gefragten schienen vor Furcht zu erstarren und antworteten nicht.

Nochmals erkundigte er sich: »Wohin?«

Darauf erwiderte einer leise, als ob er sich schämte: »Nach Yokoseura.«

Den Namen dieses Ortes hatte er von Valignano häufig gehört. Frois und Almeida eröffneten diesen Hafen mit Erlaubnis der Fürsten. Von da an liefen die portugiesischen Schiffe, die früher in Hirado vor Anker gegangen waren, nur mehr Yokoseura an. Auf dem Gipfel des Hügels stand eine Jesuitenkirche; auch ein großes Kruzifix errichteten die Padres dort. Das Kreuz war so groß, daß es die Missionare, die aus der Ferne über das Meer nach Japan segelten, schon von weitem begrüßte. Valignano erzählte, daß am Osterfest sich auch die japanische Bevölkerung zur Osterprozession gesellte und mit Kerzen in den Händen auf den Hügel gepilgert war. Sogar Fürsten besuchten die Kirche von Zeit zu Zeit, und einige ließen sich sogar taufen.

Vom Boot aus spähte der Priester nach einem Dorf oder einem Hafen, der Yokoseura sein konnte, aber tiefes Schwarz, das kein einziges Licht durchdrang, löschte sowohl das Meer wie auch das Land aus. Dörfer und Häuser versanken darin. Aber war es nicht möglich, daß sich auch hier noch wie in Tomogi und Goto Christen versteckten? Sie konnten nicht ahnen, daß in diesem Schiff, das gerade die Wellen durchschnitt, ein Priester kauerte, zitternd wie ein streunender Hund. »Wo liegt Yokoseura?« fragte er eine der Wachen.
»Das gibt es nicht mehr.«
Das Dorf wurde niedergebrannt. Die Leute, die dort gewohnt hatten, wurden vertrieben. Außer dem Rauschen der Wellen, die dumpf an das Schiff schlugen, blieben Meer und Land stumm, wie erstorben. Warum hast Du alles im Stich gelassen? fragte der Priester schwach. Sogar das Dorf, das wir Dir zu Ehren errichtet haben, hast Du verbrennen lassen, sogar da hast Du geschwiegen. Und als man die Bewohner vertrieb, hast Du ihnen nicht Mut zugesprochen, sondern geschwiegen wie diese Dunkelheit. Warum? Bitte, sage uns wenigstens, warum? Wir sind nicht so starke Menschen wie Hiob, den Du, um ihn zu prüfen, mit Aussatz schlugst. Hiob war ein Heiliger, aber die Gläubigen sind doch nur arme schwache Menschen! Auch bei Prüfungen gibt es ein erträgliches Maß. Erlege uns keine Leiden auf, die unerträglich sind! So betete er. Aber das Meer blieb kalt und die Finsternis schwieg hartnäckig weiter. Nur das schwerfällige Geräusch der Ruder durchbrach mit seinem eintönigen Rhythmus die Stille.
Bald werde ich zu nichts mehr nutze sein, dachte er schaudernd. Wenn mir Gott nicht Mut und Kraft verleiht, bin ich mit meiner Kraft bald am Ende.
Das Knarren der Ruder stockte, einer der Männer rief: »Ist da jemand?«
Obwohl niemand im Boot ruderte, ertönte das Geräusch von Rudern.

»Es wird ein Nachtfischer sein. Fahren wir weiter!« murmelte der ältere der beiden Wächter, die bisher geschwiegen hatten.
»Da ist wer! Was machst du?«
Die Rudergeräusche verstummten, eine schwache Stimme drang durch die Dunkelheit. Irgendwie schien sie dem Priester bekannt. Aber er vermochte sich nicht zu entsinnen.

Gegen Morgen erreichten sie Omura. Allmählich vertrieb der Wind den Nebel, und seine ermatteten Augen sahen die weißen Mauern eines Schloßgebäudes, das von Wald umgeben an Land zu erkennen war. Ein Baugerüst zeigte an, daß es noch nicht vollendet war. Krähen flogen über den Wald. Hinter dem Schloß drängten sich Häuser aus Schilf und Stroh. Zum erstenmal sah der Priester eine japanische Stadt vor sich.
Als es heller wurde, bemerkte er, daß zu Füßen der drei Wachen, die ihn begleiteten, dicke Knüppel lagen. Ohne Zweifel hatten sie den Befehl, den Priester erbarmungslos ins Meer zu stoßen, sobald es geringste Anzeichen eines Fluchtversuches gab.
Am Kai standen bereits einige Samurai, in deren Seidengewändern Schwerter steckten, umringt von einer Schar lärmender Schaulustiger. Mit großer Ausdauer wartete die Menge, stehend oder sitzend, auf einem Hügel auf die Ankunft des Schiffes, von den Kriegern immer wieder zu Ruhe und Ordnung gemahnt.
Als der Priester an Land stieg, brach ein Tumult aus. Während er sich, von den Kriegern eskortiert, einen Weg durch die Männer und Frauen bahnte, begegnete er auf ihren Mienen manch einem schmerzlichen Blick. Er schwieg, und auch diese Gesichter schwiegen. Im Vorbeigehen erteilte er ihnen mit einer leichten Gebärde der Hand den Abschiedssegen. Daraufhin senkten sie angstvoll die Augen, und einige wandten sich ab. Eigentlich sollte er auf ihre Lippen, die sich jetzt fest

zusammenpreßten, die heilige Hostie legen. Aber zur Meßfeier fehlten ihm der Altar, Wein und Becher für die heilige Kommunion.
Hohngelächter erhob sich aus der Menge, als man ihn auf ein Pferd ohne Sattel setzte und seine Handgelenke mit einem Strick anband. Omura nannte sich zwar eine Stadt, aber es war auch nicht anders als die Dörfer, die er bis jetzt gesehen hatte – eine Ansammlung strohgedeckter Häuser. Nur standen hier am Straßenrand barfüßige Frauen, die zum offenen langen Haar um die Hüften in Falten gewickelte Kleider mit aufgesteckten Ärmeln trugen und Muscheln, Feuerholz oder Gemüse anboten. Mit Spott und Hohn überschütteten ihn vor allem die Wandermusikanten und die buddhistischen Priester in ihren schwarzgefärbten Gewändern. Die Straße wand sich eng dahin, und manches Kind warf mit Steinen nach ihm. Wenn Valignano recht hatte, so war Omura das Gebiet in Japan, dem sich die Missionare am intensivsten gewidmet hatten. Es war die Stadt, in der einst zahlreiche Kirchen und theologische Schulen standen, in der, wie Frois in einem Brief triumphierte, von den Bauern bis zu den Samurais alle »mit Begeisterung auf die Worte der Geistlichen hörten«. Sogar der Fürst war Christ geworden, und seine ganze Familie war ihm gefolgt. Jetzt schleuderten die Kinder Steine nach ihm, und die Samurai unternahmen nichts gegen die buddhistischen Priester, die ihn mit ihrem schmutzigen Speichel und Beschimpfungen bedeckten.
Die Straße nach Nagasaki führte am Meer entlang. In einem Ort namens Suzuda brachten die Krieger vor einem mit weißen Blüten übersäten Bauernhaus ihre Pferde zum Stehen, befahlen den Männern, die ihnen zu Fuß folgten, Wasser zu holen, und hießen sie, auch den Priester einen Schluck trinken zu lasen. Aber das Wasser floß von seinen Lippen hinab auf seine magere Brust. »Schau, wie groß der ist!« verlachten ihn Frauen, die ihre Kinder an den Ärmeln herbeizogen.

Als die schwerfällige Prozession wieder aufbrach, schaute er noch einmal zurück. Denn ihn überkam der traurige Gedanke, daß er vielleicht nie mehr die Gelegenheit haben würde, einen weiß blühenden Baum zu betrachten. Die Samurai, die ihre schwarzen Kopfbedeckungen abgenommen hatten, um sich den Schweiß abzuwischen, banden ihr Haar zurecht und schwangen sich wieder auf ihre Pferde. Hinter ihnen schlossen fünf, sechs mit Bogen ausgerüstete Beamte an, die sich lärmend miteinander unterhielten. Weiß krümmte sich die Landstraße, auf der sie dahinzogen. Ein Bettler folgte ihnen, gestützt auf einen Stock. Es war Kichijiro. Genauso wie er vom Strand aus dem Boot nachgeblickt hatte, mit offenem Mund und nachlässig an der Brust weit auseinanderklaffendem Kimono, so lief er jetzt dahin. Als er bemerkte, daß der Priester sich nach ihm umsah, versteckte er sich überstürzt im Schatten eines Baumes am Wegrand. Wieso verfolgte ihn dieser Mann, der ihn verraten hatte, immer weiter? Es war dem Priester ein Rätsel. Nun schien ihm plötzlich der Mann, der in den Morgenstunden ein Boot gesteuert hatte, auch Kichijiro gewesen zu sein.

Vom Pferd durchgerüttelt, starrte er gedankenverloren über das Meer. Es glänzte heute düster und schwarz. Am Horizont zeichnete sich die aschgraue Silhouette einer großen Insel ab, aber er hatte keine Ahnung, ob dies nun die Insel war, die er gestern durchwandert hatte.

Nachdem sie Suzuda hinter sich gelassen hatten, bevölkerte sich die Straße. Kaufleute mit Lasttieren trugen tief ins Gesicht gezogene Strohhüte. Andere Reisende hatten die Hosen unten zusammengebunden und Gamaschen darübergezogen, Männer in Strohregenmänteln und Frauen, die Markthüte über ihre Schleier gebunden hatten, sie alle blieben erschreckt am Straßenrand stehen und starrten der Prozession mit leeren Gesichtern nach. Es kam auch vor, daß Bauern ihre

Hacken wegwarfen und zum Straßenrand hasteten. Früher hatten ihn das Aussehen der Japaner interessiert, jetzt aber war er so erschöpft, daß er sich für nichts mehr interessierte.
Er schloß die Augen und dachte an die Gebete des Kreuzweges, wie sie jeden Abend im Kloster üblich waren. Bei diesen Gebeten ersteht in den Herzen der Christen immer wieder die Passion Christi, die Priestern und Gläubigen bekannt und vertraut ist. Als dieser Mann aus den Toren des Tempels getreten war, mit dem Kreuz auf den Rücken Schritt für Schritt den steilen Pfad hinauf nach Golgotha getaumelt war, folgte ihm eine von Neugier angetriebene Menschenmenge.
»Frauen von Jerusalem, weint nicht über mich! Weint über euch und eure Kinder! Denn bald wird der Tag kommen!« An diese Worte dachte er jetzt. Vor vielen Jahrhunderten hatte auch der Herr mit ausgedörrten Lippen diese Traurigkeit erfahren, die ihn nun erfüllte. Das Bewußtsein der Gemeinsamkeit mit dem Herrn tröstete ihn mehr als jedes noch so süße Wasser. »Pange lingua« ... Nun singe, meine Zunge! Auf dem Rücken des Pferdes spürte er, wie Tränen über die Wangen herabflossen. »Bella premunt hostilia, da robur, fer auxilium ...« Niemals werde ich den Glauben aufgeben, mag kommen, was will.
Am Nachmittag erreichten sie eine Stadt namens Isahaya. Dort befand sich ein von einem tiefen Graben und einer überdachten Lehmmauer eingeschlossenes herrschaftliches Anwesen, um das sich schilf- und strohgedeckte Häuser scharten. Davor angekommen, begrüßten mit Schwertern ausgestattete Männer die Prozession der Samurai, und zwei große Zuber mit gekochtem Reis wurden herbeigeschafft. Während sich die Samurai an dem gedämpften Reis mit roten Bohnen gütlich taten, band man den Priester, der vom Pferd herabsteigen mußte, wie einen Hund an einen Baum. Bettler mit wirrem Haar, die neben ihm hockten, starrten ihn wie

Bestien aus glühenden Augen an. Ihm fehlte sogar die Kraft, ihnen ein Lächeln zu schenken. Da schob ihm jemand einen schäbigen Korb mit einer Portion Kolbenhirse hin. Er blickte auf. Es war Kichijiro.
Kichijiro kauerte neben den Bettlern. Manchmal blickte er verstohlen zum Priester. Wenn sich ihre Blicke trafen, wandte er den Kopf hastig ab. Der Priester betrachtete gelassen Kichijiros Gesicht. Gestern am Strand war er so übermüdet gewesen, daß er nicht einmal mehr fähig war, Haß gegen diesen Mann zu empfinden. Heute aber vermochte er keinen Edelmut zu zeigen und Nachsicht aufzubringen. Wenn er an den Durst dachte, der ihn quälte, nachdem Kichijiro ihm oben auf der Heide den Trockenfisch zu essen gegeben hatte, kam neuer Groll in ihm auf. »Was du tun willst, tue bald!« Sogar Jesus hatte solche Worte des Zornes für Judas, der Ihn verriet, nicht gescheut. Lange hatte der Priester gefunden, daß diese Worte im Widerspruch zur christlichen Liebe standen. Wenn er jedoch jetzt den Mann betrachtete, der wie ein geschlagener Hund mit furchtsamem Gesicht bei den Bettlern hockte und manchmal seine Augen hob, dann wallte tief aus seinem Innern herauf eine schwarze grausame Empfindung. »Geh!« fuhr er ihn unhörbar an. »Was du tun willst, tue bald!«
Die Samurai hatten ihre Reismahlzeit beendet und schwangen sich in den Sattel. Auch der Priester mußte sein Pferd besteigen. Schwerfällig setzte sich der Zug in Bewegung. Wieder überschütteten ihn buddhistische Mönche mit Schmähungen und bewarfen ihn Kinder mit Steinen. Kaufleute, ihre Rinder schwer beladen, Wanderer mit unten zusammengebundenen Hosen blickten erschreckt zu den Samurai empor und fixierten den Priester. Nichts hatte sich geändert. Als er sich umsah, erblickte er Kichijiro, der auf seinen Stock gestützt in einiger Entfernung dem Zug folgte. »Was du tun willst, tue bald«, murmelte der Priester. »Was du tun willst, tue bald.«

6

Der Himmel verdunkelte sich, Wolken strömten langsam zum Gipfel des Berges Gosen, als sie auf eine weite Ebene hinauskamen. Es war die unfruchtbare Ebene von Chizuka. Hier und dort krochen Büsche auf der Erde dahin, ansonsten dehnte sich endlos schwarzbrauner Boden. Die Samurai führten ernste Gespräche und befahlen schließlich, den Priester absitzen zu lassen. Nachdem er so lange mit zusammengebundenen Händen auf dem Pferd gesessen war, durchzuckten Schmerzen die Innenseite seiner Schenkel, sobald er den Boden mit den Füßen berührte, und dort, wo er stand, sank er zu Boden.
Einer der Samurai zog eine lange Pfeife hervor und rauchte. Zum erstenmal sah der Priester in Japan Tabak. Der Samurai spitzte die Lippen zu zwei, drei Zügen, atmete den Rauch ein, worauf er die Pfeife an einen anderen Krieger weiterreichte. Die Beamten beobachteten sie dabei reglos mit neiderfüllten Blicken.
Lange Zeit schauten sie nach Süden, während sie herumstanden oder sich auf einem der Felsen niederließen. Manche erleichterten sich im Schatten der Steinbrokken. Am Himmel gegen Norden leuchtete es noch hier und dort blau, im Süden aber begannen sich bereits die Abendwolken aufzutürmen. Die Augen des Priesters schweiften immer wieder über die Landstraße zurück,

die sie gerade hinter sich gebracht hatten, aber von Kichijiro war keine Spur zu sehen. Wo war er zurückgeblieben? Sicher hatte er es irgendwann aufgegeben, ihnen zu folgen, und war auf halbem Wege umgekehrt. Endlich riefen die Wachen, mit den Fingern nach Süden deutend: Sie kommen, sie kommen! Vom Süden her näherte sich langsam eine Schar Samurai und Männer zu Fuß gleich der, die ihn bis hierher geleitet hatte. Unverzüglich schwang sich der Samurai, der vorher geraucht hatte, auf sein Pferd und galoppierte ihnen mit großer Schnelligkeit entgegen. Hoch zu Roß begrüßten sie sich mit Verbeugungen. Dem Priester wurde klar, daß er einer neuen Bewachung übergeben wurde.
Als die Begrüßungszeremonie beendet war, lenkte die Gruppe, die ihn von Omura begleitet hatte, die Zügel der Pferde nach Norden und ritt auf der Landstraße davon. Er aber wurde von der Gruppe, die ihn aus Nagasaki abholte, übernommen. Wieder bestieg er das ungesattelte Pferd.

Das Gefängnis lag an einem Abhang, umgeben von Bäumen. Anscheinend gerade erst errichtet, sah es aus wie ein Lagerhaus. Licht fiel nur durch ein kleines vergittertes Fenster sowie eine in die hölzerne Scheidewand eingefügte Öffnung, durch die mit knapper Not ein Eßgefäß geschoben werden konnte. Hier wurde ihm einmal am Tag eine Mahlzeit hereingereicht. Die Umgebung des Kerkers sah der Priester bei der Ankunft und zweimal, als er Fragen beantworten mußte. Ein dichter Zaun aus Bambuspfählen, die Spitzen drohend nach innen gerichtet, umschloß den Kerker. Außerhalb standen schilfgedeckte Häuser, in denen die Wächter wohnten.
Bei seiner Ankunft war er noch der einzige Gefangene. Er hockte im Finstern und lauschte auf die Stimmen der Wachen, die sich draußen unterhielten. Um sich die Langeweile zu vertreiben, richteten die Wächter auch ab

und zu ein Wort an den Priester. So erfuhr er, daß sie sich hier in einer Vorstadt von Nagasaki befanden, ohne zu erfahren, in welcher Richtung das Zentrum der Stadt lag. Nur während des Tages konnte er weit entfernt Arbeiter hören, die Bäume fällten und Nägel einschlugen. Daraus schloß der Priester, daß diese Gegend neu besiedelt wurde. Wenn sich die Nacht herabsenkte, hörte er die Lieder der Wildtauben in den Baumwipfeln. Doch herrschte in diesem Gefängnis seltsamer Frieden und Ruhe. Die Angst und die Nervosität, die ihn während seiner Wanderung durch die Berge gejagt hatten, schienen ihm lange versunkene Vergangenheit. Obwohl er keine Ahnung hatte, welches Los am nächsten Tag auf ihn wartete, fühlte er kaum Furcht. Von den Wächtern erhielt er starkes japanisches Papier und eine Schnur, woraus er sich einen Rosenkranz anfertigte, mit dem er nun die meiste Zeit des Tages betete. Nachts lag er mit geschlossenen Lidern auf dem Boden und, begleitet vom Turteln der Wildtauben, ließ er vor seinem inneren Auge das Leben Christi, Station für Station, vorüberziehen. Seit seiner Kindheit war das Antlitz Christi die Erfüllung seiner Träume und Ideale. Das Antlitz Christi, wie Er am Berg der Menge predigt, das Antlitz Christi, wie Er im Dämmerlicht den See von Galiläa überquert, nicht einmal unter der Folter büßt dieses Antlitz seine Schönheit ein. Ruhig blicken die sanften klaren Augen, die bis in das Innerste des menschlichen Herzen dringen, auf ihn herab. Das Antlitz, das nichts Falsches hat, niemanden beleidigen kann. So wie der Sand des Ufers lautlos die kleinen Wellen aufsaugt, verlieren sich in Gedanken an dieses Antlitz Unruhe und Angst.
Zum erstenmal seit seiner Ankunft in Japan erlebte er friedvolle Tage. Er fragte sich, ob die Tatsache, daß ein solcher Tag dem anderen folgte, nicht auf seinen baldigen Tod hindeutete.
Am neunten Tag wurde er plötzlich hinausgezerrt.

Nach der Zeit im Kerker, in den kaum Lichtstrahlen drangen, durchbohrte das Sonnenlicht wie ein Schwert seine eingesunkenen Augen. Wie ein Wasserfall strömten aus dem Gehölz die Stimmen der Zikaden, hinter der Wächterhütte leuchteten blühende rote Blumen. Jetzt erst fiel ihm auf, daß seine Barthaare lang waren wie bei einem Landstreicher, daß er abgemagert war und seine Arme dünn wie Draht geworden waren. Er nahm an, daß er nun zum Verhör gebracht wurde, jedoch man führte ihn zur Wächterhütte und stieß ihn in einen Raum mit Bretterboden, den ein Holzgitter umschloß. Warum er hergebracht wurde, wußte er nicht.

Am nächsten Tag entdeckte der den Grund. Denn plötzlich zerrissen Zornesrufe der Wächter die Stille; er hörte die Fußtritte einiger Männer und Frauen, die vom Gefängnistor her in den inneren Hof getrieben wurden. Man drängte sie in den stockfinsteren Kerkerraum, in den er bis gestern eingeschlossen gewesen war.

»Wenn ihr so weitermacht, werdet ihr bestraft«, schrien die Wächter die Gefangenen an. Aber diese hörten nicht auf, sich zu wehren.

Der Wortwechsel zwischen Wächtern und Häftlingen dauerte noch eine Weile, aber schließlich beruhigten sich alle. Am Abend klangen unerwartet Stimmen aus dem Kerker herüber, die im Chor Gebete rezitierten.

»Vater unser, der du bist im Himmel,
geheiligt werde dein Name.
Dein Reich komme.
Dein Wille geschehe, wie im Himmel
so auf Erden.
Unser tägliches Brot gib uns heute.
Und vergib uns unsere Schuld,
wie auch wir vergeben unsern Schuldigern.
Und führe uns nicht in Versuchung,
sondern erlöse uns von dem Bösen.
Amen.«

Im Abenddunst stiegen und verebbten die Stimmen wie Wasserfontänen. Traurigkeit mischte sich in ihre Stimmen, als sie sangen: »Und führe uns nicht in Versuchung.« Mit seinen eingesunkenen Augen blinzelnd, bewegte der Priester, in das Gebet einstimmend, die Lippen. »Hast Du auch bisher niemals dein Schweigen gebrochen, so wirst Du doch nicht für immer schweigen.«

Am nächsten Tag bat der Priester die Wächter, jene Gefangenen besuchen zu dürfen, die schwer bewacht arbeiten mußten.

Als er in den Hof hinaustrat, wandten sich die fünf, sechs Männer und Frauen, die kraftlos die Spaten bewegten, erstaunt ihm zu. Er erkannte ihre Gestalten. Auch an ihre verblichenen, zerlumpten Arbeitsgewänder erinnerte er sich. Die Gesichter der Frauen waren totenbleich, und die Männer hatten lange Haare und Bärte.

»Oh!« rief eine der Frauen. »Es ist der Padre! Ich habe ihn kaum erkannt.«

Es war die Frau, die damals eine Gurke aus ihrem Kimono gezogen und ihm geschenkt hatte. Neben ihr stand auch der einäugige Mann. Er sah wie ein Bettler aus, aber er lachte, wobei er seine gelben, unregelmäßigen Zähne entblößte.

Zweimal am Tag, morgens und abends, begab er sich von da an mit Erlaubnis der Wächter in die Zelle der Christen. Die Wächter ließen es geschehen, weil sie gemerkt hatten, daß die Gefangenen ruhig blieben, wenn der Priester sie besuchte.

Die Messe konnten sie nicht feiern, denn sie besaßen weder Brot noch Wein. Statt dessen rezitierte der Priester mit den Gläubigen das *Glaubensbekenntnis*, das *Vaterunser* und das *Ave Maria*. Außerdem konnte er die Beichte abnehmen.

»Setze deine Hoffnung nicht in die Kinder der Fürsten und die Abkömmlinge edler Familien. Die Rettung liegt

nicht bei ihnen. Ihr Leben geht zugrunde und kehrt zur Erde zurück. An diesem Tag zerfallen die Wünsche und Hoffnungen. In die Seligkeit gehen aber diejenigen ein, die sich den Händen Gottes anvertrauen, welche alles erschufen. In sie sollt ihr eure Hoffnungen setzen.«
Murmelte er für die Gefangenen die Worte des Alten Testaments, so lauschten sie ihm unverwandt und ohne einen einzigen Laut. Auch die Wächter hörten schweigend zu.

Bisher hatte er diese Bibelverse unachtsam überlesen. Niemals zuvor hatte er weder allein noch vor den Gläubigen diese Bibelverse mit einer derartigen Inbrunst gebetet wie jetzt. Jedes einzelne Wort war reich an neuer Bedeutung und Gewicht.

»Wie glücklich sind sie. Die für den Herrn sterben...«

»Von jetzt an begegnen euch keine Leiden mehr«, sagte der Priester im Gefühlsüberschwang. »Gott wird euch nie im Stich lassen. Er wird unsere Wunden reinigen, seine Hände werden unser Blut abwischen. Gott schweigt nicht ewig.«

Des Abends spendete der Priester den Gefangenen das Sakrament der Beichte. Da es keinen eigenen Raum zum Beichten gab, legte er sein Ohr an das Loch, durch welches die Mahlzeiten hereingeschoben wurden, und lauschte auf diese Weise den Worten, die der Beichtende auf der anderen Seite der Tür flüsterte. Die übrigen drängten sich in der Zwischenzeit in einen Winkel der Zelle, um den Beichtenden nicht zu stören.

Wenn er überlegte, daß er in diesem Gefängnis zum erstenmal wieder seine Aufgabe als Priester zu erfüllen vermochte, seit er Tomogi verließ, verspürte er den heimlichen Wunsch, für immer so weiterzuleben.

Nach der Beichte schrieb er weiter an seinen Erinnerungen seit der Landung in Japan. Dafür benutzte er Papier, das ihm die Wächter gaben, und eine Hühnerfeder, die er im Garten aufgelesen hatte. Er wußte nicht, ob dieser Bericht Portugal jemals erreichen würde. Aber es

bestand doch die Möglichkeit, daß ein Christ seine Zeilen auf irgendeine Weise in die Hände eines Chinesen in Nagasaki schmuggelte. Allein auf diese schwache Hoffnung gestützt, bewegte er die Feder.
Wenn er des Nachts im Dunkeln saß, hörte er die Wildtauben mit ihrem »Hoo, hoo«. In solchen Stunden fühlte er das Antlitz Christi reglos auf sich ruhen. Tröstend blickten die blauen klaren Augen auf ihn, das Antlitz still, von Selbstvertrauen erfüllt. »O mein Gebieter! Lasse uns nie mehr im Stich«, wisperte der Priester zu dem Antlitz gewandt. Da vermeinte er die Antwort zu hören: »Ich verlasse euch nicht!« Er lauschte angespannt, aber nur die Wildtauben waren zu hören. Tief und dunkel war die Finsternis. Für einen Augenblick schien dem Priester sein Herz von allen Zweifeln befreit.

Eines Tages rasselte der Wächter am Schloß und steckte seinen Kopf zur Tür herein. »Wechsel dein Gewand!« Er legte eine Garnitur Kleider auf den hölzernen Boden. »Schau! Rote Kleider und Wäsche aus Baumwolle. Nimm alles, es gehört dir.« Der Wächter redete weiter und erklärte, daß die Gewänder der buddhistischen Mönche aus Baumwolle gewebt waren.
»Sehr gütig«, sagte der Priester mit einem Lächeln auf den hohlen Wangen. »Aber nimm es wieder. Ich brauche nichts.«
»Was, du willst die Kleider nicht? Du willst sie nicht?« Wie ein Kind schüttelte der Wächter ungläubig den Kopf und sagte, gleichwohl mit den Augen gierig über das Gewand streifend: »Aber sie sind vom Gouverneursamt.«
Der Priester vergleich sein dünnes Sommergewand aus Leinen, das er trug, mit den neuen Kleidern und überlegte, warum ihm die Beamten ein Mönchsgewand übersandten. War dies eine Geste des Mitleids? Oder war es eine weitere Falle? Er konnte es nicht sagen.

Jedenfalls begann mit diesen Kleidern eine neue Beziehung zwischen ihn und dem Amt des Statthalters.
»Schnell, schnell!«, trieb ihn der Wächter zur Eile. »Die Beamten treffen bald ein!«
Das Verhör kam überraschnd; er war darauf nicht gefaßt. Jeden Tag hatte er sich diese Szene ausgemalt, dramatisch wie zwischen Jesus und Pilatus. Die Menge johlte, Pilatus zauderte, Christus stand schweigend da. Hier jedoch gaben nur die Sommerzikaden ihren einschläfernden Gesang von sich. Im Gefängnis der Christen herrschte die übliche Nachmittagsstille.
Er wischte sich mit dem heißen Wasser ab, das ihm der Wächter brachte, und zog dann langsam die neuen Unterkleider aus Baumwolle an. Statt einer wohltuenden Empfindung überlief seine Haut das Gefühl der Unterwerfung, als ob er sich nun dadurch, daß er diese Kleidung trug, auf einen Kompromiß mit dem Gouverneursamt eingelassen habe.
Im Innenhof standen einige Stühle nebeneinander, und von jedem fiel schwarz ein Schatten auf die Erde. Man hieß ihn, sich rechts vom Eingangstor auf die Erde zu knien, und ließ ihn dort lange Zeit warten. Diese Sitzweise nicht gewohnt, brach er bald in Schweiß aus, so sehr schmerzten seine Knie, aber er wollte den Beamten kein gepeinigtes Gesicht zeigen.
Um sich von den schmerzenden Knien abzulenken, bemühte er sich, an den Gesichtsausdruck des gepeinigten Jesu zu denken.
Als die Hufschläge der Pferde und Schritte des Gefolges ertönten, knieten auch die Wächter auf den Boden und senkten die Köpfe. Hoheitsvoll schritten einige Samurai, Fächer in der Hand, in den Innenhof. Sie gingen vorbei, redeten und warfen nur einen flüchtigen Blick auf Rodrigo und ließen sich ermattet auf die Klapphokker fallen. Ein Wächter trug mit gekrümmtem Rücken Tassen herbei, aus denen sie langsam das heiße Wasser schlürften.

Nach einer Pause wandte sich der Samurai rechts außen an den Wächter. Darauf führte dieser den Priester, dessen Knie vor Schmerzen zitterten, vor die Reihe der Samurai.
Hinten in den Bäumen surrte noch immer die Zikade. Schweiß rann an seinem Rücken herab, und er fühlte die Blicke, die von hinten auf ihn gerichtet waren. Ohne Zweifel lauschten die Gläubigen in der Zelle den Fragen und Antworten, die er mit den Beamten wechselte. Er durchschaute die Absicht, in der Inoue und die Beamten diesen Ort als Stätte des Verhörs ausgewählt hatten: um vor jenen Bauern zur Schau zu stellen, wie er sich in die Enge treiben und schließlich überreden ließ. *Gloria Patri et Filio et Spiritui Sancto*. Er schloß die in tiefen Höhlen liegenden Augen und bemühte sich, seine Wangen zu einem Lächeln zu verziehen, aber er merkte, daß sich sein Gesicht zu einer Maske verkrampfte.
»Da der gnädige Herr von Chikugo sich um die Bequemlichkeit des Padre sorgt«, sagte der Krieger am rechten Rand in holprigem Portugiesisch, »wird er gebeten, Unzulänglichkeiten zu melden.«
Der Priester senkte schweigend den Kopf. Als er das Gesicht wieder erhob, begegnete er dem Blick des alten Mannes, der auf dem Stuhl in der Mitte saß. Dieser alte Mann betrachtete ihn mit Neugier und einem leichten Lächeln, wie ein Kind, dem man ein ungewöhnliches Spielzeug in die Hand legt. Dann wurde eine Erklärung verlesen.
»Nationalität: portugiesisch. Name: Rodrigo. Soll von Makao nach Japan übergesetzt sein. Ist das richtig?«
Der Samurai, der rechts außen saß, sprach mit bewegter Stimme. »Padre, wir sind ergriffen von Ihrem unerschütterlichen Willen, der Sie, keinerlei Mühe scheuend, über Tausende Meilen in unser Land geführt hat. Wir können uns vorstellen, wie schwierig Ihr Leben bis heute war.«
Freundlichkeit schwang in den Worten des Gegners,

und diese Freundlichkeit sickerte schmerzhaft in die Brust des Priesters.
»Da wir dies wissen, ist die Pflicht zur Ermittlung für uns schmerzlich.«
Bei den überraschenden Worten löste sich plötzlich die Spannung in seinem Herzen. Wären nur nicht die Begrenzungen von Nationen und Politik, dann könnten wir uns an den Händen nehmen und zusammen sprechen, dachte er, aber zugleich wurde ihm bewußt, welche Gefahr es bedeutete, diesen Empfindungen nachzugeben.
»Ob Ihr Glaube an sich richtig oder falsch ist, darauf wollen wir nicht eingehen. In Spanien, in Portugal und solchen Ländern mag er wahr sein. In Japan jedoch haben wir das Christentum verboten, denn wir sind zu der Erkenntnis gelangt, daß diese Lehre für das heutige Japan keinerlei Nutzen bringt.«
Unverzüglich kam der Übersetzer zum Kern der Diskussion. Der alte Mann mit den großen Ohren schaute nach wie vor mitleidig zum Priester herab.
»Die Wahrheit gilt nach unserer Meinung überall«, sagte der Priester und erwiderte schließlich das Lächeln des alten Mannes.
»Die geehrten Beamten haben soeben teilnahmsvolle Worte für meine Leiden gefunden. Sie haben mir warmen Trost gewährt, weil ich lange Monate über Tausende Meilen das rauhe Meer überquert habe, um ihr Land zu erreichen. Wie aber hätten alle die Missionare diese Qualen zu erdulden vermocht, wenn wir nicht daran glaubten, daß unsere Wahrheit überall gilt? Weil die Wahrheit in allen Ländern und zu allen Zeiten zutrifft, nennt man sie Wahrheit. Wäre die richtige Lehre für Portugal nicht die richtige Lehre für Japan, so könnte man sie nicht als wahr bezeichnen.«
Manchmal suchte der Dolmetscher nach dem richtigen Wort und übersetzte die Worte des Priesters den vier anderen mit dem ausdruckslosen Gesicht einer Puppe.

Nur der alte Mann in der Mitte nickte wiederholt mit dem Kopf, als ob er dem Priester vollkommen zustimmte. Während er mit dem Kopf nickte, preßte er die Handflächen zusammen und rieb sie langsam.

»Alle Padres sagen das gleiche«, übersetzte der Dolmetscher die Worte eines anderen Samurai. »Aber es kommt vor, daß ein fruchtbarer Baum eingeht, sobald man die Erde tauscht. Der Baum namens Christentum mag in einem anderen Land blühen und üppige Früchte tragen, in unserem Land aber setzt er keine einzige Knospe an, und die Blätter verwelken. Die Verschiedenheit des Bodens, die Verschiedenheit des Wassers haben Sie nicht bedacht?«

»Es stimmt nicht, daß keine Knospen treiben und die Blätter welken«, entgegnete der Priester mit erhobener Stimme. »Glauben Sie denn, daß ich nichts weiß? Man ist in Makao, wo ich mich aufgehalten habe, über die Arbeit der Missionare informiert. Und wir haben vernommen, daß es damals, als viele Fürsten die Mission erlaubten, in Japan an die dreihunderttausend Christen gab ...«

Noch immer knetete der alte Mann die Hände und wiederholte sein zustimmendes Nicken. Nur dieser Mann schien auf der Seite des Priesters, die anderen hörten mit starren Mienen auf die Übersetzung des Dolmetschers.

»Wenn die Blätter nicht grünen und keine Blüten treiben, so fehlt Dünger.«

Die Zikade war verstummt, die Glut des Nachmittags brannte noch schonungsloser. Die Beamten schwiegen, wie um eine Antwort verlegen. Der Priester spürte, daß die Gläubigen in der Zelle seinen Worten folgten, und er wiegte sich in dem Gefühl, seine Argumente hätten gesiegt. Ein angenehmes Gefühl breitete sich in seiner Brust aus.

»Warum versuchen Sie überhaupt, mich zu überreden?« fragte der Priester, indem er die Augen niederschlug.

»Was ich auch sage, Sie werden Ihre Meinung nicht ändern. Und auch ich gedenke nicht, meinen Standpunkt zu ändern.«

Er bemerkte, daß ihn bei diesen Worten plötzlich Erregung überwältigte. Je lebhafter er die Augen der Gläubigen in seinem Rücken fühlte, desto mehr verlangte es ihn, sich als Held darzustellen. »Was ich auch sage, ich werde doch bestraft.«

Mechanisch übersetzte der Dolmetscher diese Worte den anderen. In diesem Augenblick hielten die Hände des alten Mannes zum erstenmal inne, und mit einem Blick, als versuche er einen ausgelassenen Enkel zur Ruhe zu mahnen, schüttelte er heftig den Kopf. »Wir bestrafen die Padres nicht ohne Grund.«

»Herr Inoue dürfte anderer Ansicht sein. Herr Inoue würde mich auf der Stelle bestrafen!«

Hierauf lachten die Samurai, als ob er einen Witz erzählt hätte.

»Warum lachen Sie?«

»Padre, dies ist Inoue, der Fürst von Chikugo. Er sitzt vor Ihnen!«

Ratlos starrte er auf den alten Mann. Dieser begegnete seinem Blick arglos wie ein Kind und rieb sich wieder die Hände. Wie hätte er einen Gegner erkennen können, der seinen Erwartungen so gar nicht entsprach? Das Gesicht des Mannes, den Valignano einen Satan nannte, der einen Missionar nach dem anderen von seinem Glauben abbrachte, das Gesicht dieses Mannes hatte er sich bis zum heutigen Tag blaß und heimtückisch vorgestellt. Vor seinen Augen aber saß ein freundlicher, verständnisvoller Mann.

Inoue, der Fürst von Chikugo, flüsterte seinem Sitznachbarn einige Worte zu und erhob sich umständlich von seinem Stuhl. Auch die anderen folgten ihm, einer nach dem anderen entschwand durch das Tor. Die Zikaden zirpten von neuem. Im Licht des Nachmittags, das wie Katzengold funkelte, dehnten sich die Schatten der verwaisten Stühle noch dunkler über den Boden. Da schüttelte es den Priester ohne ersichtlichen Grund und er fühlte, wie ihm Tränen in die Augen stiegen. Eine Empfindung wie nach der Bewältigung einer großen Aufgabe überkam ihn. In der Zelle, wo es bis zu diesem Augenblick totenstill gewesen war, begann plötzlich einer ein Lied zu singen:

»Lasset uns wandern, lasset uns wandern,
zum Tempel des Paradieses lasset uns wandern!
Wenn wir vom Tempel des Paradieses sprechen,
wenn wir vom großen Tempel des Paradieses sprechen...«

Auch als er schon lange, vom Wächter geführt, in den Raum mit dem Bretterboden zurückgekehrt war, ertönte noch das Lied aus der Zelle. Zumindest hatte er die Christen nicht irritiert, ihren Glauben nicht erschüttert. Nein, unanständig oder feig hatte er sich nicht verhalten, dachte er.

Die Strahlen des Mondes, die durch das Gitter fielen, erinnerten den Padre an den Mann aus Galiläa. Er hatte das Gefühl, als ob ihn Christus mit gesenkten Augen beobachtete. Der Priester verlieh den Schatten schärfere Konturen, versuchte Augen und Mund hineinzumalen. Habe ich heute nicht wohlgetan? überlegte er und glühte vor Stolz wie ein Kind.

Im Hof hallten hölzerne Klöppel. Wächter machten einen Rundgang um das Gefängnis wie jeden Abend.

Der dritte Tag. Die Wächter holten drei Männer aus der Zelle und ließen sie im Innenhof drei Gruben ausheben. Durch die Gitterstäbe war die Gestalt des einäugigen Mannes (wenn der Priester nicht irrte, war es Juan) zu erkennen, wie er zusammen mit den anderen in der brennenden Sonne den Spaten schwang und die Erde in Körbe schaufelte. Der schwitzende Rücken Juans, der wegen der Hitze mit einem Lendentuch bekleidet war, schimmerte wie Eisen.

Auf seine Frage, wozu die Löcher dienen sollten, war die Antwort der Wächter: »Als Abort.«
Die Gläubigen stiegen hinab in die tiefe Grube, die sie ausgehoben hatten, und ohne Argwohn schafften sie den Lehm an die Oberfläche.
Während der Arbeit brach ein Mann zusammen. Offensichtlich hatte er einen Hitzschlag erlitten. Die Wächter brüllten ihn an, sie schlugen ihn. Der Kranke blieb reglos liegen. Juan und die anderen Gläubigen nahmen ihn bei den Armen und zogen ihn ins Gefängnis.
Kurze Zeit darauf rief der Wächter den Priester. Die Gläubigen hatten den Padre verlangt, weil das Befinden des zusammengebrochenen Mannes eine Wendung zum Schlechten genommen hatte. Als er in die Zelle geeilt kam, lag der Kranke in der Dunkelheit des Raumes wie ein aschfarbener Stein, während Monika und die anderen ihn umringten. »Trink doch bitte!« Monika hielt eine zerbrochene Teeschale an seinen Mund, aber das Wasser benetzte nur die Lippen ein wenig.
»Du leidest fürchterlich. Kannst du es noch aushalten?« fragte sie.
Als die Nacht sich senkte, begann der Mann ruckweise zu atmen. Die Arbeit in der prallen Sonne hatte die Kräfte dieses geschwächten Körpers weit überschritten, war doch eine Handvoll Kolbenhirse die einzige Nahrung. Der Priester kniete nieder, um das Sakrament der Letzten Ölung vorzubereiten, das man den Sterbenden spendet. Kaum schlug er das Kreuz, holte der Mann noch einmal tief Atem und starb.
Die Wächter befahlen den Gläubigen, die Leiche zu verbrennen, stießen damit aber auf beharrlichen Widerstand des Priesters und der Bauern, da diese Art von Bestattung nicht im Einklang mit den Lehren des Christentums stand. Christen begraben ihre Verstorbenen in der Erde. So wurde der Mann am nächsten Morgen ohne weitere Umstände im Gehölz hinter der Zelle begraben.

»Hisagoro hat es gut!« beneidete ihn einer der Gläubigen und murmelte: »Er hat den Todesschmerz schon hinter sich und ruht im ewigen Frieden.«
Mit leerem Blick lauschten die anderen Männer und Frauen diesen Worten.

Nachmittags zitterte die Luft vor Schwüle, schließlich begann es zu regnen. Monoton trommelte der Regen auf das Bretterdach der Zelle und auf das Gebüsch, unter dem der Tote lag. Die Hände um die Knie gelegt, sann der Priester, wie lange die Beamten ihn wohl in Ruhe ließen? Natürlich war nicht alles im Gefängnis nach seinem Wunsch, aber die Wachen gestatteten stillschweigend, daß die Gläubigen beteten, daß er sie besuchte, daß er Briefe schrieb. Warum? fragte er sich, und es kam ihm nicht ganz geheuer vor.
Er sah durch das vergitterte Fenster, wie der Wächter immer wieder einen Mann zornig anfuhr. Da der Mensch einen Regenmantel trug, konnte der Priester nicht erkennen, um wen es sich handelte, aber es war niemand, der zu den Leuten in der Zelle gehörte. Er flehte um etwas, worauf der Wächter seinen Kopf schüttelnd Anstalten machte, ihn davonzujagen, jedoch der andere schien nicht zu hören.
»Wenn du jetzt nicht verschwindest, dann werde ich dir zeigen, was Prügel sind!«
Der Wächter holte zum Schlag mit seinem Stock aus, der Mann floh wie ein streunender Hund in Richtung des Tores, kehrte aber zurück und verharrte reglos im Regen.
Als der Priester am Abend durch das Gitter spähte, stand die Gestalt im Regenmantel noch immer geduldig und mittlerweile tropfnaß im Regen. Die Wächter kümmerten sich nicht mehr um ihn.
Der Mann drehte sich in seine Richtung, so daß sich ihre Blicke trafen. Es war Kichijiro. Mit furchtsamer Miene starrte er zum Priester und wich einige Schritte zurück.

»Padre«, seine Stimme klang wie das Winseln eines Hundes. »Padre, hören Sie mich an!«
Der Priester wandte sein Gesicht vom Fenster ab, verschloß die Ohren vor dieser Stimme. Wie konnte er den Geschmack des Trockenfisches und den brennenden Durst, der ihn nachher plagte, vergessen? Selbst wenn er diesem Mann vergeben wollte, so hafteten doch Groll und Zorn unauslöschbar in seinem Gedächtnis.
»Padre, Padre!« Wie ein Kind nicht von der Rockfalte der Mutter läßt, jammerte Kichijiro.
»Padre, ich habe Sie betrogen. Wollen Sie mich nicht anhören? Weil ich dachte, daß der Padre auf mich herunterschaut, habe ich Sie und alle Gläubigen gehaßt. Ich habe auf das Christusbild getreten. Mokichi und Ichizo sind stark. So stark kann ich nie sein.«
Der Wächter, der nun endgültig die Geduld verlor, stürzte mit dem Stock in der Hand aus dem Haus, worauf Kichijiro davonlief, aber noch rief: »Auch ich habe eine Rechtfertigung! Auch einer, der auf das Bild getreten hat, hat Gründe dafür. Glauben Sie, daß ich es freiwillig tat? Mein Fuß tut weh. Warum verlangt denn der Herr, daß ich mich wie ein starker Mensch benehme, obwohl er mich schwach geschaffen hat? Ist das nicht unsinnig?«
Von Zeit zu Zeit ging ihm die Luft aus, seine Stimme sank zu einem Klagen herab, schließlich begann er zu weinen.
»Padre, was soll ein Schwächling wie ich nur tun? Ich habe Sie nicht angezeigt, weil ich Geld wollte. Die Beamten haben mich gezwungen.«
»Bist du noch immer da! Verschwinde!« rief der Wächter, den Kopf zur Tür herausstreckend. »Überfordere nicht unsere Gutmütigkeit!«
»Padre, hören Sie mich an! Was ich getan habe, war schlecht. Was ich getan habe, ist nicht mehr gutzumachen. Wächter! Ich bin ein Christ. Werft mich ins Gefängnis!«

Der Priester rezitierte mit geschlossenen Augen das Glaubensbekenntnis. Angesichts des heulenden und schreienden Mannes, den er dem Regen überließ, durchdrang ihn eine Art Genugtuung. Christus hatte Gebete gesprochen, als Judas sich auf dem Feld des Blutes erhängte, aber hatte Er für Judas gebetet? In der Bibel stand nichts davon. Und selbst dann hätte er nicht so handeln können.
Er wußte nicht, wieweit er diesem Mann trauen durfte. Wohl wünschte dieser Schwächling die Vergebung, aber es wollte ihm scheinen, als entspringe auch dies einer momentanen Stimmung.
Kichijiros Stimme wurde leiser und verlor sich allmählich. Als er durch die Gitterstäbe spähte, stieß der verärgerte Wächter Kichijiro gerade vor sich her ins Gefängnis.
Als die Nacht kam, hörte der Regen auf. Eine Handvoll gekochter Kolbenhirse und ein Salzfisch wurden hereingeschoben. Der Fisch war schon verdorben, so daß er ihn nicht mehr zu essen vermochte. Wie immer vernahm er die Gebete der Gläubigen. Als er mit Erlaubnis des Wächters die Christen besuchte, kauerte Kichijiro von den anderen isoliert in einer Ecke. Denn die Gläubigen lehnten es ab, mit Kichijiro zusammen zu sein.
»Achten Sie nicht auf diesen Kerl!« rieten die Gläubigen dem Priester mit leiser Stimme. »Die Beamten lassen die Abtrünnigen für sich arbeiten, vielleicht soll er uns bespitzeln!«
Es kam vor, daß die Behörde unbemerkt Apostaten unter die Gläubigen mischte, die dann geschickt deren Stimmung ausspionierten, um sie schließlich zum Abfall vom Christentum zu überreden. Man wußte nicht, ob Kichijiro nicht wieder bezahlt wurde. Aber dem Priester war es so oder so unmöglich, diesem Mann noch zu vertrauen.
»Padre«, Kichijiro sah, daß der Priester eingetreten war.

Er wiederholte in der Dunkelheit: »Lassen Sie mich die Beichte ablegen und bereuen!«
Dem Priester stand es nicht zu, das Sakrament der Beichte zu verweigern. Er durfte den Wunsch nach einem Sakrament nicht nach eigenem Gutdünken gewähren oder ablehnen. Widerwillig näherte er sich dem Platz, wo Kichijiro saß. Er hob die Hand, erteilte das Zeichen des Segens, murmelte pflichtgemäß ein Gebet und rückte sein Ohr an Kichijiro heran. Der stinkende Atem auf seinem Gesicht erweckte in der Dunkelheit das Bild der gelben Zähne und den verschlagenen Blick dieses Mannes.
»Hören Sie mich an, Padre«, jammerte Kichijiro laut, so daß es die anderen Gläubigen vernahmen. »Ich bin vom Glauben abgefallen. Aber wäre ich vor zehn Jahren gestorben, wäre ich womöglich als guter Christ ins Paradies eingegangen. Jetzt beende ich mein Leben als Ketzer, verachtet von den Gläubigen. Es tut mir leid!«
»Ich kann dir nicht mehr glauben«, murmelte der Priester, den Mundgeruch Kichijiros erduldend. »Ich erteile dir das Sakrament der Vergebung, aber nicht, weil ich dir glaube. Ich habe auch keine Ahnung, warum du hergekommen bist.«
Kichijiro stieß einen tiefen Seufzer aus. Auf der Suche nach einer Rechtfertigung rutschte er unruhig herum. Sein ganzer Körper stank nach Schmutz und Schweiß. Plötzlich ging es dem Priester durch den Kopf, ob Christus auch diesen abstoßendsten aller Menschen gesucht hätte. Böse Menschen besitzen die Schönheit und die Stärke des Bösen. Kichijiro aber ist nicht einmal soviel wert wie ein böser Mensch, er ist nur widerlich – wie ein schmutziger Lappen. Der Priester unterdrückte das Gefühl des Ekels und murmelte, nachdem er das Abschlußgebet rezitiert hatte: »Gehe in Frieden.« Dann wandte er sich zurück, um so schnell wie möglich dem Mundgeruch und Körpergestank Kichijiros zu entrinnen.

Nein, vor allem um Menschen, die widerlich waren wie schmutzige Lappen, ging es dem Herrn. Mit solchen Gedanken streckte sich der Priester zum Schlaf aus. Las man die Bibel, so waren unter den Menschen, die Christus aufsuchte, solche Existenzen ohne Reiz und Schönheit wie die blutflüssige Frau von Karpharnaum oder die Hure, die ihre Mitmenschen mit Steinen bewarfen. Sein Herz schönen Menschen zu schenken, war nicht schwer. Das ist nicht Liebe. Menschen und Menschenleben, die zu ausgeblichenen Lumpen herabgesunken sind, nicht zu verlassen – das ist die Liebe. Obwohl der Priester dies begriff, vermochte er Kichijiro nicht zu verzeihen. Als sich das Antlitz Christi wieder näherte und ihn die feuchten, sanften Augen ruhig anblickten, schämte er sich.

Die Zeremonie mit dem Christusbild begann. Wie Vieh hieß man die Gläubigen, sich hinzuknien. Nicht die Beamten, die letztesmal dagewesen waren, sondern jüngere, untergeordnete, nahmen mit überkreuzten Armen auf den Stühlen Platz. Die Wächter sorgten mit Stöcken für Ruhe und Ordnung. Auch heute zirpten die Zikaden, der Himmel wölbte sich blau und klar, die Luft war rein. Bald würde sich wie jeden Tag die Hitze auf die Erde senken, Geist und Körper ermattend. Nur der Priester war nicht in den Hof hinunter gezerrt worden. Sein fleischloses Gesicht an die Gitterstäbe gepreßt, starrte er bewegungslos auf die Szene, die sich nun vor ihm abspielte.

»Je schneller ihr fertig werdet, desto schneller könnt ihr hier raus. Wir verlangen nicht von euch, daß ihr aus Überzeugung darauf tretet. Die ganze Sache ist nur eine Formalität. Ihr braucht es also nur mit dem Fuß zu berühren – das wird eurer Gottesfürchtigkeit wohl keinen Abbruch tun!«

Schon seit einer Weile hatte der Beamte die Gläubigen darauf aufmerksam gemacht, daß die Geschichte mit

dem Christusbild eine bloße Formalität sei, daß es genüge, wenn sie darauf traten und kein Mensch sich kümmerte, was sie glaubten, daß so weit nachzuforschen überhaupt keine Absicht bestehe. Denn, sagte er, der Befehl des Gouverneursamtes laute, sie auf der Stelle aus dem Kerker zu entlassen, sobald sie mit dem Fuß das Christusbild berührt hätten.
Die drei Männer und die Frau hörten diese Worte mit ausdruckslosen Mienen. Auch der Priester, der sein Gesicht an das Gitter drückte, wußte nicht, was die Leute eigentlich dachten. Die vier Gesichter – wie auch seines aufgedunsen und bleich, weil den ganzen Tag kein Lichtstrahl an ihre Haut drang –, diese vier Gesichter mit den breiten Backenknochen glichen willenlosen Puppen.
Er begriff, daß nun kam, worauf sie schon lange gewartet hatten. Aber das Gefühl dafür, daß sich heute endlich sein Schicksal und das der Gläubigen tatsächlich entscheiden würde, stellte sich nicht ein. Die Beamten redeten mit den Gläubigen wie Bittsteller. Verweigerten die Bauern deren Forderung, so würden sie sich, wie neulich die Gruppe des Gouverneurs, mit enttäuschten Zügen zurückziehen.
Ein Wächter bückte sich und legte das in ein Tuch gewickelte Bild zwischen die Stühle und die Gefangenen. Nachdem er wieder seinen Platz eingenommen hatte, rief der Beamte aus einem Heft die Namen auf: »Tobei aus Kubonoura, Ikitsukijima.«
Die vier Leute hockten unverändert abwesend auf der Erde.
Als der Wächter dem Mann links außen auf die Schulter klopfte, machte dieser mit den Händen eine abwehrende Geste, ansonsten rührte er sich nicht. Der Wächter stieß ihn ein paarmal mit dem Stock in den Rücken, worauf der Mann nach vorne fiel, jedoch keinerlei Anstalten machte, sich von dem Ort zu entfernen, wo man sie auf den Boden niederknien geheißen hatte.

»Chokichi aus Kubonoura.«
Wie ein Kind schüttelte der einäugige Mann einige Male den Kopf.
»Haruaus Kubonoura.«
Die Frau, die damals dem Priester eine Gurke geschenkt hatte, beugte den Rücken und senkte den Kopf. In dieser Haltung verharrte sie und hob unter den Stockhieben des Wächters nicht einmal das Gesicht.
Auch der alte Mann namens Mataichi, der als letzter aufgefordert wurde, schien wie am Boden festgenagelt. Die Beamten schrien nicht und schimpften nicht. Sie hatten anscheinend von Anfang an mit diesem Verhalten gerechnet, denn sie blieben sitzen und besprachen sich mit leiser Stimme. Dann erhoben sie sich unerwartet und gingen ins Wächterhaus. Die Sonne, die direkt über dem Gefängnis stand, stach auf die im Hof zurückgelassenen Bauern herab, die schwarze Schatten warfen. Wieder hörte man die Zikaden, die mit ihrem Zirpen diese gleißende Luft zu zerreißen schienen.
Zwischen den Gläubigen und den Wächtern entspann sich ein heiteres Gespräch, als ob sie alle vergessen hätten, daß die einen noch vor kurzem auf der Seite der Verhörer standen und die anderen die Verhörten waren. Ein Beamter verkündete von der Hütte her, alle außer dem einäugigen Chokichi könnten in ihre Zelle zurückkehren.
Der Priester löste seine Hände von den Gitterstäben und glitt auf den Holzboden. Wie würde es nun weitergehen? Er wußte es nicht, aber er war erleichtert – wenigstens dieses Verhör hat in Frieden geendet. Es genügte ihm, wenn dieser Tag ruhig vorbeiging. Über das Morgen wollte er sich erst morgen den Kopf zerbrechen – wenn er da noch lebte.
»Eine Verschwendung, es wegzuwerfen!«
»Das ist schade!«
Er wußte nicht, worüber sie sprachen, aber es waren Fetzen einer sorglosen gelösten Konversation zwi-

schen dem einäugigen Mann und dem Wächter, die der Wind zu ihm trieb.
Eine Fliege flog durch das Gitter herein. Mit einschläferndem Surren begann sie um den Priester zu kreisen. Plötzlich rannte jemand im Innenhof. Schneidend durchzischte ein dumpfes Geräusch die Luft. Als der Priester sich an das Gitter klammerte, war die Hinrichtung schon vollzogen, und der Beamte steckte gerade das blitzende Schwert in die Scheide. Der einäugige Mann lag tot auf der Erde. Der Wächter zog ihn an den Beinen langsam zu der Grube, die man die Gläubigen hatte ausheben lassen. Schwarzes Blut floß wie ein langer Gürtel aus seinem Körper.
Mit einemmal zerschnitt ein Schrei der Frau die Stille. Ihre Stimme schrie, als ob sie ein Lied sänge. Nachdem sie verebbt war, breitete sich schreckliche Stille aus. Nur die Hände des Priesters zitterten, wie vom Krampf befallen.
»Überlegt es euch gut«, sprach ein anderer Beamter, der ihm den Rücken zuwandte, in Richtung des Kerkers. »So ergeht es euch, wenn ihr die Gesetze mißachtet. Aber je schneller ihr es erledigt, desto schneller könnt ihr hier raus. Ihr braucht nicht aus Überzeugung darauf zu treten. Ihr braucht nur der Form halber den Fuß darauf zu setzen, das tut eurer Frömmigkeit doch nicht weh!«
Schreiend holte ein Wächter Kichijiro heraus. Nur mit einem Lendentuch bekleidet, taumelte er vor die Beamten, verbeugte sich immer wieder und stieg mit seinem mageren Fuß auf das Heiligenbild.
»Verschwinde schnell!« Mit angewidertem Gesicht deutete der Beamte zum Tor. Kichijiro entfloh stolpernd, ohne sich ein einziges Mal zu der Hütte des Priesters umzuschauen. Doch was kümmerte den Priester Kichijiro!
Weißes Sonnenlicht brannte unbarmherzig auf den leeren Innenhof herab, es beleuchtete die schwarzen

Flecken am Boden – die Spuren des Blutes, von der Leiche des einäugigen Mannes.
Wie vorher gaben die Zikaden ihren trockenen Gesang von sich. Kein Windhauch bewegte die Luft. Noch immer kreiste eine Fliege dumpf um sein Gesicht. Die Welt da draußen hat sich nicht im geringsten gewandelt. Obwohl ein Mensch gestorben war, hatte sich nichts verändert.
Der Priester hing noch immer am Gitter, wie betäubt vor Entsetzen. Nicht das Ereignis bestürzte ihn so sehr. Was sein Verständnis überstieg, war die Ruhe, das Zirpen der Zikaden, der Flügelschlag der Fliegen. Ein Mensch war gestorben, aber der Lauf der Welt ging weiter, als ob nichts geschehen wäre. Gab es so etwas Widersinniges? Soll das Märtyrertum sein? Warum schweigst Du? Dieser einäugige Bauer ist um Deinetwillen gestorben. Und warum dauert dann diese Stille an? Die Stille des Mittags. Surren der Fliege. Du wendest dich ab. Das ... kann ich nicht ertragen.
Kyrie eleison... O mein Gebieter, habe Erbarmen! Er versuchte, mit zitternden Lippen ein Gebet zu murmeln, aber die Worte erstarben ihm auf den Lippen. O Herr, verlaß mich nicht mehr! Verlaß mich nicht auf so unbegreifliche Weise! Ist das nun ein Gebet? Lange habe ich geglaubt, daß Gebete da sind, um Dich zu lobpreisen, aber ich schmähe Dich jedesmal, wenn ich das Wort an Dich richte. Plötzlich verspürte er das Bedürfnis, höhnisch zu lachen. Wird die Welt da draußen auch an dem Tag, an dem ich umgebracht werde, so unbeteiligt weiter ihren Gang gehen? Zirpen die Zikaden, ziehen auch nach meinem Tod die Fliegen surrend ihre Kreise? Wollte ich so heldenhaft sein? Erhoffte ich mir statt eines echten Martyriums im verborgenen nicht einen Tod für eitlen Ruhm? Erhoffte ich mir nicht, daß sie sagen: Dieser Padre ist ein wahrhafter Heiliger gewesen!
Lange Zeit hockte er bewegungslos am Boden, die

Arme um die Knie gelegt. »Als es zwölf Uhr geworden war, war bis drei Uhr auf der ganzen Erde eine Finsternis.« Zu der Stunde, als der Herr am Kreuze starb, erschallte dreimal eine Trompete vom Tempel, einmal lang, einmal kurz und wieder lang. Denn die Feiern zur Vorbereitung des Passah-Festes hatten begonnen. Der Hohepriester erstieg in einem langen blauen Mantel die Treppe zum Tempel. Vor dem Opferaltar bliesen sie mit langen Flöten. Da zog ein Schatten über den Himmel, die Sonne verschwand hinter Wolken. »Die Sonne verdunkelte sich, der Vorhang des Tempels zerriß in der Mitte.« Solche Vorstellungen hatte er vom Märtyrertod gehegt. Das Martyrium der Bauern jedoch, wie es sich vor seinen Augen abgespielt hatte, war schäbig und erbärmlich, nicht anders als die Hütten, in denen sie wohnten, und die Lumpen, die sie am Körper trugen.

7

Fünf Tage später traf er am Abend zum zweitenmal Inoue, den Fürsten von Chikugo. Die erstarrte Luft geriet in Bewegung, die Blätter der Bäume begannen im Abendwind zu rauschen, da wurde er in die Wachstube vor den Fürsten von Chikugo zitiert. Der Gouverneur war nur vom Dolmetscher begleitet. Als der Priester, von einem Wächter geführt, die Wachstube betrat, hielt der andere eine große Porzellanschale in den Händen und trank heißes Wasser.

»Ich fürchte, ich habe Sie vernachlässigt.« Die Schale in der Hand, beobachtete er den Priester mit großen, von Neugier erfüllten Augen. »Ich habe Geschäfte auf der Insel Hirado zu erledigen.«

Auf einen Befehl des Gouverneurs holte der Dolmetscher auch für den Priester heißes Wasser. Ein Lächeln auf den Wangen, begann Inoue von seiner Reise nach Hirado zu erzählen. »Sie sollten auch einmal Hirado besuchen«, sagte er, als ob der Priester ein freier Mann wäre. »Hirado ist die Burgstadt der Fürsten Matsuura. Sie liegt auf einem Berg an einem stillen Meeresarm.«

»Die Missionare in Makao haben berichtet, daß Hirado eine schöne Stadt ist.«

»Schön finde ich sie nicht, aber interessant ist sie«, schüttelte der Fürst von Chikugo den Kopf. »Immer, wenn ich diese Stadt sehe, fällt mir eine Geschichte ein, die mir vor langer Zeit zu Ohren gekommen ist. Takenobu Matsuura von Hirado hatte vier Konkubinen, die waren aufeinander eifersüchtig, und die Streitigkeiten nahmen kein Ende. Schließlich riß Takenobu die Geduld, und er verbannte alle vier aus dem Schloß. Aber ein Padre, der Keuschheit gelobt hat, darf sich so eine Geschichte ja nicht anhören!«

»Dieser Fürst hat eine überaus weise Entscheidung getroffen.«

Die vertrauliche Sprechweise des Fürsten von Chikugo bewirkte, daß der Priester sich auch freier fühlte.

»Im Ernst, so denken Sie also! Das beruhigt mich. Denn Hirado, nein, unser Japan, ist in der gleichen Lage wie damals Fürst Matsuura«, lachte der Herr von Chikugo und drehte die Schale in seinen Händen.

»Die Frauen namens Spanien, Portugal, Holland und England haben während ihrer Liebesnächte eifersüchtige Intrigen in das Ohr des Mannes namens Japan geflüstert.«

Während er auf die Übersetzung des Dolmetschers hörte, ahnte der Priester, was Inoue damit sagen wollte. Denn es war in Goa und auch in Makao schon lange bekannt, daß die protestantischen Länder England und Holland die katholischen Reiche Spanien und Portugal bei der Feudalregierung und den Japanern verleumdet hatten. Diese Feindseligkeit hatte dazu geführt, daß die Missionare den japanischen Gläubigen Kontakt mit Engländern oder Holländern untersagten.

»Wenn Ihnen die Maßnahme des Fürsten Matsuura klug erscheint, wird Ihnen auch der Grund, der Japan zum Verbot des Christentums bewogen hat, nicht töricht vorkommen.«

Ohne daß das Lachen von seinen wohlgenährten rosigen Wangen wich, beobachtete er reglos die Miene des Priesters. Seine Augen waren für einen Japaner ungewöhnlich braun, das Schläfenhaar anscheinend gefärbt, denn es zeigte sich kein einziges weißes Haar.

»Da unsere Kirche die Monogamie vorschreibt«, absichtlich kleidete auch der Priester seine Antwort in einen Scherz, »hat der Fürst sicher recht getan, als er die Nebenfrauen vertrieb – wenn es eine rechtmäßige Frau gibt. Wie wäre es, wenn auch Japan sich unter den vieren eine rechtmäßige Frau auswählte!«
»Mit dieser rechtmäßigen Frau meinen Sie Portugal?«
»Nein, unsere Kirche.«
Als der Dolmetscher unbewegten Gesichtes diese Antwort übermittelte, zerbröckelte der bisherige Ausdruck des Fürsten von Chikugo, und er lachte laut. Er lachte mit einer für einen alten Mann hohen Stimme, jedoch die Augen, die auf den Priester schauten, waren kalt. Die Augen lachten nicht.
»Aber Padre, wäre es da nicht am besten, wenn der Mann, den wir Japan nennen, auf eine ausländische Frau verzichtete und statt dessen eine wählte, die im selben Land geboren wurde, eine Frau, die seine Art zu denken wohlwollend betrachtet?«
Der Priester wußte, worauf der Fürst von Chikugo anspielte. Da jedoch sein Gegner nun einmal diese Diskussion angefangen hatte, mußte er ihm darin folgen. »Der Kirche ist die Nationalität nicht wichtig. Was zählt, ist die Treue zu ihrem Gatten.«
»So, so. Aber lassen Sie uns annehmen, die Ehe basiert nur auf dem Gefühl. Zum Beispiel wie die lästige Liebe einer häßlichen Frau.«
Und der Fürst fügte, seine Zufriedenheit mit diesem Gleichnis durch wiederholtes Kopfnicken ausdrükkend, hinzu: »Es gibt in unserer Welt auch Männer, die die lästige Liebe einer häßlichen Frau in die ärgste Verlegenheit stürzt.«
»Sie sehen in unserer Missionsarbeit das Aufdrängen einer ungewollten Liebe?«
»Für uns ist es so. Doch falls Sie dieses Bild von der ungewollten Liebe einer häßlichen Frau unangenehm berührt, können Sie es auch anders sehen. Wenn eine

Frau keine Kinder gebären und aufziehen kann, ist sie von vornherein nicht für eine Ehe geeignet.«
»Wenn unsere Lehre in Ihrem Land keine Fortschritte machen konnte, so ist dies kein Fehler der Kirche. Mir scheint, es ist eher die Schuld derjenigen, die es sich in den Kopf gesetzt haben, den Mann von der Frau – die Gläubigen von der Kirche – wegzureißen.«
Auf der Suche nach Worten verstummte der Dolmetscher eine Weile. In dieser Stunde trug der Wind normalerweise die Abendgebete der Gläubigen zu ihm in die Zelle. Heute aber hörte er keinen Ton. Unversehens erwachte im Herzen des Priesters die Stille, die vor fünf Tagen über allem gelegen hatte – eine Stille, auf den ersten Blick gleich der heute, in Wirklichkeit jedoch ganz anders. Die Leiche des einäugigen Mannes, der am Boden lag, das Licht der Sonne, der Wächter, der nachlässig den Toten am Bein zu der Grube zog. Zu dieser Grube erstreckte sich das Blut auf dem Boden wie mit einem Pinsel auf Baumwolle gemalt. Der Priester vermochte es einfach nicht zu glauben, daß dieser Mann, der so sanftmütig blickte, derselbe sein sollte, der jene Hinrichtung befahl.
»Bis heute haben die Padres«, der Fürst von Chikugo legte nach jedem Wort eine kurze Pause ein, »Japan vielleicht nicht richtig gekannt.«
»Und der erlauchte Herr Inoue scheint das Christentum nicht zu kennen.«
Beide lachten.
»Vor dreißig Jahren, als ich Vasall im Hause Gamo war«, sagte Inoue, »habe ich die Padres gebeten, ihrem Weg folgen zu dürfen.«
»Und dann?«
»Mein Verbot des Christentums beruht nicht auf der allgemein üblichen Ansicht; ich bin nicht der Meinung, daß das Christentum eine Irrlehre ist.«
Bis der Dolmetscher, welcher diese Worte mit erstauntem Gesicht aufnahm, sie nach einigem Zögern über-

setzte, schaute Inoue lachend auf die Schale, in der noch ein wenig heißes Wasser war.

»Padre, ich rate Ihnen, zwei Dinge gut zu überdenken, die Ihnen der Alte gesagt hat. Erstens, daß die lästige Liebe einer häßlichen Frau für einen Mann schwer ertragbar ist, und zweitens, daß eine unfruchtbare Frau nicht geeignet ist für die Ehe.«

Als der Fürst aufstand, verbeugte sich der Dolmetscher respektvoll, beide Hände vor die Knie auf den Boden gelegt. Der Fürst schlüpfte langsam in seine Strohsandalen, und ohne einen Blick zurück entschwand er im Dämmerlicht des Innenhofes. An der Tür der Hütte schwärmten Moskitos. Das Wiehern eines Pferdes klang herein.

In der Nacht begann leise Regen zu fallen. Wie Sand rauschte das Wasser im Gehölz unter der Hütte.

Während er, den Kopf auf das harte Lager gedrückt, auf das Geräusch des Regens lauschte, dachte er an denjenigen, der wie er selbst angeklagt war. Es war am Morgen des 7. April, als man diesen Mann abgemagert und mit aufgeschürftem Gesicht, von einer Menschenmenge verfolgt, den Hügel von Jerusalem hinauftrieb. Die Morgendämmerung tauchte das Moab-Gebirge, das sich jenseits des Toten Meeres dahinzog, in ein mattes Weiß, der Fluß Cedron rauschte. Niemand vergönnte Ihm eine Rast. Als sie vom Hügel Davids den Platz überquerten, stand da vom goldenen Morgenlicht überflutet neben der Brücke das Sitzungsgebäude.

Da der Ältestenrat und die Schriftgelehrten die Hinrichtung beschlossen hatten, brauchte man die Bestätigung des Urteils durch den aus Rom gesandten Generalgouverneur Pilatus. Es war anzunehmen, daß Pilatus im Militärlager, das sich außerhalb der Stadtmauern in der Nähe des Tempels befand, schon Meldung erhalten hatte und auf sie wartete.

Der Priester kannte den Ablauf dieses Morgens des 7. April seit seiner Kindheit bis in die Einzelheiten. Alle

seine Handlungen maß der Priester an jenem abgemagerten Menschen. In seiner Vorstellung blickte Christus wie alle, die sich selbst als Opfer darbringen, mit Augen voll Trauer und Resignation auf die Menschen, die Ihn verhöhnten und bespuckten. Und auch Judas war unter ihnen.
Warum folgte Judas den Spuren des Herrn? War er begierig auf Rache, wollte er das Ende jenes Menschen, den er verraten hatte, auch mit eigenen Augen sehen? Auf jeden Fall war seltsamerweise bei ihm, dem Priester, alles genauso.
So wie Judas Christus verkaufte, verriet ihn Kichijiro, wie über Christus schickten sich die Mächtigen dieser Welt an, auch über ihn ein Urteil zu fällen. Die Freude über die Ähnlichkeit seines Schicksals mit dem von Jesus schnürte dem Priester in dieser Regennacht das Herz zusammen. Diese Freude der Gemeinsamkeit mit dem Sohn Gottes ist nur den Christen vergönnt.
Trotz allem aber beunruhigte ihn der Gedanke, daß er den körperlichen Schmerz, den Christus durchlitt, noch nicht erfahren hatte. In der Halle des Pilatus band man Jesus an eine Säule und schlug ihn mit einer Peitsche, die Bleistücke beschwerten. Später durchbohrte man Seine Hände mit Nägeln. Ihn jedoch hatten weder Beamte noch Wächter auch nur ein einziges Mal gezüchtigt, seit er in diesem Gefängnis eingesperrt war. Er hatte keine Ahnung, ob dies den Anordnungen Inoues entsprach, aber er ahnte, daß ihm körperliche Schmerzen nicht erspart bleiben würden.
Warum eigentlich? Wie oft hatte er von den gräßlichen Foltern gehört, die viele Missionare während ihrer Gefangenschaft erleiden mußten. Navarro, bei lebendigem Leib in Shimabara im Feuer geröstet, Carvalho und Gabriel, immer wieder und immer wieder verbrüht mit kochendem Wasser der heißen Quellen von Unzen, die zahlreichen Missionare, um die man sich im Gefängnis von Omura einfach nicht mehr kümmerte, bis sie

verhungerten. Ihm selbst aber war in diesem Kerker gestattet, zu beten und mit den Gefangenen zu sprechen. Wenn die Mahlzeiten auch einfach waren, so bekam er doch genug zu essen. Auch verschonte man ihn bisher mit einem strengen Kreuzverhör, die Beamten und der Fürst plauderten mit ihm und gingen dann wieder. Was hatten sie vor?
Der Priester dachte an die Gespräche, die er in der Berghütte bei Tomogi oft mit Garpe geführt hatte, ob sie der Folter tatsächlich gewachsen sein würden. Natürlich war der einzige Weg dazu, Gott um Gnade zu bitten, aber zu jener Zeit existierte irgendwo in ihren Herzen doch die Sicherheit, daß sie auch von selbst die Kraft aufbrächten, bis zum Tod stark zu bleiben. Als er in den Bergen herumstreifte, rechnete er mit körperlichen Strafen bei seiner Ergreifung. Lag es an seiner damaligen Anspannung und Aufregung oder an etwas anderem, auf jeden Fall glaubte er, jeden Schmerz mit zusammengebissenen Zähnen ertragen zu können. Jetzt aber schien ihm der Mut zu schwinden. Während er sich aufrichtete und den Kopf schüttelte, versuchte er zu ergründen, ab wann sein Mut nachgelassen hatte. Dein Leben hier ist so angenehm, belehrte ihn eine Stimme. Seit seiner Ankunft in Japan hatte er fast nur hier die Möglichkeit, seine Aufgabe als Priester zu erfüllen. In Tomogi mußten sie sich versteckt halten, danach war er mit keinem Menschen außer Kichijiro in Berührung gekommen. Hier konnte er zum erstenmal in Nachbarschaft mit den Bauern leben, konnte, ohne sich um das tägliche Brot zu kümmern, den Großteil des Tages beten und meditieren.

Wie Sand floß ein Tag nach dem anderen dahin. Dieser lässige Alltag fraß sich hinein in das angespannte Gemüt. Langsam wog er sich im Gefühl, daß er von körperlichen Schmerzen und Foltern verschont werde. Die Wachen waren nachsichtig, der Gouverneur mit dem wohlgenährten Gesicht plauderte über Hirado. Ob er noch einmal die Bereitschaft aufzubringen imstande wäre, in den Bergen herumzuirren oder sich in einer Berghütte zu verstecken, nachdem er diese Behaglichkeit gekostet hatte?

Mit einemmal erkannte er, daß die japanischen Beamten und der Gouverneur fast untätig und ruhig wie eine Spinne im Netz gerade auf dieses Nachlassen seiner eigenen Wachsamkeit warteten. Gleichzeitig erstand vor ihm plötzlich das gekünstelte Lachen, das greisenhafte Massieren der Hände des Fürsten von Chikugo, und klar enthüllte sich ihm nun der Zweck, den der Statthalter mit seinem Verhalten verfolgte. Wie um seine Vermutung zu bekräftigen, erhielt er nun, statt wie früher zwei Mahlzeiten, dreimal ein Essen gereicht.

Der Wächter, der von nichts wußte, lachte gutmütig: »Essen Sie! Es ist der Wunsch des Gouverneurs. Nicht viele Gefangene behandelt man so!«

Nach einem Blick auf den gekochten Reis mit roten Bohnen schüttelte der Priester den Kopf und bat den Wächter, diese Mahlzeit den Gläubigen zu geben. Schon flogen die Fliegen über der Schüssel. Gegen Abend brachte der Wächter zwei Strohmatten.

Nach und nach dämmerte dem Priester, welchen nächsten Schritt die Beamten nach dieser verbesserten Behandlung planten. Er kam zum Schluß, daß sie ihn derart bevorzugten, weil der Tag der Folter näherrückte. Ein an ein bequemes Leben gewöhnter Körper kann allzugroßen Schmerzen nicht widerstehen. Gewiß harrten die Beamten, die ihm diese heimtückischen Maßnahmen angedeihen ließen, auf das allmähliche Erschlaffen von Körper und Geist, um ihn sodann unerwartet mit der Folter zu überraschen.

In die Grube hängen...

Dieser Ausdruck, am Tage seiner Ergreifung auf der Insel aus dem Mund des Dolmetschers vernommen, ruhte in seinem Gedächtnis. Sollte Ferreira tatsächlich vom Glauben abgefallen sein, so war er wahrscheinlich genauso höflich behandelt und dann, nachdem sein Geist und sein Körper sich ausreichend in Sicherheit wiegten, unvermittelt der Folter ausgesetzt worden. Anders konnte er es sich nicht erklären, daß ein so großer Mann vom Glauben abgelassen hatte. Welch eine teuflische Methode!

»Die Japaner sind die intelligentesten Menschen, die wir kennen.« Der Priester gedachte mit zynischem Lachen dieser Worte des heiligen Xavier.

Die Wächter hinterbrachten zweifellos den Beamten und dem Statthalter, daß er weder die zusätzliche Mahlzeit nahm noch die Matten zum Schlafen benützte; trotzdem erhielt er keinerlei Verweis. Er wußte natürlich nicht, ob sie gemerkt hatten, wie weit er ihre Pläne durchschaute.

Zehn Tage nach dem Besuch des Fürsten von Chikugo erwachte er am Morgen durch Lärm im Innenhof. Als er das Gesicht an die Gitterstäbe legte, wurden die drei Gläubigen von einem Krieger aus dem Kerker getrieben. Im Morgendunst sah er, wie die Wächter die Handgelenke der drei zusammenketteten. Die Frau, die ihm einstmals eine Gurke geschenkt hatte, war die letzte.

»Padre!« riefen sie, während sie an seinem Kerker vorbeikamen. »Wir gehen zur Fronarbeit.«

Der Priester reckte die Hände durch das Gitter und segnete jeden mit dem Zeichen des Kreuzes. Als Monika ihm die Stirne hinreckte wie ein Kind, berührte der Priester das Gesicht, auf dem ein trauriges Lächeln lag, flüchtig mit seinen Fingern.

Der ganze Tag war ruhig, aber gegen Mittag stieg die Temperatur, und Sonnenlicht flutete unbarmherzig durch die Gitterstäbe herein. Auf seine Frage, wann jene drei Gefangenen zurückkommen würden, antwortete der Wächter, der ihm das Essen brachte, daß sie nach Beendigung der Fronarbeit am Abend wieder eintreffen

sollten. Da man jetzt auf Befehl des Fürsten von Chikugo überall in Nagasaki Tempel und Schreine errichtete, reichten die vorhandenen Arbeiter nicht aus.
»Diese Nacht ist das Bon-Fest. Das kennen Sie sicherlich nicht.«
Nach den Worten des Wächters entzündete man am Abend des an diesem Tag stattfindenden Bon-Festes Laternen an den Dächern der Häuser von Nagasaki. Der Priester erzählte darauf dem Wächter, daß es auch in seiner Heimat bei einem ähnlichen Fest, nämlich Allerseelen, den gleichen Brauch gäbe. In der Ferne hörte man Kinder ein schwermütiges Lied singen:
»O Lampion, bei, bei, bei.
Wer einen Stein drauf wirft, dem fault die Hand!
O Lampion, bei, bei, bei.
Wer einen Stein drauf wirft, dem fault die Hand!«

In der Dämmerung quartierte sich in der Trauermyrte eine Zikade ein, deren Gesang das Nahen des Herbstes andeutete. Abends, als der Wind sich legte, verstummte die Zikade. Die drei Gläubigen aber waren noch nicht zurück. Nachdem er unter der Öllampe die abendliche Mahlzeit beendet hatte, hörte er wieder singende Kinderstimmen. Um Mitternacht schien der Mond hell durch das Fenster, und seine Strahlen weckten ihn auf. Das Fest schien zu Ende; er wußte nicht, ob die Gläubigen schon zurückgekommen waren.
Am nächsten Morgen rüttelte ihn der Wächter noch im Finstern aus dem Schlaf. Er hieß ihn, sein Gewand anzulegen und sofort hinauszugehen.
Der Priester erkundigte sich, wohin er gebracht werden sollte, aber der Wächter schüttelte den Kopf und antwortete, er wisse es selbst nicht, aber man habe wohl deswegen eine so frühe Stunde gewählt, um auf seinem Weg eine neugierige Menge zu vermeiden.
Drei Samurai erwarteten ihn. Auch sie erklärten nichts weiter, als daß sie auf Befehl des Gouverneurs han-

delten, und begannen einer hinter dem andern ohne ein Wort durch die morgendlichen Straßen zu schreiten. Im Morgennebel reihten sich eng nebeneinander stroh- oder schilfgedeckte Geschäfte mit geschlossenen Türen wie trübsinnige alte Männer. Zu beiden Seiten des Weges dehnten sich die Felder. Bauholz war zu Stößen gehäuft. Der Geruch des Nebels vermischte sich mit dem von frisch geschnittenem Holz. Die Stadt Nagasaki befand sich noch mitten im Aufbau. Im Schatten der neuen Häuser schliefen Bettler und Parias mit Strohmatten bedeckt.

»Zum Hügel, nicht wahr!«

Es gab wirklich viele Hügel. Manche waren mit kleinen schilfgedeckten Hütten übersät. Ein Hahn kündigte den Morgen an. Von den Dachtraufen baumelten als Überreste des Bon-Festes ausgebleichte Lampions. Der Hügel, auf dem sie dahinzogen, fiel direkt zum schilfumsäumten Meer hinab, das sich, von einer langen Halbinsel umgeben, wie ein milchweißer See in der Ferne erstreckte. Auch hinter ihnen, wo der Morgendunst sich bereits gelichtet hatte, reihten sich einige nicht allzu hohe Hügel aneinander.

In der Nähe des Meeres war ein Kiefernhain. Dort standen ein paar Körbe vor den Bäumen. Vier barfüßige Samurai hockten hier und nahmen ihr Frühstück ein. Während sich die Lippen bewegten, starrten sie neugierig zum Priester hinüber.

Zwischen den Kiefern hatte man schon einen weißen Vorhang gespannt und Hocker aufgestellt. Einer der Samurai forderte den Priester auf, sich hinzusetzen. Der Priester, der mit einem Verhör gerechnet hatte, wunderte sich über diesen Empfang.

Aschgrauer Sand bedeckte den Boden bis zum Meeresarm, über dem ein Anstrich von blassem Braun lag. Das eintönige Rauschen der Wellen rief den Tod von Mokichi und Ichizo ins Gedächtnis des Priesters. An jenem Tag hatte es unaufhörlich geregnet. Meeresvögel

hatten sich durch diesen Regen bis in die Nähe der Pfosten geschwungen. Gott hatte auch damals sein Schweigen nicht gebrochen. Noch immer vermochte er diesem Zweifel an Gott, der seit damals sein Herz streifte, nichts zu entgegnen.
»Padre!« erklang von hinten eine Stimme. Als er sich umdrehte, lachte ihn ein Mann an, dessen Haar lang vom Kopf herunterhing. Seine Hände spielten mit einem Fächer.
»Oh!« An das Gesicht konnte er sich kaum entsinnen, aber die Stimme gehörte jenem Mann, mit dem er damals in der Hütte auf der Insel diskutiert hatte.
»Erinnern Sie sich an mich? Seit damals ist viel Zeit vergangen! Es freut mich, sie endlich wieder zu treffen. Ich stelle mir vor, daß Ihr Gefängnis nicht allzu ungemütlich ist, denn es ist neu. Bevor es errichtet wurde, verwahrte man die christlichen Padres im Gefängnis von Suzuda bei Omura. Dort regnete es hinein, und der Wind blies durch. Die Gefangenen haben dort viel mitgemacht.«
»Kommt der Gouverneur bald?« Der Priester lenkte das Gespräch auf ein anderes Thema, um die Geschwätzigkeit des Übersetzers zu unterbrechen. Der Dolmetscher klappte den Fächer in seiner Hand auf und zu.
»Nein, nein, der Fürst von Chikugo wird sich nicht hierher bemühen. Was halten Sie von diesem Gouverneur?«
»Er behandelt mich freundlich. Ich bekomme sogar drei Mahlzeiten pro Tag, für die Nacht eine Decke. Ich nehme an, diese Behandlung soll mich umstimmen. Aber das ist es ja, worauf Sie alle warten!«
Dem Blick des Priesters ausweichend, stellte sich der Dolmetscher, als ob er nicht verstanden hätte.
»Übrigens, in den nächsten Minuten wird jemand hierherkommen, der auf Anordnung des Gouverneur mit Ihnen zusammentreffen soll. Da er auch Portugiese ist, werden Sie sich viel zu erzählen haben.«

Sobald der Priester in die trübgelben Augen blickte, erlosch auf den Wangen des Gegners das dünne Lachen. Der Name Ferreira kam ihm in den Sinn. So war das also! Jetzt schleppten sie auch noch Ferreira daher, um ihn zum Abfallen zu überreden! All die Zeit hatte er beim Gedanken an Ferreira weniger Abneigung gespürt als eher das Mitleid des Überlegenen gegenüber einer bedauernswerten Kreatur. Nun jedoch, da ein Wiedersehen mit ihm bevorzustehen schien, schlug sein Herz bis zum Halse, ohne daß er genau wußte, warum.
»Können Sie sich denken, wer dieser Portugiese ist?«
»Ja, ich weiß es.«
»Ach so.«
Wieder breitete sich auf den Wangen des Dolmetschers das dünne Lächeln aus. Während sein Fächer in der Luft rauschte, schweiften seine Blicke über den grauen Sandstrand hin. In weiter Ferne erblickte man klein die Figuren von Menschen, die sich hintereinander auf sie zu bewegten.
»Dort ist er dabei.«
Obwohl der Priester den Aufruhr seines Herzens nicht zeigen wollte, erhob er sich doch von seinem Sitz. Nach und nach vermochte man die Gestalten, die zwischen den weiß mit Sand beklebten Kiefernstämmen langsam näherkamen, zu unterscheiden. An der Spitze des Zuges gingen zwei Samurai als Bewachung. Dahinter folgten zusammengekettet drei Gefangene. Unter ihnen war auch Monika. Und als letzter ging Garpe, sein Gefährte.
»Nun!« Der Dolmetscher schien zu triumphieren.
»Haben Sie den erwartet?«
Der Priester ließ nicht ab von der Gestalt Garpes, als ob er ihn mit seinen Blicken verschlingen wollte. Garpe wußte nicht, daß er sich in diesem Kiefernwald befand. Er trug das Arbeitsgewand japanischer Bauern, wie der Priester. Wie auch bei ihm selbst schauten unter dem zu kurzen Gewand die weißen Beine hervor. Schwer atmend bemühte er sich, den anderen zu folgen.

Der Priester war nicht überrascht, Garpe in Gefangenschaft zu sehen. Seit sie in Tomogi an Land gegangen waren, rechneten sie damit, ergriffen zu werden. Der Priester hätte nur gerne gewußt, wo man Garpe gefaßt hatte und zu welcher Einstellung er während der Gefangenschaft gefunden hatte.
»Ich möchte mit Garpe sprechen!«
»Das kann ich mir vorstellen. Aber der Tag ist lang. Es ist erst Morgen. So eilig werden Sie es nicht haben.« Wie um ihn zu ärgern, fächelte er sich gähnend Kühle zu.
»Bei unserem Gespräch auf der Insel habe ich eine Kleinigkeit nicht gefragt, die mich interessieren würde. Sagen Sie mir, Padre, wie schaut die Barmherzigkeit aus, die das Christentum lehrt?«
»Sie sind wie eine Katze, die andere Lebewesen quält«, murmelte der Priester, seine eingesunkenen Augen traurig auf dem Gegner ruhen lassend. »So gemein spielen Sie mit mir! Sagen Sie mir, wie und wo Garpe gefunden wurde!«
»Uns ist nicht gestattet, den Gefangenen Auskünfte über Regierungsangelegenheiten zu geben.«
Der Zug am aschfarbenen Sand hielt plötzlich an. Die Beamten luden vom Rücken eines Pferdes Strohsäcke ab.
»Hören Sie, Padre!« Der Dolmetscher belauerte mit Vergnügen den Gesichtsausdruck des Priesters.
»Wissen Sie, Padre, wozu man diese Strohsäcke benützt?«
Die Beamten machten sich nun daran, die Gefangenen mit Ausnahme von Garpe in die Säcke zu wickeln. Bald glichen die Gläubigen, von denen nur noch der Kopf zu sehen war, eingesponnenen Kokons.
»Sie werden mit einem Boot aufs Meer gebracht. Dieser Meeresarm ist tiefer, als Sie glauben würden!«
Die graublauen Wellen schlugen eintönig an den Strand. Tief herabhängende Wolken verhüllten die Sonne.
»So, Padre. Jetzt richtet einer der Beamten an Padre

Garpe das Wort«, sagte der Dolmetscher in singendem Tonfall. »Was sagt er wohl? Vielleicht spricht er folgendermaßen: Wenn Sie, Padre, echtes christliches Mitleid erfüllt, so werden Sie mit diesen drei eingewickelten Leuten Erbarmen haben. Sie werden es nicht zulassen, daß man diese Leute vor Ihren Augen umbringt.«
Der Priester verstand nur zu gut, was der Dolmetscher meinte. Eine Welle des Zornes schlug in ihm hoch. Wäre er nicht ein Geistlicher gewesen, wäre er diesem Mann an den Kragen gegangen.
»Auch der Statthalter will den dreien das Leben schenken, sofern der Padre seinen Willen zum Verzicht auf den Glauben bekundet. Ich habe Ihnen doch mitgeteilt, daß die Leute gestern im Gouverneursamt auf das Christusbild getreten haben?«
»Aber wenn sie doch auf das Christusbild ... So brutal ...!« Der Priester rang nach Worten, aber die Kehle war ihm wie zugeschnürt.
»Schauen Sie, für uns ist es nicht wichtig, wenn kleine Leute vom Glauben abfallen. Auf den japanischen Inseln gibt es noch viele Bauern, die heimlich Christus verehren. Um diese zur Umkehr zu bewegen, müssen zuerst die Padres abschwören.«
»Vitam praesta puram, iter para tutum.« Der Priester versuchte Halt in den Worten des *Ave Maria Stella* zu finden, aber statt der Verse dieses Gebetes stieg aus seinem Herzen deutlich und klar jenes Bild vom Innenhof des Gefängnisses, als die Zikade in der Trauermyrte surrte und dunkelrotes Blut über die Erde floß. Er war nach Japan gekommen, um für die Menschen zu sterben, in Wirklichkeit jedoch starben japanische Gläubige für ihn. Er wußte nicht, welche die richtige Entscheidung sein würde. Anders, als man ihn im Unterricht glauben machte und er bis heute vermeinte, waren Handlungen nicht einfach nur in gute und und schlechte zu unterteilen. Schüttelte Garpe nun den Kopf, so versenkte man die Gläubigen wie Steine im Meer. Folgte

er der Versuchung der Beamten, so bedeutete dies die Vernichtung seines Lebensinhaltes. Was würde er tun?
»Nun, was wird dieser Garpe antworten? Soviel ich gehört habe, kommt im Christentum die Barmherzigkeit an erster Stelle. Und euer Herrgott ist die Barmherzigkeit in Person... o weh, das Schiff!«
Plötzlich versuchten zwei der Christen, obwohl sie in den Strohsäcken steckten, fortzulaufen. Von den Beamten in den Rücken gestoßen, fielen sie in den Sand. Nur Monika starrte bewegungslos auf das blaugraue Meer, eingewickelt wie eine Larve. In den Ohren des Priesters erklang die lachende Stimme dieser Frau, und auf seiner Zunge verspürte er den Geschmack der Gurke, die sie zwischen den Brüsten herausgeholt und ihm geschenkt hatte.
»Schwöre ab, es macht nichts, wenn du abschwörst!« schrie er innerlich Garpe zu, der in der Ferne, ihm den Rücken zugewendet, auf die Worte der Beamten hörte. »Es macht nichts, wenn du abschwörst! Nein, du mußt sogar abschwören!« Er spürte Schweiß auf seiner Stirne und schloß die Augen, gleichzeitig auch im Verlangen, von dem, was jetzt geschehen würde, feige die Augen abzuwenden.
Warum schweigst Du? Warum schweigst Du sogar in solchen Augenblicken? Als er die Augen öffnete, wurden die drei Larven von den Beamten zum Boot getrieben.
»Ich würde abschwören. Ich würde abschwören.« Diese Worte steckten schon in seiner Kehle. Aber er biß die Zähne zusammen, um kein Wort davon laut zu sagen. Zwei Beamte folgten mit Lanzen in den Händen den Gefangenen, schürzten dann ihre Kimonos bis zu den Schenkeln und schwangen sich rittlings an Bord des Bootes. Nun entfernte sich das Schiff vom Strand und schaukelte auf den Wellen. Noch war Zeit. Bitte gib nicht mir und Garpe die Verantwortung für all dies! Die Verantwortung liegt bei Dir! Nun begann Garpe zu

laufen. Beide Hände in die Höhe reckend, sprang er in die Wellen. Das Wasser spritzte auf, als er sich dem Boot näherte.
»Erhöre... unser Gebet!« Dieser Notschrei oder auch Wutgebrüll, was immer es war, erlosch, wenn Garpes schwarzer Kopf in den Wellen verschwand. »Erhöre... unser Gebet!«
Die Beamten lehnten sich aus dem Boot und lachten, daß ihre weißen Zähne blitzten. Einer ergriff die Lanze fester, um Garpe damit zu foppen, der ans Schiff heranzukommen versuchte. Der Kopf tauchte unter, die Stimme brach ab, dann erschien er wieder unvermutet an der Oberfläche. Die Wogen warfen ihn herum wie schwarzen Müll, er schrie irgend etwas mit abgerissener Stimme, immer kraftloser.
Die Beamten befahlen dem ersten Gläubigen, sich an den Rand des Schiffes zu stellen. Hierauf stießen sie ihn mit dem Schaft der Lanze heftig in den Rücken. Wie eine Puppe stürzte der gefesselte Körper senkrecht ins Meer. Im nächsten Augenblick fiel schon der zweite Mann hinab. Zum Schluß verschlang das Meer Monika. Nur Garpes Kopf trieb noch eine Weile umher wie Treibholz, bis die Wellen, die das Boot erzeugte, ihn bedeckten.
»Wie oft ich das auch mitansehe, immer wieder finde ich es abscheulich!« Der Dolmetscher erhob sich vom Hocker. Er schaute den Priester nun haßerfüllt an. »Padre, habt ihr schon einmal daran gedacht, welches Unheil euer Traum über diese Bauern bringt? Dieser selbstsüchtige Traum, den ihr Japan aufzwingen wollt? Wieder ist Blut geflossen! Das Blut dieser ahnungslosen Bauern hat wieder fließen müssen.«
Und dann spie er noch die Worte heraus: »Garpe war wenigstens mutig. Aber du..., du bist ein Feigling. Nicht einmal den Namen Padre bist du wert!«
»O Lampion, bei, bei, bei.
Wer einen Stein drauf wirft, dem fault die Hand!

O Lampion, bei, bei, bei.
Wer einen Stein drauf wirft, dem fault die Hand!«
Obwohl das Bon-Fest schon zu Ende war, sangen die Kinder noch immer dieses Lied in der Ferne. Es herrschte der Brauch, die Opferspeisen nach der religiösen Mahlzeit, die man in Nagasaki mit Bohnen, Kartoffelsprossen und Eierfrüchten beging, den Bettlern und Ausgestoßenen zu geben, um die Geister der Toten zu besänftigen. In der Trauermyrte sang Tag für Tag die Zikade, aber allmählich verlor ihre Stimme an Kraft.

»Was macht er?« erkundigte sich der Beamte, der seine tägliche Runde machte.
»Immer das gleiche. Den ganzen Tag starrt er auf die Wand«, antwortete der Wächter leise, indem er in Richtung des Raumes deutete, in dem der Priester gefangen war. Als der Beamte verstohlen durch die Gitterstäbe spähte, hockte der Priester mit dem Rücken zum Fenster auf dem sonnenbeschienenen Holzboden. Von Morgen bis Abend sah er auf der Wand vor sich lasurblaue Wellen und den schwarzen Kopf von Garpe, der klein in den Wellen trieb. Nun fielen vom Rand des Bootes die gefesselten Gläubigen in die Wellen wie Kieselsteine.
Schüttelte er den Kopf, so verschwand diese Vision, und sie heftete sich wieder an seine Augenlider, wenn er sie schloß.
»Du bist ein Feigling«, hatte der Dolmetscher gesagt, während er sich vom Hocker erhob. »Nicht einmal den Namen Padre bist du wert!«
Er war weder imstande gewesen, die Gläubigen zu retten, noch war er wie Garpe in die Fluten gefolgt. Das Mitleid hatte ihn überwältigt. Aber Mitleid war keine Tat. War auch nicht Liebe. Ähnlich wie die sinnliche Begierde war Mitleid nur eine Art Instinkt. Alles, was er vor langen Zeiten auf den harten Bänken des theologischen Seminars lernte, hatte sich als unnütz erwiesen.

»Schau das an! Schau gut hin! Euretwegen fließt dieses Blut! Wieder fließt euretwegen das Blut unserer Bauern!«
Dann tauchte im Bewußtsein des Priesters der Hof des Gefängnisses auf, die Sonne brannte vom Himmel, das Rinnsal dunkelroten Blutes floß immer weiter. Der Dolmetscher gab den eigennützigen Idealen der Missionare die Schuld an diesem Blutvergießen. Inoue, der Fürst von Chikugo, verglich diese eigennützigen Ideale mit der lästigen Liebe einer häßlichen Frau. Daß für einen Mann die übermäßige Liebe einer häßlichen Frau schwer zu ertragen sei, hatte er gesagt.
»Noch dazu«, vor die lächelnde Miene des Übersetzers schob sich das wohlgenährte Gesicht des Fürsten von Chikugo, »behauptest du, in unser Land gekommen zu sein, um für diese Bauern zu sterben. In Wirklichkeit jedoch sterben sie für dich.«
Das verächtliche Lachen stach wie Nadelspitzen in die Wunde des Priesters und riß sie immer weiter auf. Matt schüttelte er den Kopf. Jahrhundertelang waren die Bauern dieses Landes nicht für sich selbst gestorben. Erst seitdem sie in den Besitz des Glaubens gekommen waren, wählten sie den Tod, um sich selbst zu beschützen. So antwortete er. Aber auch diese Antwort hatte nunmehr die Kraft verloren, seine Wunden zu heilen.

So vergingen die Tage. In der Trauermyrte zirpte die Zikade unverändert mit kraftloser Stimme.
»Was macht er?« erkundigt sich der Beamte, der seine tägliche Runde machte.
»Immer das gleiche. Den ganzen Tag starrt er auf die Wand«, murmelte der Wächter leise, indem er in die Richtung des Raumes deutete, in dem der Priester eingesperrt war.
»Man hat mich vom Gouverneursamt hergeschickt, damit ich mich vergewissere, wie es steht. Wie ich sehe, läuft die Sache nach dem Plan des Fürsten von Chikugo.«

Während der Beamte sein Gesicht vom Gitter entfernte, huschte ein Lächeln über seine Lippen – wie bei einem Arzt, der mit Ruhe den Krankheitsverlauf seines Patienten beobachtet.

Dem Bon-Fest folgen in Nagasaki eine Reihe stiller Tage. Am sogenannten Danktag zu Ende des Monats übergeben die Bürgermeister von Nagasaki, Oyamaura und Urakami den ersten reifen Reis in Holzschachteln verpackt dem Gouverneur. Am ersten August nach dem Mondkalender, der wegen dieses Datums »Achter Monatserster« genannt wird, machen Beamte und Honorationen der Stadt den Bezirksvorständen in weißen Sommergewändern aus Leinen ihre Aufwartung.
Der Mond rundete sich. Die Zwiesprache der Eulen und Wildtauben tönte jede Nacht aus dem Gehölz hinter der Hütte. Von einem fast unheimlichen Rot war der Vollmond, der bald hinter dem schwarzen Gewölk hervortrat. Die alten Leute munkelten von Schicksalsschlägen, die das Jahr noch bringen würde.
Der dreizehnte August. In den Häusern der Stadt Nagasaki legte man Fisch und Gemüse in Essig und kochte Süßkartoffeln aus Ryukyu mit Soyabohnen auf. An diesem Tag überreichten die Beamten des Gouverneursamtes dem Statthalter feierlich Geschenke: Fisch und Kuchen. Das Amt wiederum spendete Reiswein, Suppe und kleine Knödel aus Reismehl.
Nachts tranken die Wächter bis in die vorgerückte Stunde Reiswein, dazu taten sie sich an Kartoffeln und Bohnen gütlich. Spät noch hörte man ihre heiseren Stimmen und das Klappern der Schüsseln. Der Priester saß aufrecht in seiner Zelle. Silbern übergoß das Licht des Mondes, das zwischen den Gitterstäben hereinsikkerte, seine knochigen Schultern. Die abgemagerte Gestalt warf einen schmalen Schatten auf die Bretterwand. Manchmal raschelte eine aufgeschreckte Zikade im Gebüsch. Die eingesunkenen Augen geschlossen,

schickte er sich regungslos in die tiefe Dunkelheit. In dieser Nacht, in der die Leute, die er kannte, alle Menschen, die ihm nahestanden, schliefen, durchdrang ihn das Bild einer anderen Nacht. Der Priester dachte an die Nacht am Ölberg, als Jesus sich einen Steinwurf von den Jüngern entfernte, die da vom Schlaf übermannt auf der aschfarbenen Erde kauerten, die die Hitze des ganzen langen Tages aufgesaugt hatte. Und er vertiefte sich in das Antlitz des Herrn, »dem allein und in Todesangst versenkt ... der Schweiß ward wie Blutstropfen, die zur Erde rannen«. Hundertemale hatte er schon die Züge des Herrn in seiner Phantasie heraufbeschworen, aber aus irgendeinem Grund war ihm solch ein schweißnasses leidendes Antlitz kaum vorstellbar gewesen. Heute nacht zum erstenmal lenkte er seine Aufmerksamkeit auf den Ausdruck jener eingefallenen Wangen. Ob auch der Herr das Schweigen Gottes ahnte und deswegen erzitterte? Nicht daran wollte der Priester denken, doch plötzlich streifte diese Frage seine Brust. Manchmal schüttelte er ungestüm den Kopf, wie um dadurch jene Stimme zu verscheuchen. Das regengraue Meer, in dem Mokichi und Ichizo an Pfähle gebunden versanken. Das Meer, in dem Garpes schwarzer Kopf, von aller Kraft verlassen, schließlich umhertrieb wie ein Holzscheit. Das Meer, in das vom Boot herab die gefesselten Körper hineinstürzten. Grenzenlos weit und traurig erstreckte sich das Meer, und jedesmal hatte Gott über diesem Meer hartnäckig weiter geschwiegen. »Eloi, eloi, lama sabachthani?« – O Herr, warum hast Du mich verlassen? Dieser Ausruf vermischte sich mit der Erinnerung an das bleifarbene Meer. *Eloi, eloi, lama sabachthani?* Um die sechste Stunde am Freitag ertönte vom Himmel, der dunkel war, die Stimme vom Kreuz. Stets hatte der Priester diese Worte für ein Gebet genommen, niemals war ihm die Idee gekommen, sie könnten dem Grauen des Herrn vor dem Schweigen Gottes entspringen.

Gibt es denn wirklich einen Gott? Wie grotesk war die Hoffnung seines bisherigen Lebens, in der er Meere überquert hatte, um auf die kleinen, unfruchtbaren Inseln das Samenkorn des Glaubens zu säen, wenn dieser Gott nicht existierte! Wie grotesk das Opfer des einäugigen Mannes, den man am hellen Tag unter dem Gezirpe der Zikaden köpfte! Grotesk das Leben Garpes, der schwimmend den Christen im Boot in den Tod folgte! Auf die dunkle Wand starrend, brach der Priester in Gelächter aus.

Die heiseren Stimmen der vom Reiswein angetrunkenen Wächter verstummten, und einer, der gerade an der Türe vorbeiging, fragte: »Was ist denn so komisch, Padre?«

Als ein neuer Morgen kam, strömte wieder Licht durch das Gitterfenster und erfüllte den Priester wieder mit Kraft und Mut. Das Gefühl der absoluten Verlassenheit, das ihn in der letzten Nacht heimgesucht hatte, wich. Er lehnte seinen Kopf an die Wand, die Füße streckte er von sich. So flüsterte er mit hohler Stimme die Worte des Psalms: »Davids Lied erklingt, erklingt dir zum Ruhme. Mein Herz ist zur Ruhe gekommen. Ich verherrliche dich, ich lobpreise dich! O Harfe, o Leier! Ich erwecke den Tag und lobe Jehova ohne Ende!« Immer, wenn in seiner Jugendzeit der Wind über den blauen Himmel und die Obstbäume wehte, waren ihm diese Bibelverse in den Sinn gekommen, aber damals fürchtete er sich nicht, kein Zweifel trübte sein Bild. Gott war sein Gefährte, der ihm die innige Harmonie mit allen Dingen dieser Welt und eine tiefe Lebensfreude ins Bewußtsein brachte.

Manchmal spähten Beamte und Wächter zu ihm herein, aber der Priester wandte sich nicht einmal mehr um. Nicht selten blieb das Essen, das man ihm in die Zelle reichte, unberührt.

Es wurde September; an einem Nachmittag, in dem

schon ein wenig die Kühle des nahenden Herbstes schwang, kam unerwartet der Dolmetscher zu ihm.
»Nun, ich möchte, daß du heute jemanden triffst«, sprach ihn der Dolmetscher an und klapperte wie immer aufreizend mit dem Fächer. »Nein, nein, nicht den Fürsten. Auch keinen Beamten. Einen Menschen, den du vielleicht gerne triffst.«
Ohne ein Wort starrte der Priester den Gegner ausdruckslos an. Obwohl jede einzelne der Beschimpfungen, die ihm der Dolmetscher an jenem Tag nachgeworfen hatte, noch deutlich in seiner Erinnerung haftete, konnte er seltsamerweise weder Haß noch Zorn empfinden. Er war zu schwach, um noch hassen zu können.
»Man hat mir gesagt, du ißt nichts.« Der Dolmetscher verzog seinen Mund zum üblichen dünnen Lächeln. »Du solltest nicht zuviel grübeln!«
Während er sprach, schüttelte er den Kopf.
»Die Sänfte ist spät dran. Es wäre schon Zeit, daß sie kommt!«
Dem Priester war es gleichgültig, zu wem er gebracht werden sollte. Geistesabwesend richtete er seine Augen auf den Rücken des Dolmetschers, während dieser nervös zwischen der Hütte des Wächters und der des Priesters hin und her schritt.
Nun ertönten am Tor die Stimmen von Trägern. Vor der Hütte sprach der Dolmetscher mit ihnen.
»Padre, wir brechen auf!«
Wortlos erhob sich der Priester und verließ schwerfällig seine Zelle. Das Licht blendete ihn. Die zwei Träger in Lendenschurzen, ihre Ellbogen auf die Sänfte gestützt, starrten ihn an.
»Der ist aber schwer! So ein fetter Kerl!« murmelten sie, als der Priester in der Sänfte Platz nahm. Da man, um die Blicke der Leute nicht unnötig anzuziehen, die Bambusrollos heruntergelassen hatte, wußte er nicht, wohin er gebracht wurde. Aber er hörte Geräusche. Kindergeschrei. Das Klingeln der Glöckchen, die an den Gürteln

der Mönche baumeln. Baulärm. Die Abendsonne blinzelte durch den Bambusvorhang in Streifen auf sein Gesicht, und mit ihr drangen nicht nur Geräusche herein, sondern auch Gerüche stiegen in seine Nase. Da war der Geruch von Holz, der Geruch von Kot. Der von Hühnern und Pferden. Mit geschlossenen Augen saugte der Priester den Geruch des Lebens ein. Plötzlich hatte er das Verlangen, mit Menschen zu reden, ihren Gesprächen zu lauschen – selbst wieder zu den Menschen zu gehören. Er hatte genug von den Tagen, die er versteckt in der Köhlerhütte, auf der Flucht in den Bergen umherirrend und zu guter Letzt mit dem Mord an den Gläubigen vor Augen, verbracht hatte. Es schien ihm, keine Kraft mehr zu besitzen, dies alles noch länger zu ertragen. Aber hieß es nicht, »unter Aufbietung deines Herzens, deiner Seele, deines Willens und deiner ganzen Fähigkeiten«, nur dieses eine Ziel zu verfolgen; war das nicht sein Auftrag, seitdem er sich entschieden hatte, Priester zu werden?

Allein an den Geräuschen erkannte er, daß die Sänfte sich nun durch das Zentrum der Stadt bewegte. Während vorher noch das Gackern der Hühner und das Muhen der Kühe vorherrschten, fielen jetzt durch die Bambusvorhänge der Hall von Fußtritten, die schrillen Ausrufe von Straßenhändlern, das Rollen der Räder, das Brüllen streitender Stimmen.

Es kümmerte den Priester nicht mehr, wohin er gebracht wurde und wen er treffen sollte. Es erwarteten ihn ja nur die gleichen Fragen wie bisher, eine Fortsetzung des Kreuzverhörs, wem man ihn auch gegenüberstellte. Wie damals, als Herodes Jesus verhörte, war man nicht wirklich an der Antwort interessiert. Überdies konnte er sich nicht erklären, warum Inoue, der Fürst von Chikugo, ausgerechnet ihn am Leben ließ, ihn weder tötete noch ihm die Freiheit zurückgab. Doch es war zu anstrengend, darüber nachzugrübeln.

»Wir sind da!«

Der Dolmetscher gebot den Trägern Einhalt, und während er sich mit der Handfläche den Schweiß abwischte, zog er den Bambusvorhang hinauf. Beim Aussteigen überraschten den Priester das Licht der Abendsonne, und er erkannte den Wächter, dem im Gefängnis die Aufsicht oblag. Ohne Zweifel war dieser ihnen aus Furcht gefolgt, der Priester könnte unterwegs die Flucht ergreifen.

Am oberen Rand der Steintreppe stand im Schein der Abendsonne das Haupttor eines buddhistischen Heiligtums. Im Hintergrund zeichneten sich die Umrisse eines nicht allzu großen Tempels ab. Am Horizont ragten braune Berge mit felsigen Kanten wie abgeschnitten in den Himmel.

Das Wohnhaus des buddhistischen Priesters war bereits von der nahenden Dunkelheit umgeben. Auf dem Bretterboden der Veranda, von dem die Abendkühle heraufstieg, stolzierten unbekümmert einige Hühner. Ein junger Mönch trat heraus, schaute haßerfüllt zum Priester hin und verschwand, ohne auch nur den Dolmetscher zu grüßen.

»Die Mönche können euch Padres nicht ausstehen!« sagte der Übersetzer mit fröhlicher Miene, setzte sich auf der Veranda nieder und ließ die Augen über den Garten schweifen.

Aber der Priester achtete nicht auf die Worte des Dolmetschers, der ihn wie üblich zu reizen versuchte. Etwas anderes erregte seine Aufmerksamkeit. Unter all diese Gerüche, die einen buddhistischen Tempel durchschweben – die Düfte von Räucherstäbchen, von Feuchtigkeit und japanischem Essen –, mischte sich unbegreiflicherweise plötzlich ein fremdartiger Geruch. Es roch nach Fleisch. So lange hatte er darauf verzichten müssen, daß ihm die leiseste Andeutung sofort auffiel. Aus der Ferne vernahm er Schritte. Sie näherten sich langsam von der anderen Seite der Veranda.

»Hast du erraten, wen du treffen wirst?«

Er nickte mit erstarrten Zügen. Gleichzeitig merkte er, wie seine Knie zu zittern begannen. Natürlich hatte er mit einem Wiedersehen dieses Mannes gerechnet, aber im Traum nicht daran gedacht, daß es an einem solchen Ort stattfinden würde.

»Der Herr Gouverneur hat gemeint, daß es jetzt an der Zeit wäre, euch beide zusammenzubringen!«

»Inoue?«

»Ja, aber der andere wollte dich auch treffen.«

Ferreira schritt hinter einem älteren buddhistischen Priester; er trug einen dunklen Kimono, und sein Blick war auf den Boden geheftet. Da der kleine Mönch vor ihm selbstbewußt dahinstolzierte, schien Ferreiras ganze Gestalt Unterwerfung auszustrahlen. Es sah nicht anders aus, als ob der Mönch ein großes Haustier an einem um den Kopf gebundenen Strick hinter sich herzerrte, ob es nun wollte oder nicht.

Dann blieb der alte Mönch stehen und warf einen stummen Blick zum Priester hin, worauf er sich mit überkreuzten Beinen an den Rand des Holzbodens hockte, auf den noch die westliche Sonne brannte. Alle schwiegen lange Zeit.

»Padre«, sagte Rodrigo endlich mit zitternder Stimme. »Padre.«

Ferreira erhob seinen gesenkten Kopf und sah von unten herauf den Priester mit flackernden Blicken an. Während ein unterwürfiges Lächeln und ein Widerschein von Scham sich in seinen Augen trafen, wandelte sich dieser Ausdruck zu einem geringschätzigen Blick aus weitaufgerissenen Lidern.

Aber Rodrigo war sich seines Priestertums bewußt und suchte nach Worten. Sein Herz quoll über, jedes Wort hätte wie eine Lüge geklungen. Er bemühte sich, ein Lächeln auf sein Gesicht zu zwingen, jedoch statt dieses Lächelns fiel eine weiße Träne aus seinem Auge und rann langsam seine Wange hinunter.

»Padre, es ist lange her ...«, sagte er endlich mit zittern-

der Stimme. Wie lächerlich, wie einfallslos diese Begrüßungsworte klangen, wußte er nur allzu gut, aber es kam ihm nichts sonst in den Sinn.
Ferreira schwieg, auf seinen Wangen jenes herausfordernde leichte Lächeln. Der Priester wußte, was in Ferreiras Herzen vor sich ging; er begriff das schwache kriecherische Grinsen und dann jenes zum Kampf aufrufende Lächeln, als ob er das Herz des anderen in seinen Händen hielt. Und weil er es verstand, hatte er um so mehr den Wunsch, umzufallen wie ein verrotteter Baum.
»Bitte, sagen Sie etwas!« flehte Rodrigo und atmete stoßweise. »Wenn Sie Mitleid mit mir haben, sagen Sie etwas!«
Sie haben ja Ihren Bart abrasiert. Diese belanglose Feststellung steckte auf einmal in seiner Kehle. Er wußte nicht, wieso ihm das plötzlich aufgefallen war, aber in alten Zeiten umgab ein sorgfältig gepflegter schöner Bart Ferreiras Züge, der sein Gesicht mit Würde und einer für ihn kennzeichnenden Milde erfüllte. Jetzt jedoch war es kahl unter der Nase und am Kinn. Der Priester fühlte, daß sich seine Augen nicht von diesem Teil von Ferreiras Gesicht zu lösen vermochten. Die glatte Haut wirkte obszön.
»Was kann ich dir bei solch einer Gelegenheit sagen?« fragte Ferreira.
»Sie belügen sich selbst!«
»Mich selbst belügen? Wie nenne ich dann den Teil von mir, der sich nicht selbst belügt?«
Der Dolmetscher rutschte weiter nach vorne, um keines der portugiesischen Worte zu überhören. Vom Erdboden flogen wieder zwei Hühner flügelschlagend auf die Veranda.
»Wohnen Sie schon lange hier?«
»Es wird ungefähr ein Jahr sein.«
»Was ist dies für ein Ort?«
»Der Tempel heißt Saishoji.«

Aufgeschreckt vom Namen Saishoji wandte sich der alte Mönch, der starr wie ein Buddha vor sich hingeblickt hatte, zu ihnen um.
»Ich bin in einem Gefängnis, auch irgendwo in Nagasaki. Ich weiß nicht, wie der Ort genau heißt.«
»Ich kenne es genau. Es liegt in einer Vorstadt.«
»Was tun Sie tagaus, tagein, Ferreira?«
Ferreiras Züge verzerrten sich ein wenig ratlos, er strich mit der Hand über das glatte Kinn.
»Herr Sawano schreibt tagaus, tagein Bücher«, antwortete der Dolmetscher an Ferreiras Stelle.
»Ich arbeite auf Bitte des Gouverneurs an einem Buch über Astronomie«, fiel Ferreira nun eilig ein, um den Dolmetscher zu unterbrechen. »Ich leiste hier gute Dienste. Ich nütze den Leuten dieses Landes. Die Japaner sind zwar reich an Gelehrsamkeit auf allen Gebieten, aber in Medizin und Astronomie gibt es noch manches, was ein Ausländer wie ich sie zu lehren vermag. Es gibt in diesem Land eine hervorragende Medizin, die aus China herübergekommen ist, aber ... aber die Kenntnisse unserer Chirurgie noch hinzuzufügen ist auf keinen Fall nutzlos. Und in der Astronomie trifft das gleiche zu. Ich habe daher den holländischen Kommandanten ersucht, uns Linsen und Teleskope zu beschaffen. So bin ich in diesem Land nicht nutzlos. Auf solche Weise bin ich den Leuten hier dienlich. Ja, so ist das.«
Der Priester betrachtete unverwandt die Lippen Ferreiras, von denen die Worte ungestüm hervorquollen, als ob sie etwas ganz anderes zurückdrängen wollten. Es war ihm nicht ganz klar, was den anderen mit einemmal so redselig gemacht hatte. Jedoch die Erregung des Herzens, die seinen wiederholten Hinweisen auf die eigene Nützlichkeit zugrunde lag, schien ihm begreiflich. Ferreira sprach ja nicht nur zu ihm. Er betonte die Notwendigkeit seiner Existenz auch vor dem Dolmetscher und dem buddhistischen Mönch.

»Ich nütze diesem Land.«
Mitleidig ließ er seinen Blick auf Ferreira ruhen. Ja, der einzige Wunsch, der Traum jedes Geistlichen besteht darin, den Menschen dienlich zu sein, ihnen zu nützen. Wenn ein Pater anderen Menschen nicht helfen kann, beginnt die Einsamkeit für ihn. Und auch jetzt, vom Glauben abgefallen, vermag er sich von den früheren psychischen Gewohnheiten nicht zu trennen, dachte der Priester. Irgendwie schien Ferreira sich an das Gebot, den Menschen zu dienen, zu klammen.
»Sind Sie glücklich?« murmelte Rodrigo.
»Wer?...«
»Sie...«
»Was Glück ist«, wieder durchblitzte Ferreiras Augen ein scharfer herausfordernder Glanz, »hängt wohl vom Gesichtspunkt jedes einzelnen ab.«
Der Priester schwieg nach dieser Antwort entmutigt. Er war nicht hier, um Ferreira wegen seines Verrates an seinen Schülern zur Rechenschaft zu ziehen. Er fühlte nicht das geringste Verlangen, die Finger auf die Wunde zu legen.
»Ganz recht. Gewiß nützt er uns Japanern. Er heißt jetzt auch Chuan Sawano.« Der Dolmetscher lächelte beide an. »Er arbeitet auch noch an einem anderen Buch, an einer Schrift, die die Lehren Gottes und die Irrtümer und Unwahrheiten von Christus aufdeckt. Es heißt Kengiroku.«
Diesmal war es Ferreira nicht gelungen, ihm rechtzeitig den Mund zu verschließen. Einen Moment wandte er den Blick zu den flatternden Hühnern, als ob er nichts gehört hätte.
»Der Gouverneur hat das Manuskript gelesen und gelobt, wie gut es gemacht ist. Es würde nicht schaden, wenn du es auch lesen würdest. Im Gefängnis hast du genug Zeit.«
Nun war dem Priester klar, warum Ferreira so hastig berichtet hatte, daß er über die Astronomie arbeite.

Ferreira – der auf Befehl des Fürsten von Chikugo jeden Tag am Schreibtisch saß. Ferreira – der dort niederschrieb, daß das Christentum, an welches er sein ganzes Leben lang geglaubt hatte, falsch sei. Der Priester sah den gebeugten Rücken Ferreiras, der gerade den Pinsel ergriff, vor seinen Augen.

»Wie grausam!« sagte Rodrigo.

»Was?«

»Keine Folter kann so grausam sein wie diese Behandlung!«

Der Priester bemerkte plötzlich in den Augenwinkeln Ferreiras funkelnde Tränen. Er trägt einen schwarzen japanischen Kimono, hat das kastanienbraune Haar wie die Japaner gebunden und heißt jetzt Chuan Sawano ..., aber er lebt noch! O Herr, Du schweigst. Auch im Angesicht so eines Lebens brichst Du Dein Schweigen nicht?

»Herr Sawano, wir haben heute den Padre nicht zu weitschweifigem Gerede hierhergebracht.« Der Dolmetscher deutete auf den alten Mönch, der aufrecht wie ein Steinbuddha auf dem Holzboden verharrte, den die Abendsonne in Helligkeit tauchte. »Los!« sagte er. »Der alte Priester hat viel zu tun. Erledigen Sie ihre Arbeit schnell.«

Ferreira schien die vorher angedeutete Kampfeslust verloren zu haben. Dem Priester kam es vor, als schrumpfte dieser Mann, in dessen Wimpern noch eine Träne glänzte, immer mehr zusammen.

»Mir wurde aufgetragen ..., dir zu empfehlen, den Glauben aufzugeben«, flüsterte Ferreira mit kraftloser Stimme. »Schau das an!«

Stumm wies er mit dem Finger hinter seine Ohren. Dort war eine Narbe, wie nach einer Verbrennung.

»Man nennt es Grubenfolter. Sicher hast du schon davon gehört. Man hängt, ohne daß man Hände und Füße bewegen kann, mit dem Kopf nach unten in einer Grube.«

Der Dolmetscher breitete scheinbar entsetzt die Arme aus.

»Damit man nicht sofort stirbt, machen sie hinter den Ohren eine Öffnung,aus der tropft dann langsam Blut herab. Diese Art der Folter hat sich Herr Inoue ausgedacht.«

Das wohlbeleibte rosige Gesicht Inoues zog ihm durch den Sinn. Dieses Gesicht, mit Muße über die Schale, die er in Händen hält, gebeugt. Dieses Gesicht, das auf seine Einwände scheinbar überzeugt langsam mit dem Kopf nickt, langsam von Lächeln überzogen wird. Als der Herr gefoltert wurde, begab sich Herodes an eine von Blumen umkränzte Tafel zu Speise und Trank.

»Du solltest darüber nachdenken. Du bist in diesem Land der einzige christliche Pater, aber schon gefangen, und du darfst deine Lehre nicht mehr den Bauern verkünden. Bist du nicht nutzlos?« Die Augen des Dolmetschers wurden nun klein und seine Stimme sanft. »Herr Chuan arbeitet, wie er vorhin ausführte, an Schriften über Astronomie und Heilkunde und dient den Menschen. Auch der alte Priester hat sicher Herrn Chuan immer wieder vor Augen gehalten: Der Weg des Erbarmens geht über die Aufgabe des eigenen Ich. Es ist doch unsinnig, sich am Unterschied der verschiedenen Religionen anzuklammern. In dem Punkt, daß sie im Dienst der Menschen stehen, treffen sich doch Buddhismus und Christentum. Es zählt, ob man sich auf dem Weg der Wahrheit befindet oder nicht. Sawano schreibt darüber in seinem Buch Kenyiroku.«

Als er geendet hatte, schien er Ferreira um Unterstützung bitten zu wollen.

Die Abendsonne fiel auf den schmalen Rücken des alten Mannes im japanischen Gewand. Seinen Blick reglos auf diesem schmalen Rücken, versuchte der Priester ohne Erfolg die Gestalt des Lehrers Ferreira heraufzubeschwören, der einst im Seminar zu Lissabon von seinen Studenten geliebt und verehrt worden war. Seltsamerweise spürte er auch keine Verachtung. Nur Mitleid preßte seine Brust zusammen, wie für ein Lebewesen, das seine Seele verloren hatte.

»Zwanzig Jahre«, murmelte Ferreira schwach, mit gesenktem Blick. »Zwanzig Jahre habe ich dieses Land missioniert. Ich kenne dieses Land besser als du.«

»In diesen zwanzig Jahren haben Sie hervorragende Arbeit geleistet«, sagte der Priester laut, wie um den anderen aufzumuntern. »Wir haben voll Ehrfurcht die Briefe gelesen, die Sie an den Sitz der Gesellschaft Jesu gesandt hatten.«

»Und nun siehst du einen vor dir, der in der Missionsarbeit Schiffbruch erlitten hat.«

»Schiffbruch gibt es in der Missionsarbeit nicht. Wenn Sie und ich nicht mehr am Leben sind, besteigt ein anderer Priester in Makao eine Dschunke und geht heimlich irgendwo in Japan an Land.«

»Und wird mit Sicherheit gefangen!« mischte sich der Dolmetscher ein. »Und immer, wenn jemand gefangen wird, fließt wieder japanisches Blut. Wie oft muß ich es dir sagen, bis du endlich verstehst, daß die Japaner es sind, die für eure egoistischen Träume den Blutzoll zahlen. Es ist Zeit, daß ihr uns in Ruhe laßt.«

»Zwanzig Jahre habe ich in der Mission gearbeitet«, wiederholte Ferreira ausdruckslos. »Und ich habe nur erkannt, daß dein und mein Glaube nach all den Jahren in diesem Land keinerlei Wurzeln geschlagen hat.«

»Es ist nicht wahr, daß er keine Wurzeln geschlagen hat«, rief der Priester mit lauter Stimme und schüttelte den Kopf. »Ganz anders, die Wurzeln sind abgeschnitten worden!«

Ferreira schaute nicht einmal auf bei den erregten Worten des Priesters, sondern fuhr fort, die Augen gesenkt, willenlos und gefühllos wie eine Puppe. »Dieses Land ist ein Sumpf. Welche Setzlinge man auch in dieses Moorland setzt, die Wurzeln verfaulen. Die Blätter verfärben sich gelb und verwelken. In diesen

sumpfigen Boden haben wir den Setzling namens Christentum gepflanzt.«
»Aber es gab auch eine Zeit, in der der Setzling größer wurde und die Blätter sich verzweigten.«
»Wann?« Zum erstenmal schaute Ferreira dem Priester ins Auge, und seine eingefallenen Wangen verzogen sich zu einem leichten Lächeln. Es war das Lächeln eines Mannes, der einen Jungen bemitleidet, weil er die Welt noch nicht kennt.
»Damals, als Sie nach Japan kamen, wurden überall in diesem Land Kirchen gebaut, der Glaube duftete wie eine morgenfrische Blume, damals wetteiferten die Japaner, die Taufe zu empfangen, wie einst die Juden sich am Flusse Jordan scharten.«
»Und angenommen, daß das, woran die Japaner glaubten, nicht der Gott war, den das Christentum verkündet...« Ferreira murmelte diese Worte langsam vor sich hin. Noch immer stand auf seinen Wangen das mitleidige Lächeln.
Der Priester spürte in sich Zorn aufkommen. Unwillkürlich ballte er die Fäuste. Sei vernünftig, mahnte er sich selbst. Laß dich nicht durch solche Spitzfindigkeiten zum Schweigen bringen. Um seine Niederlage zu verteidigen, scheut er vor keinem Selbstbetrug zurück.
»Sie wollen ableugnen, was nicht abzuleugnen ist!«
»Da irrst du. Nicht an unseren Gott glaubten die Leute zu jener Zeit. Es waren ihre Götter, die sie anbeteten. Aber lange Jahre hindurch erkannten wir das nicht und waren überzeugt, daß diese Japaner zu Anhängern des Christentums geworden seien.« Ferreira setzte sich erschöpft auf den Boden. Der Saum des japanischen Gewandes öffnete sich weit und gab den Blick auf seine schmutzigen nackten Beine frei, die den Priester in ihrer Magerkeit an zwei Stöcke erinnerten.
»Ich sage das alles nicht, um mich vor dir zu rechtfertigen oder um dich zu überzeugen. Möglicherweise glaubt mir kein Mensch, was ich sage. Nicht nur du

denkst, daß ich lüge, auch die Missionare in Makao und Goa, alle Priester der abendländischen Kirche denken wahrscheinlich ebenso. Und doch, in zwanzig Jahren Missionsarbeit habe ich die Japaner kennengelernt. Ich habe begriffen, daß die Wurzeln dieses Setzlings, den wir gepflanzt haben, unbemerkt in Fäulnis übergegangen sind.«

»Der heilige Franziskus Xavier«, Rodrigo konnte sich nicht länger beherrschen und schnitt mit einer Handbewegung die Worte des anderen ab. »Der heilige Franziskus Xavier kam nicht auf diese Idee.«

»Auch dieser Heilige«, nickte Ferreira zustimmend, »hat das nie erkannt. Du kennst doch die Geschichte, daß die Japaner das Wort *Deus,* welches sie von Hochwürden Xavier vernahmen, unbekümmert in Dainichi verwandelten, was große Sonne bedeutet. *Deus* und Dainichi hörte sich für die Japaner, die die Sonne verehren, fast gleich an. Hast du den Brief nicht gelesen, in dem Xavier auf diesen Fehler zu sprechen kommt?«

»Wenn Xavier einen guten Übersetzer gehabt hätte, hätte sich kein solches Mißverständnis eingeschlichen.«

»Du irrst dich. Du verstehst nicht, wovon ich spreche«, erwiderte Ferreira, um dessen Schläfen nervöse Gereiztheit zu zucken begann.

»Du begreifst nichts. Auch die Gesellschaft, die von den Klöstern in Makao und Goa aus herüberfährt, um die hiesige Mission zu inspizieren, ist unfähig, die Situation hier zu erfassen. Seit damals, als die Japaner Deus und Dainichi verwechselten, haben sie unseren Gott nach ihren Vorstellungen verbogen und verändert, so daß schließlich etwas ganz anderes herausgekommen ist. Auch nachdem die Verwechslung der Wörter sich geklärt hatte, ging diese Verzerrung und Umwandlung weiter. Sogar in der fruchtbarsten Zeit der Mission glaubten die Japaner nicht an den Gott des Christentums, sondern an ein Wesen, das sie davon abgeleitet hatten.«

»Unseren Gott verzerrt und verändert und ein anderes Wesen...« Der Priester wiederholte mit gepreßter Stimme diese Worte Ferreiras. »Aber ist nicht auch dieses andere Wesen schließlich und endlich ebenfalls unser *Deus?*«
»Nein. Der Gott des Christentums hat in der Vorstellung der Japaner seinen göttlichen Charakter verloren.«
»Was sagen Sie da?« Bei diesem Ausruf des Priesters flatterte das Huhn aufgeschreckt in eine Ecke.
»Was ich sage, ist einfach. Ihr betrachtet nur die Oberfläche der Mission und verliert keinen Gedanken an ihren Kern. Ganz recht, in den zwanzig Jahren meiner Missionstätigkeit gab es, wie du sagst, viele Kirchen in Kyoto, in Chugoku, in Sendai; in Arima und Azuchi errichtete man theologische Seminare, die Japaner wetteiferten, die Taufe zu empfangen. Gerade vorhin hast du von zweihunderttausend japanischen Christen geredet, aber es gab eine Zeit, da zählte man vierhunderttausend.«
»Darauf dürfen Sie stolz sein!«
»Stolz? Ja, wenn die Japaner den Gott verehrt hätten, den wir sie lehrten. Jedoch derjenige, den die Japaner in den Kirchen, die wir hier erbauten, anbeteten, war und ist nicht unser christlicher Gott. Unser Gottesbild blieb für sie unverständlich, und daher formten sie es sich nach ihrer Art zurecht.« Ferreira senkte den Kopf. »Nein, das ist nicht Gott. Es ist dem Vorgang vergleichbar, wenn ein Schmetterling ins Netz einer Spinne gerät. Anfangs sieht dieser Schmetterling ohne Zweifel aus wie alle anderen Schmetterlinge. Trotzdem ist er am nächsten Morgen nur noch eine Hülle – er gleicht zwar dem Aussehen nach noch einem Schmetterling, besitzt wie dieser Rumpf und Flügel, jedoch sein eigentliches Wesen hat er verloren. Auch unser Gott hat in Japan ein ähnliches Schicksal erlitten. Nach außen hin scheint er weiterhin wie Gott, tatsächlich jedoch ist nur ein wesenloser Leichnam übriggeblieben.«

»Das glaube ich nicht. Ich kann Ihr unsinniges Gerede nicht mehr hören. Ich bin zwar nicht so lange in Japan wie Sie, aber mit meinen eigenen Augen habe ich Märtyrer gesehen.« Der Priester bedeckte sein Gesicht mit den Händen, seine Stimme sickerte zwischen den Fingern durch. »Mit meinen eigenen Augen hab' ich gesehen, wie sie starben, und es ist unleugbar, daß sie dabei vor Glauben brannten.« Die Erinnerung an das regnerische Meer, an die zwei schwarzen Pfähle, die aus diesem Meer auftauchten, erfaßte das Herz des Priesters. Wie der einäugige Mann im Licht des hellen Tages hingemordet wurde, konnte er niemals vergessen. Und auch wie man die Frau, die ihm eine Gurke geschenkt hatte, eingewickelt in einen Strohsack, ins Meer versenkte, haftete unauslöschlich in seinem Gedächtnis. Welch eine gemeine Verleugnung dieser Menschen, wenn man es so hinstellte, als hätten sie nicht für den Glauben ihr Leben gelassen. Ferreira log.

»Sie glaubten nicht an unseren christlichen Gott.« Ferreira sprach nun voll Selbstvertrauen. Er betonte jedes Wort. »Die Japaner haben bis heute keine Vorstellung davon, was das göttliche Wesen ausmacht, und sie werden dieses göttliche Wesen auch in Zukunft nicht begreifen.«

Diese Worte drückten wie ein unverrückbarer Fels auf die Brust des Priesters. Sie wogen so schwer wie die ersten Belehrungen seiner Kinderzeit über die Existenz eines Gottes.

»Die Japaner können sich einen Gott völlig losgelöst vom Menschen nicht vorstellen. Sie können sich auch keine Existenz denken, die die des Menschen übersteigt.«

»Die Wahrheit des Christentums und der Kirche überschreitet alle Länder und alle Gebiete. Welchen Sinn hätte unsere Missionsarbeit gehabt, wenn dies anders wäre?«

»Die Japaner sehen in Gott einen schönen, erhöhten

Mann – ihn nennen sie Gott. Sie sehen in Gott ein Wesen, das sich in seiner Existenz nicht vom Menschen unterscheidet. Dieses Wesen aber ist nicht der Gott, den die Kirche lehrt.«

»Das ist alles, was Sie nach zwanzig Jahren in diesem Land erkannt haben?«

»Das ist alles.« Ferreira wirkte einsam, während er mit dem Kopf nickte. »Daher hat für mich die Mission den Sinn verloren. Der Setzling, den wir mitbrachten, verfaulte in diesem Sumpfland namens Japan, ehe wir uns versahen. Lange lebte ich hier, ohne davon Notiz zu nehmen.«

Ferreiras letzte Worte durchbebte schmerzliche Resignation, deren Echtheit auch der Priester nicht in Zweifel ziehen konnte. Die Abendsonne hatte die Kraft verloren, aus den Winkeln krochen die Schatten des Abends. In der Ferne vernahm der Priester das eintönige Klopfen des hölzernen Tempelgongs und die traurig klingende Stimme der Mönche beim Rezitieren der Sutren.

»Sie«, flüsterte der Priester, »Sie sind nicht mehr Ferreira, den ich gekannt habe.«

»Du hast recht. Ich bin nicht Ferreira. Ich bin der Mann, dem der Gouverneur den Namen Chuan Sawano gab«, antwortete Ferreira mit niedergeschlagenen Augen. »Und er gab mir nicht nur den Namen, er gab mir auch Frau und Kinder eines hingerichteten Mannes.«

Es war um die Stunde des Ebers. Begleitet von einem Beamten und dem Wächter trat er den Rückweg in der Sänfte an. Es war tiefe Nacht, so daß man sich um neugierige Passanten nicht sorgen mußte. So erlaubte man dem Priester, die Bambusvorhänge hinaufzuziehen. Hätte er fliehen wollen, wäre jetzt Gelegenheit dazu gewesen, aber er wollte es nicht mehr. Die Gassen waren unwahrscheinlich schmal, und obwohl die Wächter erklärten, daß sie sich in der Stadt befänden, sah der Priester nur einfache Hütten. Dann zogen sie an langen Tempelumzäunungen vorbei. Das bestätigte ihm wieder, daß die Stadt Nagasaki noch im Aufbau begriffen war. Der Mond, der über die tiefschwarzen Baumwipfel geklettert kam, schien sich wie die Sänfte nach Westen zu bewegen.

Fühlen Sie sich jetzt besser?« Der Beamte, der die Sänfte eskortierte, redete freundlich.

Vor dem Gefängnis bedankte sich der Priester beim Beamten und beim Wächter und trat in seine Zelle. Hinter ihm verschloß der Wächter wie immer mit dumpfem Laut die Tür. Er war lange fort gewesen und nun endlich zurück. Es schien ihm Jahre her zu sein, daß er das Gurren der Wildtauben im Gehölz gehört hatte. Verglichen mit den zehn Tagen im Gefängnis war dieser eine Tag lang und schmerzhaft.

Was den Priester entsetzt hatte, war nicht das Wiedersehen mit Ferreira. Wenn er es überlegte, so hatte er sich seit seiner Ankunft in Japan auf eine solche Veränderung des alten Mannes gefaßt gemacht. Auch als Ferreira abgezehrt und mit einem japanischen Gewand bekleidet auf der Veranda daherwankte, hatte ihn das nicht sonderlich erschüttert und aufgewühlt. Es war gleichgültig. Aber hatte Ferreira vielleicht die Wahrheit gesagt?

Der Priester starrte auf die Wand, das Licht des Mondes schien durch das Gitter auf seinen Rücken. Hatte Ferreira diese Behauptungen nicht nur aufgestellt, um seine eigene Schwäche und seinen Fehltritt zu entschuldigen? Natürlich war es so. Und doch machte sich die Furcht breit, ob Ferreira nicht doch etwas Wahres gesagt hatte. Ferreira hatte gesagt, dieses Japan sei ein Sumpfland ohne festen Grund. Die Setzlinge verfaulten von den Wurzeln an und welkten. Auch der Setzling namens Christentum verrottete unbemerkt in diesem Sumpf.

»Nicht das Verbot des Christentums oder die Verfolgung tragen Schuld am Untergang der japanischen Christenheit. Irgend etwas ist diesem Land zu eigen, das die christliche Lehre von sich stößt.«

Jedes einzelne Wort Ferreiras schmerzte in den Ohren des Priesters. Mit funkelnden Augen hatte Ferreira dann gesagt: »Jener Gott, an den ihr glaubt, hat in diesem Land, wie ein Insekt gefangen im Netz einer Spinne, sein Blut, seine innere Substanz verloren und nur die äußere Form beibehalten.« Und in diesen Worten war eine Sicherheit, die nicht zum Selbstbetrug eines Besiegten paßte.

Im Innenhof ertönten undeutlich die Schritte des Wächters. Sie verebbten in der Dunkelheit, und nur noch das langanhaltende rauhe Gekratze der Holzwürmer durchbrach die Stille.

»Aber ich glaube es einfach nicht. Es kann nicht so sein!« Rodrigo besaß keinerlei Erfahrung in der Missionsarbeit, die er Ferreiras Aussagen entgegenzuhalten vermochte. Aber wenn er sie nicht verneinte, verlor er alles, was ihn zur Reise in dieses Land gebracht hatte. Er schlug den Kopf gegen die Wand und murmelte unaufhörlich: »Es kann nicht sein. Es ist unmöglich.«

Es kann nicht sein. Es ist unmöglich, daß Menschen sich für die Schimäre eines Glaubens aufopferten. So wie die Bauern, deren elendes Martyrium er mit eigenen Augen gesehen hatte. Wie hätten jene Leute wie Kieselsteine im Meer versinken können, wenn sie nicht der Glaube getragen hätte. Sie waren stark in ihrem Glauben und treue Christen gewesen. Mochte ihr Glaube auch naiv sein, es war doch der Geist der Kirche, der aus ihrer Überzeugung sprach, der seiner Kirche und nicht der von japanischen Beamten oder buddhistischen Priestern.

Ferreiras Traurigkeit fiel dem Priester ein. Ferreira vermied es, in jenem Gespräch über die japanischen Märtyrer zu sprechen. Er versuchte bewußt, diesem Thema aus dem Weg zu gehen. Menschen, die im

Unterschied zu ihm stark geblieben waren, sogar die Grubenfolter durchgestanden hatten, solche Menschen trachtete er zu vergessen. Ferreira versuchte, wenigstens einen weiteren Schwächling zu finden, um Feigheit und Einsamkeit teilen zu können.

Der Priester überlegte in der Finsternis, ob Ferreira jetzt schlief. Nein, er schläft wohl eher nicht. So wie er selbst sitzt er irgendwo in dieser Stadt, starr die Augen in die Dunkelheit gerichtet, und nagt an der Tiefe seiner Einsamkeit. Seine Verlassenheit ist noch kälter, noch schrecklicher als das Alleinsein, welches er selbst hier im Gefängnis auszukosten gezwungen ist. Ferreira hat nicht nur sich selbst verraten. Um das Bewußtsein der eigenen Schwäche zu mildern, versucht er, einen anderen Menschen in das gleiche Schicksal zu zerren. O mein Gebieter, erlöst Du ihn bald? Du hast zu Judas gesagt: »Was du tun willst, tue bald!« Rechnest Du Ferreira zur Schar der Verirrten?

Als er Ferreiras Verlassenheit mit seiner eigenen Einsamkeit verglich, begann sich seine Selbstachtung wieder zu heben, ein leichtes Lächeln breitete sich auf seinen Zügen aus. Er streckte sich auf dem harten Holzboden und wartete auf den Schlaf.

8

Am nächsten Tag besuchte ihn der Dolmetscher wieder. »Hast du die Sache überlegt?« Er sprach nicht wie üblich wie eine Katze, die mit der Beute spielt, sondern gab sich streng. »Wie Sawano gesagt hat, wäre es besser, du würdest deinen sinnlosen Starrsinn aufgeben. Wir befehlen dir nicht, aus ehrlicher Überzeugung dem Glauben abzuschwören. Du brauchst nur nach außen hin zu sagen: Ich falle ab! Nur nach außen. Alles andere ist uns egal.«
Der Priester schwieg, den Blick auf die Wand geheftet. Die Worte des Dolmetschers widerten ihn nicht einmal an, sie erreichten ihn gar nicht.
»Also, mach uns nicht noch mehr Scherereien! Das ersuche ich dich ernsthaft. Die Angelegenheit ist auch für mich nicht angenehm.«
»Warum hängt ihr mich nicht in die Grube?«
»Unser Herr Statthalter sähe es lieber, wenn es mir gelänge, dich mit Argumenten zur Besinnung zu bringen.«
Wie ein Kind schüttelte der Priester den Kopf, seine Hände auf den Knien. Der Dolmetscher seufzte tief und schwieg. Eine Fliege summte durch den Raum.
»Nun, wenn die Sache so liegt ..., dann kann man nichts machen.«
Der Priester hörte die Türe dumpf ins Schloß fallen. Bei

diesem Geräusch wurde ihm klar, daß Überredungsversuche und Ermahnungen ihr Ende gefunden hatten.
Er wußte nicht, wie lange er die Folter ertragen würde. Aber auch der Gedanke an die Folter, die ihm, als er geschwächt an Körper und Seele in den Bergen umherstreifte, so entsetzlich erschienen war, hatte jegliche Beziehung zur Wirklichkeit verloren.
Ein baldiger Tod erscheint ihm als der einzige Weg, dieser Kette schmerzhafter Aufregungen zu entfliehen. Er ist zu müde für das Leben, zu matt, über Gott und den Glauben zu grübeln. Er hofft, daß diese Erschöpfung an Körper und Herz ihn schnell sterben lassen würde. Auf seinen Augenlidern taucht die Vision von Garpes Kopf auf, der im Wasser versinkt. Wie beneidet er den Gefährten! Wie schön hat es Garpe – alle Schmerzen bereits überstanden!

Es überraschte ihn nicht, als er am nächsten Morgen kein Frühstück erhielt. Kurz vor Mittag wurde die Tür entriegelt. Ein großer Mann mit nacktem Oberkörper, der noch nie hier aufgetaucht war, hieß ihn mit einer Kinnbewegung hinauszutreten. Vor der Tür band der Mann die Hände des Priesters am Rücken zusammen. Der Strick schnitt in das Fleisch seiner Handgelenke, daß er bei der geringsten Bewegung einen Schmerzenslaut ausstieß, trotz zusammengebissener Zähne. Während er den Strick knüpfte, überschüttete ihn der Mann mit Schimpfworten, die der Priester nicht verstand.
Die Empfindung, daß nun die Entscheidung nahte, prickelte durch den Körper des Priesters mit einer seltsamen und bisher noch nie verspürten Erregung.
Man zerrte ihn hinaus; im Innenhof, der im Sonnenlicht dalag, starrten ihm drei Beamte, vier Wächter und der Dolmetscher entgegen.
Der Priester schaute alle an, besonders aber den Dolmetscher, und lächelte triumphierend. Bei diesem Lächeln durchblitzte ihn kurz der Gedanke, daß der

Mensch sich in keiner Situation von der Eitelkeit befreien kann. Und er freute sich, noch die Gelassenheit zu besitzen, dies zu bemerken.
Der große Mann packte mit Leichtigkeit den Körper des Priesters und plazierte ihn auf den bloßen Rücken eines Pferdes, das mehr einem armseligen Esel ähnelte. Das Pferd setzte sich schwankend in Bewegung, die Beamten, Wächter und der Dolmetscher folgten.
Schon sammelten sich am Straßenrand Japaner, die auf den Zug warteten. Der Priester sah von seinem Pferd aus lächelnd auf sie hinab. Alte Leute, denen der Mund vor Staunen offenstand; Kinder, die Melonen aßen; Frauen, die zunächst lachten, um dann furchtsam zurückzuweichen, wenn sich ihre Blicke trafen. Auf den Gesichtern dieser Japaner bildete das Licht mannigfaltige Schatten; da traf ihn unterhalb seines Ohres irgendein brauner Klumpen. Jemand hatte Pferdemist auf ihn geworfen. Der Priester war fest entschlossen, das Lächeln nicht von seinen Lippen weichen zu lassen. Er zog jetzt auf einem Esel durch die Straßen von Nagasaki. Auch der Herr hatte auf dem Rücken eines Esels die Stadt Jerusalem betreten. Der Herr, der lehrt, daß die Züge des Erniedrigten und Verachteten die edelsten sind. Auch er würde mit Fassung die Leiden ertragen. Sein Gesicht war das einzige christliche inmitten von Ungläubigen.
Eine Gruppe buddhistischer Priester versammelte sich mit offener Feindseligkeit im Schatten eines großen Kampferbaumes. Als der Esel des Priesters sich ihnen näherte, schwangen sie drohend Stöcke. Der Priester forschte nach Leuten, die Christen sein mochten, aber vergeblich. Auf jedem Gesicht lag Feindseligkeit und Haß oder aber Neugier. Als er auf Augen traf, die wie die eines Hundes um Mitleid bettelten, wandte sich der Priester um. Es war Kichijiro.
Kichijiro, in Lumpen gehüllt, wartete in der vordersten Reihe der Zuschauer auf den Zug. Sobald sein Blick

den des Priesters traf, senkte er bestürzt die Augen und verbarg sich flink. Doch der Priester auf seinem schwankenden Pferd wußte, daß ihm dieser Mann folgen würde, wohin er auch ging. Er war unter all diesen Fremden der einzige, den er kannte.
Es ist schon gut. Es ist schon gut. Ich zürne dir nicht mehr. Auch der Herr ist sicher nicht mehr zornig. Und er nickte Kichijiro zu –, so wie er auch die Gläubigen nach der Beichte zu trösten pflegte.

Den Aufzeichnungen zufolge bewegte sich der Zug mit dem Priester an diesem Tag von Hakatamachi über Katsuyamamachi bis Gotomachi. Der Magistrat pflegte einen gefangenen Missionar am Tage vor der Hinrichtung in Nagasaki als warnendes Beispiel vorzuführen. Das Gebiet, durch das der Zug führte, gehörte zur Innenstadt, und so war das Gedränge groß.
Gotomachi heißt der Bezirk von Nagasaki, wo sich nach der Öffnung des Hafens für den Außenhandel zur Zeit von Sumitada Omura die Einwanderer der Goto-Inseln ansiedelten. Von diesem Stadtteil aus bot sich ein weiter Blick über die Bucht von Nagasaki, funkelnd im Licht des Nachmittags. Die Menge, die dem Zug bis hierher nachgeströmt war, drängte sich wie bei einen Fest, um einen Blick des seltsamen, auf ein ungesatteltes Pferd gebundenen südlichen Barbaren, wie man zu jener Zeit in Japan die Europäer nannte, zu erhaschen. Jedesmal, wenn der Priester seine unbequeme Haltung zu verändern suchte, schwoll das Hohngelächter an. Obwohl er sich zu lächeln bemühte, hatte sich seine Miene verkrampft. Er mußte die Augen schließen, um den Anblick der spöttisch blitzenden Zähne zu vermeiden. Hatte der Herr zu lächeln vermocht, damals, als Er das Geschrei und Zorngebrüll der Menge vor dem Palast des Pilatus vernahm? Dies konnte nicht einmal der Herr zustande gebracht haben, ging es dem Priester durch den Kopf. *Hoc passionis tempore* ... Die Worte

des Gebets rollten ihm von den Lippen wie Kieselsteine, darauf folgte eine Weile nichts mehr. Endlich raffte er sich zu den nächsten Worten auf. *Reisque dele crimina.* Die Schmerzen des Strickes, der bei jeder Bewegung des Körpers in die Handgelenke schnitt, waren nicht das Ärgste, er hatte sich schon daran gewöhnt. Was ihn am meisten belastete, war das Bewußtsein, daß er die Menge, die ihn verhöhnte, nicht zu lieben vermochte, wie es Christus getan hatte.

»Nun, Padre, was ist! Kommt dir niemand zu Hilfe?« rief ihm der Dolmetscher zu, der unbemerkt an seine Seite getreten war. »Rechts und links nur Spott und Hohn. Du bist zwar für sie in unser Land gekommen, aber mir scheint, nicht ein einziger braucht dich. Ein nutzloser Mensch, nutzlos bist du!«

»Es könnte sein, daß unter jenen Leuten«, antwortete der Priester laut und maß den Dolmetscher vom Rücken des Pferdes herab mit seinen blutunterlaufenen Augen, »manche in ihrem Herzen beten.«

»Noch etwas: In Nagasaki gab es früher elf Kirchen und zwanzigtausend Gläubige. Die können nicht spurlos verschwunden sein! Sicher sind unter dieser Menge auch ehemalige Christen, aber gerade die wollen ihrer Umgebung dadurch, daß sie dich auf diese Weise beschimpfen, ihre Abkehr vom Glauben beweisen.«

»Je mehr du mich erniedrigen willst, desto größer wird mein Mut!«

»Heute nacht...«, der Dolmetscher schlug lachend mit seiner Hand auf den Bauch des ungesattelten Pferdes. »Ich sag' dir etwas, heute nacht fällst du ab, das hat Herr Inoue unmißverständlich prophezeit. Herr Inoue hat sich noch niemals geirrt, wenn es um den Zeitpunkt ging, zu dem ein Padre abfällt. Auch bei Sawano nicht ... und auch nicht bei dir...«

Voll Selbstvertrauen rieb sich der Dolmetscher die Hände und wandte dem Priester den Rücken zu. Nur seine letzten Worte »Auch bei Sawano nicht...« hallten

in den Ohren des Priesters. Dem Priester schauderte auf dem nackten Pferderücken, und er versuchte, diese Worte zu verscheuchen.
Auf der anderen Seite der Bucht quollen hohe Wolkensäulen auf, deren Rand goldenes Licht umsäumte. Weiß und riesig erinnerten ihn diese Wolken an ein Schloß im Himmel. Schon oft hatte er solche großen Wolkengebilde betrachtet, noch nie aber mit der Empfindung wie heute. Zum erstenmal dämmerte ihn die Schönheit jenes Liedes, das einst die japanischen Gläubigen sangen:
»Lasset uns wandern, lasset uns wandern,
zum Tempel des Paradieses lasset uns wandern!
Tempel des Paradieses, bist du auch fern …«
Seine einzige Stütze bildete die Gewißheit, daß auch den Herrn einst dieselbe Todesfurcht gepeinigt hatte, die ihn jetzt quälte. Wie gut, daß er in seiner Angst nicht allein war! Jene japanischen Bauern hatten, an Pfähle gebunden, einen vollen Tag lang die gleiche Pein ausgekostet, ehe sie in den »fernen Tempel des Paradieses« eingingen. Plötzlich durchdrang Freude wie heftiger Schmerz die Brust des Priesters, weil er bald mit Garpe, mit jenen Bauern und vor allem mit dem Herrn am Kreuz vereint sein würde. Das Antlitz des Herrn näherte sich ihm, Sein Bild stand jetzt klar vor ihm, so klar wie nie zuvor. Das Bild des leidenden Christus, des duldenden Christus. Er betete darum, daß sein eigenes Gesicht dem Antlitz des Herrn bald ganz nahe wäre.
Die Beamten ließen ihre Peitschen schwingen und vertrieben die Menschenmenge. Wie Fliegen drängten sich die Leute gehorsam zusammen; schweigend und ängstlich blickten sie der Prozession nach, die nun den Rückweg antrat. Allmählich ging der Nachmittag zu Ende, das Abendlicht verblaßte, funkelnd leuchtete das große rote Dach eines Tempels links vom Weg, der den Hügel hinabführte. Scharf stachen die Konturen der Berge unmittelbar der Stadt gegenüber in den Himmel. Auch jetzt flogen Pferdemist und Kieselsteine durch

die Luft und landeten auf den Wangen des Priesters. Der Dolmetscher, der neben dem Pferd einherschritt, wiederholte eindringlich. »Wirklich, es ist nichts Schlechtes, du brauchst nur zu sagen: Ich falle ab. Ich ersuche dich darum. Wenn du es tust, wird dich das Pferd nicht mehr in das Gefängnis bringen.«
»Wohin führt ihr mich?«
»Zum Magistrat. Ich habe nicht die Absicht, dich zu quälen. Es ist nichts Schlechtes, worum ich dich bitte. Du solltest nur sagen: Ich falle ab.«
Der Priester auf dem Pferderücken schwieg. Blut rann von der Wange herab auf das Kinn. Der Dolmetscher senkte den Kopf.

Als man den Priester in das stockfinstere Verlies stieß, empfing ihn ein durchdringender Gestank. Es war der Geruch von Urin. Da der Boden naß von Urin war, verharrte er reglos, bis er den Brechreiz überwunden hatte. Nicht lange, und er konnte tastend Wand und Boden unterscheiden; er begann zu gehen, aber stieß sofort an eine Wand. Als er beide Arme auszubreiten versuchte, trafen seine Finger gleichzeitig auf Mauern. Nun ahnte er, wie groß das Verlies war.
Er lauschte angespannt, vernahm jedoch nichts. Er hatte nicht die geringste Ahnung, wo eigentlich in Nagasaki der Magistrat residierte. Die Stille durchbrach keinerlei Geräusch, woraus er schloß, daß sich niemand in der Nähe befand. Als er probeweise mit den Fingern über die Holzwand fuhr, gerieten seine Fingerspitzen an irgendeine tiefe Einkerbung; er hielt dies zuerst für eine Fuge zwischen den Brettern, aber nach und nach schien die Vertiefung ihm eher eine Zeichnung zu sein. Immer wieder strich er darüber und erkannte schließlich, daß hier der Buchstabe *L* eingeritzt war. Daneben der Buchstabe *A. Laudate Deum.* Wie ein Blinder tastete der Priester weiter, aber er spürte nichts mehr.
Möglicherweise hatte ein Missionar, eingekerkert wie

er, für seine Nachfolger diese lateinischen Worte in die Wand geritzt. Auf jeden Fall war dieser Missionar nicht abgefallen, sondern hatte vor Glauben geglüht. Und hier, allein in der Dunkelheit, überwältigten den Priester seine Gefühle, und er begann zu weinen. Er glaubte sich bis zum Ende auf gewisse Weise beschützt.

Er hatte keine Ahnung, wie weit die Nacht fortgeschritten war. Nach der Runde durch die Straßen von Nagasaki hatte man ihn in den Magistratspalast gebracht, und lange Zeit stellten ihm ein unbekannter Beamter und der Dolmetscher immer wieder die gleichen Fragen, die man ihm schon oft gestellt hatte. Woher er gekommen sei. Wie viele Missionare sich in Makao befänden. Aber sie drängten ihn nicht mehr, dem Glauben zu entsagen. Sogar der Dolmetscher rührte nicht mehr daran und übersetzte nur die Worte des Vorgesetzten mit ausdrucksloser und amtlicher Miene. Ein anderer Beamter schrieb das Gesagte auf ein großes Papier. Nach Ende des sinnlosen Kreuzverhörs landete er in dieser Zelle.

Laudate Deum. Das Gesicht zur Wand gedrückt, malte er sich wie schon oft die Züge des Herrn aus. Der Priester versuchte, sich in der Einsamkeit das Antlitz Christi vor Augen zu rufen – wie ein junger Mensch in der Ferne der Gesichter seiner vertrauten Freunde gedenkt. Seit seiner Gefangennahme – und vor allem während der Nächte in jenem Gefängnis, hinter dem im Gehölz die Blätter rauschten – brannte das Antlitz des Herrn vor seinem inneren Auge. Auch jetzt, in der Dunkelheit, ist ihm das Antlitz ganz nahe; es schweigt zwar, aber die mit Sanftmut erfüllten Augen ruhen auf ihm. Wenn du leidest, scheint es aus dem Gesicht zu sprechen, leide ich an deiner Seite. Bis zuletzt bin ich bei dir.

Zugleich mit dem Antlitz Christi erinnerte sich der Priester auch an Garpe. Bald schon werde ich mit Garpe vereinigt sein. Manchmal kam es vor, daß er des Nachts im Traum Garpes schwarzen Kopf sah, wie er hinter dem Boot schwamm und dann unterging. Jedesmal übermannte ihn Scham, weil er die Gläubigen im Stich gelassen hatte. Es ging so weit, daß er sich oft bemühte, nicht mehr an Garpe zu denken, da er diese Scham nicht zu ertragen vermochte.

Nun ertönte weit entfernt eine Stimme. Es klang wie das Knurren, wenn sich zwei Hunde feindselig gegenüberstehen. Als er angespannt lauschte, verstummte das Geräusch wieder. Nach einer Weile hob es neuerlich an. Unwillkürlich lachte der Priester mit leiser Stimme. Denn er hatte erkannt, daß es sich um Schnarchen handelte. Ein Gefängniswärter mußte betrunken eingeschlafen sein.

Immer wieder setzte das Schnarchen eine Weile aus, einmal tönte es hoch, dann tief, es hörte sich an wie eine schlecht klingende Flöte. Er wußte nicht warum, aber es erschien ihm wie Hohn, daß jetzt, angesichts des Todes, ein anderer Mensch so unbekümmert schnarchte. »Warum ist das Leben nur groteske Ironie«, murmelte er vor sich hin.

Der Dolmetscher hat behauptet, ich schwöre heute nacht dem Glauben ab. Wenn der wüßte, wie gelassen ich bin!

Bei diesem Gedanken hob der Priester den Kopf ein wenig von der Wand und lächelte unbewußt. Das sorglose Gesicht des schnarchenden Gefängniswärters stand deutlich vor seinen Augen.

Wie der schnarcht, denkt er wohl nicht im Traum, ich könnte fliehen!

Er hatte keine Fluchtabsichten, dennoch versuchte er, um sich die Zeit zu verkürzen, mit beiden Händen an die Türe zu drücken. Da merkte er, daß ein Riegel die Türe versperrte und sie kein bißchen nachgab.

Rätselhaft blieb ihm, daß er zwar vom Verstand her die Nähe des Todes erfaßte, sein Gefühl dem Verstand aber keine Folge leistete.

Der Tod stand unmittelbar bevor. Wenn das Schnarchen aufhörte, umschloß den Priester die Stille der unheimlichen Nacht. Aber auch in dieser Stille vernahm er immer wieder undeutliche Geräusche. Die Finsternis wehte ihm mit einemmal die Furchtbarkeit des Todes ins Herz, so wie der Wind über Baumkronen streift. Die Hände geballt, brüllte er laut in die Nacht hinein: »Aaaaa, aaaaa!« Darauf wich die Todesangst zurück wie die Ebbe. Und drängte sich wieder heran. Verzweifelt versuchte er zu Gott zu beten, aber nichts berührte sein Herz als die verzerrten Züge des Herrn, von denen »Schweiß wie Blutstropfen zur Erde herunterrann«. Nicht einmal mehr der Gedanke, daß er dieselbe Todesfurcht erlitt wie einst der Herr, gereichte ihm zum Trost. Er wischte sich mit der Hand über die Stirne. Um sich abzulenken, schritt er innerhalb des engen Verlieses umher. Wenn er ruhig stand, konnte er die Angst nicht ertragen.

Schließlich vernahm er eine menschliche Stimme. Selbst wenn diese die Ankunft des Kerkermeisters bedeutete, der ihn zur Folter holte, so war das besser als die eiskalte Dunkelheit. Hastig legte der Priester das Ohr an die Tür, damit er wenigstens verstand, was diese Stimme sagte.

Es klang, als ob jemand schimpfte, ein anderer flehte, langsam kamen die Stimmen näher. Als der Priester diese Stimmen hörte, fiel ihm etwas ganz anderes ein. Daß nämlich die Angst der Menschen in der Dunkelheit auf einer instinktiven Furcht beruht. Solch törichte Gedanken gingen ihm durch den Sinn.

»Du brauchst nichts zu sagen! Verschwinden sollst du!« schrie der eine Mann.

Daraufhin rief der Gescholtene mit einer Stimme, die zu weinen schien: »Ich bin ein Christ. Laß mich zum Padre!«

Diese Stimme klang ihm vertraut. Sie gehörte Kichijiro.

»Laß mich zum Padre!«

»Prügel kriegst du, wenn du mich nicht in Ruhe läßt.«

»Ja, schlag mich, schlag mich!« Die Stimmen verwickelten sich wie Stricke, dann gesellte sich eine dritte Stimme hinzu. »Wer ist das?«
»Ich weiß nicht, irgendein Verrückter! Er ist ein Bettler. Seit gestern kommt er her und behauptet, ein Christ zu sein.«
Da hallte Kichijiros Stimme plötzlich laut durch das Gefängnis.
»Padre! Vergeben Sie mir! Seit damals gehe ich Ihnen dauernd nach, denn ich möchte, daß Sie mir die Beichte abnehmen. Vergeben Sie mir!«
»Was redest du? Gib nicht so an!«
Kichijiro erhielt Schläge, es klang, als ob Holz zerbräche.
»Padre, vergeben Sie mir!«
Der Priester schloß die Augen und flüsterte die Beichtgebete. Ein bitterer Geschmack haftete auf seiner Zunge. »Ich wurde schwach geboren. Menschen mit einem so schwachen Charakter können nicht Märtyrer werden. Was soll ich machen? Ach, warum bin ich denn geboren worden!«
Die Stimme brach ab, wie ein Windstoß aussetzt, dann ertönte sie leise. Mit einemmal sah der Priester vor seinem inneren Auge Kichijiro nach seiner Rückkehr auf Goto vor sich, als er der Liebling der Gläubigen gewesen war. Ohne Zweifel hätte jener Mann in einer Zeit ohne furchtbare Unterdrückung sein Leben als guter Christ beendet.
»Warum bin ich geboren worden? Warum... Warum...?« Der Priester steckte die Finger in die Ohren, um die Stimme ertragen zu können, die durch die Gänge gellte wie das Jaulen eines Hundes.
Obwohl er um Vergebung für Kichijiro gebetet hatte, ahnte er, daß das Gebet nicht aus der Tiefe seines Herzens kam. Er war nur seiner Pflicht als Priester nachgekommen. Darum klebte noch auf seiner Zunge ein bitterer Nachgeschmack. Der Groll auf Kichijiro

war zwar verraucht, aber unauslöschlich ruhte die Erinnerung an den Geruch des Trockenfisches, den ihm jener Mann zu essen gab, damit er ihn verraten konnte, und an den sengenden Durst nachher in seinem Gedächtnis. Zorn oder Haß beunruhigten ihn nicht mehr, aber die Verachtung vermochte er um keinen Preis aus seinem Herzen zu löschen. Wieder grübelte der Priester über die geringschätzigen Worte, die Christus für Judas gewählt hatte. Und gerade diese Stelle der Heiligen Schrift hatte ihn jedesmal gestört, denn sie blieb ihm unbegreiflich hart. Aber nicht nur diese Worte, die Bedeutung von Judas im Leben Jesu, überstieg sein Verständnis. Wieso hatte der Herr den Mann, der Ihn am Ende verriet, in die Schar seiner Jünger aufgenommen, wenn Er durchschaute, was Judas beabsichtigte? War nicht Judas eine Marionette im Dienst der Kreuzigung des Herrn?

Und außerdem ... außerdem, da doch der Herr die Liebe verkörperte, wie konnte Er Judas von sich stoßen? Hatte Er Judas, der sich am Feld des Blutes erhängte und in die Finsternis versank, einfach geopfert?

Solcherlei Zweifel tauchten seit jeher, schon in seiner Studienzeit als Theologe und auch später als Priester, auf wie schmutzige schwarze Wasserblasen in einem Sumpf. Jedesmal versuchte er diese Gedanken zu vertreiben, denn es waren Schatten auf seinem Glauben. In dieser Stunde bedrängten sie ihn so eindringlich, daß er sie nicht verjagen konnte.

Der Priester schüttelte den Kopf, er atmete tief. Bald nahte die Stunde des Urteils. Der Mensch vermag nicht alle göttlichen Geheimnisse zu erfassen, die die Bibel enthält. Der Priester aber wollte sie begreifen. Er wollte ihnen auf den Grund kommen.

»Heute nacht wirst du sicher abschwören«, hatte der Dolmetscher voll Selbstbewußtsein gesagt. Gerade so, wie der Herr zu Petrus gesprochen hatte: »Heute nacht, ehe der Hahn kräht, wirst du mich dreimal verleugnen.«

Noch ist die Morgendämmerung fern. Noch war die Stunde nicht gekommen, zu der die Hähne krähen.
Das Schnarchen begann wieder. Wie eine Windmühle, deren Schaufeln sich im Winde drehen! Der Priester versetzte sich auf den vom Urin nassen Boden, als wäre er ein Idiot. Welch rätselhafte Wesen sind doch die Menschen. Da schnarchte einer bald hoch, bald tief, ahnungslos gegenüber dem Grauen des Todes. Da schlief einer wie ein Schwein und schnarchte mit offenem Mund. Er glaubte das Gesicht des schlafenden Wächters vor sich zu sehen. Es glühte vom Genuß des Reisweins, dick, wohlgenährt, von Gesundheit strotzend und dennoch von schrecklicher Brutalität seinen Opfern gegenüber. Nicht eine aristokratische Grausamkeit kennzeichnete ihn, sondern jene Brutalität, die einfache Leute für Haustiere und ihnen Untergeordnete aufbringen. In Portugal auf dem Land hatte er selber diese Leute kennengelernt. Dieser Wächter verlor wahrscheinlich nicht einen einzigen Gedanken über die schmerzhaften Folgen seiner Taten für andere Menschen. Menschen dieser Art waren es auch, die den Mann ermordeten, dessen Gesicht das Kostbarste und Schönste war, was man erträumen konnte.
Auf einmal war er verärgert, daß sich in diese Nacht, die wichtigste seines Lebens, ein solch vulgärer Mißton mischte. Es kam ihm als Verhöhnung seines Lebens vor, und sein Lächeln erstarb. Statt dessen begann er mit den Fäusten an die Wand zu hämmern. Der Wächter erwachte jedoch nicht, so wie einst die Jünger gleichgültig gegenüber den Leiden des Herrn am Ölberg in tiefen Schlaf versunken waren. Erneut trommelte der Priester an die Wand, diesmal noch fester.
Nun hört er, daß ein Riegel herausgleitet. Von weitem nähert sich jemand mit eiligen Schritten.
»Was ist denn los? Was ist denn los, Padre?« Es war der Dolmetscher, jene Stimme, die ihn an eine Katze erinnerte, die mit der Beute spielt. »Du kannst es nicht

mehr aushalten? Wenn du von deinem Starrsinn abläßt, wird alles gut. Du brauchst nur zu sagen, daß du abfällst, und alles ist in Ordnung. Befreit wirst du sein und wie erlöst..., wie erlöst!«

»Nein, ich, es ist nur, dieses Schnarchen!« antwortete der Priester in der Finsternis.

Einen Augenblick schwieg der Dolmetscher wie verblüfft.

»Du glaubst wirklich, das ist Schnarchen? Das ... nein! Herr Sawano, haben Sie das gehört? Der Padre nennt das Schnarchen!«

Der Priester hatte keine Ahnung gehabt, daß hinter dem Dolmetscher Ferreira stand.

»Herr Sawano, sagen Sie es ihm!«

Endlich ertönte Ferreiras Stimme, leise und mitleidig, die gleiche Stimme, die der Priester vor langer Zeit jeden Tag vernommen hatte. »Das ist kein Schnarchen. Es ist das Stöhnen der Gläubigen, die in der Grube hängen!«

Ferreira stand reglos in der Dunkelheit wie ein altes Tier. Der Dolmetscher hingegen legte lange Zeit das Ohr an die fest verriegelte Tür, um zu hören, was in der Zelle vor sich ging. Schließlich erfaßte er, daß er nichts vernehmen würde, wie lange er auch lauschte, und mit rauher Stimme rief er nervös: »Ich denke doch, daß du nicht tot bist? Es ist kaum anzunehmen, daß ein Christ seinem Leben ein Ende bereitet, das er vom *Deus* erhalten hat. Herr Sawano, was jetzt kommt, ist Ihre Aufgabe!«

Er drehte sich um, und als er sich entfernte, hallten seine Schritte durch die Dunkelheit. Auch nachdem sie gänzlich verklungen waren, kauerte Ferreira wortlos, ohne eine Bewegung, gleich einem Gespenst. Sein Körper schien dünn wie Papier und klein wie der eines Kindes, so als ob man ihn mit einer Hand umfassen könne.

»Hör mich an«, sagte er dann zur Tür gewandt. »Hör mich an. Hörst du mich?«

Da keine Antwort kam, wiederholte Ferreira die gleichen Worte noch einmal.
»Irgendwo auf der Wand ... müssen Buchstaben sein, die ich eingeritzt habe. *Laudate Deum.* Wenn sie nicht schon abgerieben sind, so findest du sie auf der rechten Wand, ungefähr in der Mitte. Willst du sie nicht suchen?«
Aus der Zelle kam keine Antwort. Nicht die leiseste Erwiderung. Die pechschwarze Dunkelheit schien undurchdringlich.
»So wie du heute«, Ferreira betonte jedes Wort, »bin auch ich in diese Zelle eingesperrt worden. Die Nacht damals war noch schwärzer, noch kälter.«
Wie er es als Priester gewohnt war, preßte er seinen Kopf an die Bretterwand und lauschte dem Bekenntnis des alten Mannes. Auch ohne die Worte des alten Mannes wußte er, daß dies die schwärzeste Nacht war. Ferreiras Versuch, Anteilnahme zu erregen, indem er betonte, daß er selbst hier eingesperrt gewesen war, diesem Versuch mußte er Widerstand entgegensetzen.
»Ich hörte auch jene Stimmen. Das Stöhnen der Menschen, die in der Grube hängen.«
Sobald er verstummte, drang an die Ohren wieder das Schnarchen, bald hoch, bald tief. Nein, das war wirklich kein Schnarchen! Es war das Stöhnen von Menschen, die mit dem Kopf nach unten in einer Grube hingen.
Während er in dieser Dunkelheit gekauert war, stöhnten dort Menschen, denen Blut aus Nase und Ohren rann. Und er hatte das nicht erkannt und gelacht, ohne ein Wort des Gebetes für sie zu finden. Dieser Gedanke stürzte den Priester vollkommen in Verwirrung. Er hatte jenes Stöhnen als Verhöhnung empfunden, hatte die Stimme erhoben, hatte gelacht! Und hochmütig hatte er sich eingebildet, er erdulde in dieser Nacht die gleiche Pein wie der Herr. Dabei existierten in seiner unmittelbaren Nähe Menschen, die noch ärgere Qualen durchschritten als er.

Wie konntest du dich nur so irren? murmelte in seinem Kopf eine Stimme, die nicht ihm gehörte. Bist du denn ein Priester? Ein Priester, der Schmerzen der anderen auf sich nimmt?
Und er wollte aufschreien: O mein Gebieter, warum täuschst Du mich sogar in diesem Augenblick?
»Ich gravierte die Worte in die Wand. *Laudate Deum*«, wiederholte Ferreira. »Findest du sie nicht? Such sie!«
»Ich habe sie gefunden«, rief der Priester zornig und brach sein Schweigen. »Schweigen Sie! Sie haben nicht das Recht, so zu sprechen.«
»Ich habe nicht das Recht? Sicher habe ich nicht das Recht. Nachdem ich eine ganze Nacht lang jenes Stöhnen in den Ohren hatte, konnte ich Gott nicht mehr loben. Ich bin nicht abgefallen, weil ich in die Grube gehängt wurde. Drei Tage lang ... habe ich in einem Loch gehangen, mit dem Kopf nach unten in einem Loch voll fauliger Exkremente. Aber ich sagte nicht ein Wort, das Gott verraten hätte.« Ferreira erhob seine Stimme, es klang wie Geheul: »Weißt du, warum ich abgefallen bin? Hör zu! Man warf mich hier hinein. Und Gott tat nichts, um jenen zu helfen, deren Stöhnen mir da in die Ohren drang. Ich betete voll Verzweiflung, aber Gott tat nichts. Das ist der Grund.«
»Schweigen Sie!«
»Gut! Bete! Diese Christen leiden unerträgliche Schmerzen, die du dir nicht einmal vorstellen kannst. Seit gestern. Schon seit langer Zeit. Auch in dieser Stunde. Warum müssen sie so leiden? Du unternimmst nichts. Und auch Gott tut nichts dagegen!«
Der Priester schüttelte den Kopf, als ob er den Verstand verloren hätte, und steckte die Finger in seine Ohren. Aber schonungslos drangen Ferreiras Stimme und das Stöhnen in seine Ohren. Hör auf! Hör auf! O mein Gebieter! Jetzt müßtest Du dein Schweigen brechen. Du darfst nicht länger schweigen. Du mußt etwas sagen, um zu beweisen, daß Du die Wahrheit bist und das Gute

bist, daß Du die Liebe verkörperst, Du mußt etwas sagen, um der Welt und den Menschen darzutun, daß Du existierst.
Wie die Schwingen eines Vogels einen Schiffsmast streifen, zog ein mächtiger Schatten über sein Herz. Die Schwingen dieses Vogels trugen Erinnerungen herbei, Erinnerungen an die Gläubigen, die er sterben sah. Auch da hatte Gott geschwiegen. Auch über dem Meer, auf das der Regen fiel, war Gott stumm geblieben. Auch als der einäugige Mann im Hof, auf den die Sonne niederbrannte, getötet wurde, hatte Er kein Wort gesagt. Damals jedoch war der Priester noch fähig, dies hinzunehmen, oder besser gesagt, nicht hinzunehmen, sondern die entsetzlichen Zweifel zu verdrängen, ihnen nicht ins Gesicht zu blicken. Jetzt aber war es anders. Dieses Stöhnen klagt Dich an, o Gott! Warum schweigst Du immer?
»Im Innenhof«, flüsterte Ferreira traurig, »hängen drei arme Christen. Sie hängen, seitdem man dich hierher gebracht hat.«
Der alte Mann log nicht. Wenn er angestrengt hinhörte, vernahm er nicht eine einzige Stimme, bald hoch und bald tief, sondern aus verschiedenen Richtungen verschlangen sich wirr hohe und tiefe Klagelaute.
»In der Nacht, die ich hier verbrachte, hingen fünf Leute draußen. Fünf Stimmen, vom Wind ineinander verflochten, drangen an meine Ohren. Der Beamte sagte: Wenn du den Glauben abwirfst, ziehen wir die Leute sofort aus dem Loch, lösen ihre Stricke und versorgen sie mit Medikamenten. Ich antwortete: Und warum schwören die Leute nicht ab? Da belehrte mich der Beamte lachend: Sie haben schon wiederholt versichert, sie hätten den Glauben aufgegeben. Aber wir können jene Bauern nur retten, wenn du auch abfällst.«
»Sie«, sagte der Priester tränenerstickt, »Sie hätten beten sollen!«
»Gewiß habe ich gebetet. Die ganze Zeit habe ich

gebetet. Aber ein Gebet lindert die Qualen nicht. Hinter den Ohren der Leute hat man kleine Löcher gebohrt. Aus diesen Öffnungen, aus Mund und Nase rinnt Blut heraus. Ich kenne diese Qualen, denn ich habe sie am eigenen Leib erlebt. Ein Gebet lindert diese Schmerzen nicht.«

Den Priester schauderte. Er erinnerte sich deutlich an die Narbe, die ihm Ferreira bei ihrem Treffen im Saishoji unter den Schläfen gezeigt hatte. Sogar die braune Färbung der Narbe sah er vor sich. Als ob er dadurch diese Vision vertreiben könnte, schlug er immer wieder mit seinem Kopf an die Wand.

»Diese Leute werden für ihre irdischen Schmerzen mit der ewigen Seligkeit belohnt.«

»Betrüge dich nicht selbst!« sagte Ferreira ruhig. »Mit schönen Worten suchst du Ausflüchte für deine Schwäche.«

»Meine Schwäche!« Der Priester schüttelte ohne Überzeugung den Kopf. »Das stimmt nicht. Ich glaube an die Erlösung dieser Leute.«

»Aber du machst dich selbst wichtiger als die anderen, weil dir am meisten an deiner eigenen Erlösung liegt. Wenn du sagst, daß du den Glauben aufgeben willst, zieht man sie aus der Grube. Ihre Qualen haben ein Ende. Aber du willst nicht abschwören. Denn du willst die Kirche nicht verraten. Du willst kein Schandfleck werden wie ich.« Ferreiras Stimme, die zornig geklungen hatte, wurde allmählich leiser. »Auch ich habe das erlebt. Auch ich fühlte in jener finsteren und eiskalten Nacht das gleiche wie du jetzt. Aber wo bleibt die Liebe? Ein Priester sollte dem Beispiel Christi folgen. Wenn Christus hier wäre...«

Einen Moment schwieg Ferreira, aber dann sprach er klar und eindringlich weiter: »Christus hätte für sie ganz bestimmt abgeschworen.«

Es begann zu tagen. Sogar bis in dieses Verlies herein, das bisher Dunkelheit angefüllt hatte, drang ver-

schwommen blaßweißes Licht. »Christus hätte ganz sicher auf den Glauben verzichtet, um die Menschen zu retten.«
»Nein, nein, niemals.« Der Priester schlug die Hände vor das Gesicht, durch seine Finger drangen mühsam die Worte. »Nein, niemals!«
»Christus hätte auf den Glauben verzichtet aus Liebe. Selbst wenn Er sich ganz aufgeopfert hätte!«
»Hören Sie auf, mich zu martern! Gehen Sie weg! Weit weg!« Der Priester weinte laut.
Mit einem dumpfen Geräusch löste sich der Riegel, die Tür ging auf. Durch die offene Tür kam das weiße Morgenlicht herein.
»Nun!« sagte Ferreira, und sanft legte er die Hand auf die Schulter des Priesters. »Noch nie hat einer aus Liebe so viel gelitten wie du!«
Taumelnd schleppte sich der Priester dahin. Ferreira schob ihn vorwärts. Der Gang schien ewig geradeaus zu führen. Am Ende standen zwei Beamte und der Dolmetscher wie drei schwarze Puppen.
»Herr Sawano, ist es vorbei? Kann ich das Christusbild vorbereiten?«
Der Dolmetscher stellte die Kiste, die er kaum auf den Armen zu halten vermocht hatte, auf den Fußboden, hob den Deckel auf und nahm ein großes hölzernes Brett heraus.
»Noch nie hat ein Mensch aus Liebe so sehr gelitten wie du...«, flüsterte Ferreira noch einmal in die Ohren des Priesters. »Die Kirche wird dich verurteilen. So wie sie mich verurteilt, wirst du von ihr vertrieben werden. Aber es gibt größere Dinge als die Kirche, als die Mission. Das, was du jetzt tust...«
Das Christusbild lag nun zu seinen Füßen. In das dünn mit Schmutz bedeckte aschfarbene Holzbrett, auf dem die Fasern in kleinen Wellen liefen, hatte man ein einfaches Kupfermedaillon eingesetzt. Darauf war, die mageren Arme ausgebreitet, die Dornenkrone auf dem

Haupt, Christi häßliches Antlitz.
Mit gelben, trüben Augen sah der Priester auf das Antlitz des Herrn, das er, seit er in dieses Land gekommen war, zum erstenmal vor sich hatte.
»Nun!« sagte Ferreira. »Nur Mut!«
O nein Gebieter! Lange Zeit, unzählige Tage, habe ich mir Dein Antlitz vorgestellt. Besonders, seit ich in dieses Land Japan gekommen bin. Als ich mich in den Bergen von Tomogi verbarg, als ich das Meer im Boot überquerte, in den Nächten in jenem Gefängnis. An Dein Antlitz dachte ich bei jedem Gebet, Dein segnendes Antlitz fiel mir ein, wenn ich einsam war, Dein mit dem Kreuz beladenes Antlitz erwachte am Tag meiner Verhaftung zu neuem Leben, Dein Antlitz, eingebrannt in meine Seele, lebt in meinem Herzen als das Schönste, das Erhabenste auf dieser Welt. Und darauf soll ich jetzt treten!
Verschwommenes Licht der Morgendämmerung. Es fiel auf den entblößten Hals des Priesters und auf dessen Schultern mit dem knochigen Schlüsselbein. Der Priester hob das Heiligenbild mit beiden Händen in die Höhe und brachte es nahe an sein Gesicht. Sein eigenes Gewicht wollte er an dieses von zahlreichen Menschen getretene Antlitz drücken. Der Herr auf dem Bild starrte, infolge der Tritte zahlloser Menschen abgenützt und eingesunken, den Priester mit einem gleichsam traurigen Blick an. Aus Seinen Augen schien eine Träne herabzufallen.
»Oh«, zitterte der Priester. »Dieser Schmerz!«
»Es ist nur eine Formalität. Was gilt so eine leere Geste denn!« drängte der Dolmetscher aufgeregt. »Es genügt, wenn du der Form halber darauf trittst.«
Der Priester hob den Fuß. Er fühlte in den Beinen einen dumpfen, schweren Schmerz. Das war nicht nur eine Geste. Er selbst trat jetzt auf das, was er in seinem Leben für das Schönste gehalten und an das er als an das Reinste geglaubt hatte, auf das, was alle Träume und

Ideale der Menschen erfüllt. Wie dieser Fuß schmerzte! Tritt nur auf mich! sagte der Herr auf der Kupferplatte zum Priester. Tritt nur auf mich! Ich kenne die Schmerzen deiner Füße. Tritt nur! Um von euch getreten zu werden, wurde ich in diese Welt geboren, um eure Schmerzen zu teilen, nahm ich das Kreuz auf die Schultern.
Der Priester setzte seinen Fuß auf das Bild. Es dämmerte. Und in der Ferne krähte ein Hahn.

9

In diesem Sommer gab es wenig Regen.
Wenn sich abends der Wind legte, glich Nagasaki einem Dampfbad. Das Licht der Dämmerung, das von der Meeresbucht auf die Stadt strahlte, drückte hitzeschwer auf die Bewohner. Die Ochsenkarren, die beladen mit Strohsäcken von der Landstraße in die Stadt hereinrollten, wirbelten gleißend weißen Staub auf. Und über der ganzen Stadt lag der Gestank von Kuhmist.
Um die Mitte des Monats hingen wieder Laternen von den Enden der Dachtraufen. An den großen Geschäften befestigte man ebenfalls Laternen, doch diese waren mit Blumen, Vögeln und Insekten bemalt. Noch war es nicht dunkel, aber die Kinder konnten es nicht erwarten, sie reichten einander die Hände und sangen:
»O Lampion, bei, bei, bei.
Wer einen Stein drauf wirft, dem fault die Hand!
O Lampion, bei, bei, bei.
Wer einen Stein darauf wirft, dem fault die Hand!«
Ans Fenster gelehnt summte der Priester die Melodie dieses Liedes mit. Er verstand zwar den Sinn des Kinderliedes nicht, aber die Weise schien ihm wehmütig. Ob das am Lied lag oder an dem Herzen, das ihm lauschte, wußte er selbst nicht. Im Haus gegenüber ordnete gerade eine Frau, deren langes Haar hinten zusammengebunden war, eine Gabe aus Pfirsichen,

Brustbeeren oder Bohnen auf dem Opferregal. Es war der Ahnenaltar, und diese Zeremonie gehörte zu den Bräuchen, die die Japaner in dieser Nacht ausführten, um die Seelen, die da in jedes Haus zurückkehrten, zu beruhigen. Dies war für den Priester nichts Neues. Er wußte nicht, wieso ihm das gerade jetzt einfiel, aber auf jeden Fall war das Bon-Fest in dem Wörterbuch, das er von Ferreira erhalten hatte, mit »festa dos finados« übersetzt.

Als die Kinder, die Hand in Hand spielten, ihn an das Gitterfenster gelehnt sahen, spotteten sie wie aus einem Mund: »Abgefallener Paulus, abgefallener Paulus!« Einige warfen sogar Steine durch das Fenster.

»Ihr schlimmen Kinder!« schalt die Frau mit dem langen Haar die Kinder und scheuchte sie davon. Traurig lächelnd sah er ihnen nach. Er dachte an das Allerseelenfest in Lissabon und dessen Ähnlichkeit mit dem Bon-Fest. Auch in Lissabon wurden Kerzen in die Fenster gestellt.

Das Haus, in dem er wohnte, befand sich in Sotouramachi. In einer der vielen Straßen, in denen die Hausdächer von beiden Straßenseiten zusammenzustoßen scheinen. Direkt hinter seiner Gasse begann das Böttcherviertel, und den ganzen Tag schallte das trockene Tapptapptapp der Schlegel in seine Ohren. Auf der gegenüberliegenden Seite erstreckte sich das Viertel der Färber. An schönen Tagen flatterten indigoblaue Tücher wie Fahnen im Wind. Alle Häuser waren mit Brettern oder Schilf gedeckt. Geschäfte mit Ziegeldächern wie in den belebten Straßen um Maruyama gab es hier kaum. Es war ihm untersagt, ohne Erlaubnis des Magistrats das Haus zu verlassen. In müßigen Stunden tröstete er sich, indem er ans Fenster gelehnt die Leute auf der Straße beobachtete. Am Morgen eilen Frauen, Körbe mit Gemüse auf dem Kopf balancierend, aus Omura und Isahaya vorbei in die Stadt. Um die Mittagszeit ziehen Männer durch seine Gasse, sie tragen nur einen Lendenschurz, singen Lieder mit lauter Stimme, und ihre mageren Pferde tragen schwere Lasten. Am Abend steigen Mönche mit bimmelnden Glöckchen den Hang hinab. Alle diese Szenen des japanischen Alltags beobachtete er, als ob er sie sich einprägen müßte, um in seinem Heimatland davon zu erzählen. Wenn ihm dann einfällt, daß er niemals mehr in die Heimat zurückkehren wird, erscheint auf seinen hohlen Wangen langsam ein Lächeln schmerzlicher Resignation. In solchen Minuten quillt die selbstzerstörerische Empfindung »Was macht das schon aus!« in seiner Brust herauf. Er hat keine Ahnung, ob die Missionare in Makao und Goa bereits von seiner Abkehr vom Glauben Kunde erhalten haben. Aber es ist denkbar, daß sich die Geschichte seines Abfalls über die holländischen Kaufleute, die sich in Deshima vor Nagasaki aufhalten dürfen, schon bis nach Makao herumgesprochen hat, und in diesem Fall hat ihn die Missionskirche bereits in Acht und Bann getan.

Man verstieß ihn nicht nur aus der Missionskirche, sondern sprach ihm auch alle Rechte als Priester ab, und sicherlich betrachtete ihn die Geistlichkeit als Schandfleck. Aber das war gleichgültig. Was hieß das schon! Nicht jene, der Gebieter allein wird mich richten. Er schüttelte den Kopf und biß sich auf die Lippen.

Manchmal jedoch weckte ihn diese Vorstellung mitten in der Nacht aus dem Schlaf und zerriß sein Herz wie mit scharfen Klauen. Ohne es zu wollen, stöhnte er laut auf, sprang aus dem Bett. Vor seine Augen drängte sich das Bild eines kirchlichen Gerichtsverfahrens – es sah aus wie das Jüngste Gericht, das die Offenbarung schildert.

Was wißt denn ihr! Ihr Vorgesetzten in Europa, in Makao! Und in der Dunkelheit verteidigte er sich vor ihnen. Ihr lebt euer behagliches Leben, die Religion verbreitet ihr an friedlichen und sicheren Orten! Dort, wo ihr seid, toben nicht die Stürme der Unterdrückung und Folter. Weil ihr im sicheren Hafen seid, verehrt man euch als vorbildliche Diener des Herrn. Feldherren seid ihr, die ihre Soldaten auf das wilde Schlachtfeld schicken und sich selbst am Lagerfeuer wärmen. Kann ein solcher Feldherr die Soldaten zur Rechenschaft ziehen, weil sie in Gefangenschaft gerieten?

Nein. Das sind Ausflüchte. Ich betrüge mich selbst. Schwach bewegte der Priester den Kopf. Warum nur kann ich diese gräßliche Selbstverteidigung nicht lassen? Ich fiel. Aber, mein Gebieter! Du allein weißt, daß ich den Glauben nicht aufgegeben habe. Die Geistlichkeit wird fragen, warum hast du den Glauben verleugnet? Weil du dich davor gefürchtet hast, in die Grube gehängt zu werden? Ja. Weil du es nicht ertragen konntest, das Stöhnen jener Bauern, die in der Grube litten, zu hören? Ja. Und weil du an die Versprechung glaubtest, daß jene bemitleidenswerten Kreaturen erlöst würden, wenn du selbst abschwörst, der Versprechung, mit der dich Ferreira in Versuchung führte? Ja. Doch möglicherweise hast du unter dem Vorwand, aus Liebe zu handeln, nur deine eigene Schwäche legitimiert. Ich gebe das alles zu. Ich verstecke meine Schwäche nicht mehr. Ihr werdet fragen, wo der Unterschied ist zwischen Kichijiro und mir. Aber ich weiß, daß der Gott, den die Geistlichen in der Kirche lehren, sich unterscheidet vom Gebieter, dem ich vertraue.

Wie eingebrannt haftete die Erinnerung an das Heiligenbild hinter den Augenlidern des Priesters. Das Holzbrett, das der Dolmetscher vor seine Füße legte. Es sah ganz anders aus als das Antlitz Christi, wie es dem Priester in Portugal, in Rom, in Goa, in Makao vor Augen getreten war. Aus diesem Antlitz Christi strahlte weder Würde noch Stolz. Dieses Antlitz prägte kein edler Schmerz. Es war kein Antlitz, das, die Versuchung zurückweisend, überfloß von unerschütterlicher Willenskraft. Abgemagert und erschöpft lag dieses Antlitz des Herrn zu seinen Füßen.

Die Füße vieler Japaner, die schon daraufgestiegen waren, hatten auf dem Brett, das die Kupferplatte umrahmte, die Spuren ihrer schmutzigen Zehen hinterlassen. Und weil man schon so oft auf das Gesicht getreten hatte, war es eingesunken und verwischt. Das ausgehöhlte Antlitz wandte sich schmerzerfüllt zu ihm empor. Und die Augen, die so gepeinigt zu ihm hinaufschauten, beschworen ihn: Tritt ruhig! Tritt ruhig! Denn ich bin da, um von euch getreten zu werden.

Täglich wurde er vom Bezirksvorsteher kontrolliert. Der Bezirksvorsteher, dem die Angelegenheiten des ganzen Viertels unterstanden, brachte ihm einmal im Monat frische Kleider und brachte ihn zum Magistrat. Bisweilen geschah es auch, daß er über den Bezirksvorsteher eine Vorladung zu einem Beamten des Magistrats erhielt.
Bei solchen Gelegenheiten zeigte man ihm irgendwelche Dinge, die die Japaner nicht kannten, und er hatte zu erklären, ob sie etwas mit dem Christentum zu tun hatten oder nicht. Nur er oder Ferreira vermochten sofort zu bestimmen, was von den vielen fremdartigen Gütern, die die Ausländer aus Makao mitbrachten, dem Christentum diente. Hatte er diese Arbeit beendet, so überreichte man ihm Geld oder Kuchen als Dank des Magistrats für die geleisteten Dienste.
Die Beamten im Magistrat in Motohakatamachi und auch jener Dolmetscher begegneten ihm stets mit Höflichkeit. Niemals wurde er demütigend oder als Verbrecher behandelt. Der Dolmetscher schien die Ereignisse vollkommen aus seinem Gedächtnis gewischt zu haben. Er und auch der Priester zeigten ein Lächeln, als ob nie etwas geschehen wäre. Trotzdem aber brannten in dem Augenblick, da er das Magistratsgebäude betrat, die Erinnerungen, die man zu beschwören vermied, durch sein Herz. Besonders haßte er es, durch das Vorzimmer

zu gehen, von wo man den dunklen Gang sah, der in den Innenhof führte. Dort war er an jenem weißen Morgen in den Armen von Ferreira gewankt. Jedesmal, wenn er vorbeikam, suchten seine Augen eilig diesem Anblick zu entfliehen.
Es war ihm verboten, Ferreira zu treffen, wann er wollte. Er wußte, daß Ferreira in einem Tempelbezirk in der Nähe des Saishoji wohnte, aber er durfte weder Besuche machen noch welche empfangen. Sie begegneten einander nur, wenn er sich mit demBezirksvorsteher zu seiner monatlichen Visite im Magistrat begab. Auch Ferreira wurde vom Bezirksvorsteher begleitet. Beide trugen Kimonos, die sie vom Magistrat erhalten hatten. Die Begrüßung war knapp und mußte in Japanisch abgehalten werden, damit die Bezirksvorsteher sie ebenfalls verstanden.
Wenn sie sich im Magistratsgebäude begegneten, schien Vertrautheit zu bestehen. Die wirklichen Gefühle gegen Ferreira vermochte er aber mit Worten nicht auszudrücken. Sie umfaßten alle Empfindungen, die zwischen zwei Menschen möglich sind. Haß hegten sie und gegenseitige Verachtung. Der Grund seines Hasses war nicht, daß Ferreira ihn zum Abfall verleitet hatte. Deswegen grollte er ihm nicht. Er haßte ihn, weil Ferreira die eigene tiefe Wunde vor seine Augen hielt. Ferreira stand vor ihm wie ein unerträgliches Spiegelbild, aus dem ihm sein eigenes widerwärtiges Gesicht entgegenblickte – Ferreira im japanischen Gewand, Ferreira japanische Worte auf den Lippen, Ferreira ausgestoßen aus der Kirche.
»Hahaha«, lachte Ferreira unterwürfig zum Beamten hin. »Cocks vom holländischen Handelshaus ist schon nach Edo abgereist, wie ich letzten Monat auf Deshima hörte.«
Schweigend lauscht er Ferreiras heiserer Stimme, starrt aus seinen tiefliegenden Augen auf die mageren Schultern. Auf diese Schultern fällt das Sonnenlicht, wie bei

ihrem ersten Treffen im Saishoji. Aber nicht nur Verachtung und Haß empfindet er für Ferreira. Auch Mitleid mischt sich dazu, denn sie teilen das gleiche Los, ein Mitleid, das Selbstmitleid beinhaltet. Die Augen auf Ferreiras Rücken fixiert, sinniert er, daß sie beide häßlichen Zwillingen ähnlich sind. Zwillinge, die hassen und verachten und sich doch nicht trennen können – unzertrennliche Zwillinge.

Als die Abenddämmerung hereinbricht, sind ihre Geschäfte beim Magistrat erledigt. Fledermäuse flattern zwischen Tor und Bäumen, streifen über den trüben, violetten Himmel. Die Bezirksvorsteher deuten sich mit den Augen ein »Auf Wiedersehen!« und gehen mit den Fremden, für die sie die Verantwortung tragen, in entgegengesetzte Richtungen. Im Gehen wendet er sich heimlich nach Ferreira um. Auch Ferreira blickt zu ihm zurück. Bis zum nächsten Monat treffen sie sich nicht mehr. Bis zum nächsten Monat können sie sich nicht mehr in die Verlassenheit des anderen vertiefen.

10

Aus dem Tagebuch von Jonasen, einem Angestellten der holländischen Handelsfirma auf Deshima, Nagasaki.

Juli 1644 (sechster Monat des ersten Jahres Shoho)

3. Juli
Drei chinesische Dschunken liefen aus. Da die Abreise der Lilo für den fünften freigegeben wurde, müssen morgen Silber, Munition und gemischte Güter auf das Schiff gebracht und alle Reisevorbereitungen beendet werden.

8. Juli
Endgültiger Rechnungsabschluß mit den Kaufleuten, Münzrichtern, Landeigentümern und Herrn Shiroemon; außerdem wurde auf Befehl des Firmendirektors der Bestellschein zur Vorbereitung der Waren zum nächsten Termin für die holländische Koromandel-Küste und Siam geschrieben.

9. Juli
Im Haus eines hiesigen Bürgers entdeckte man ein Bild der heiligen Maria, worauf die Bewohner des Hauses sofort eingekerkert und einem Kreuzverhör unterzogen

wurden. Man machte den Verkäufer ausfindig und befragte auch ihn. An dem Verhör sollen der vom Christentum abgefallene Pater Chuan Sawano sowie der ebenfalls abtrünnig gewordene portugiesische Pater Rodrigo teilgenommen haben.
Vor drei Monaten entdeckte man im Haus eines Bürgers von Nagasaki eine kleine Münze unter dessen Besitztum, auf der das Bild eines Heiligen eingraviert war. Die ganze Familie kam in Gefangenschaft, und man folterte sie auch, um ihren Abfall vom Christentum zu erreichen, aber sie sollen alle standhaft geblieben sein. Der abtrünnige portugiesische Pater Rodrigo, der dabei war, bat beim Magistrat wiederholt für das Leben der Familie, aber man erhörte ihn nicht und verurteilte sie zum Tode. Wie berichtet wird, schor man dem Ehepaar und den zwei Kindern die Köpfe zur Hälfte, setzte sie auf ein mageres Pferd und führte sie vier Tage lang durch die Stadt. Wie ich hörte, unterzog man das Ehepaar vor kurzem der Grubenfolter, wobei die Söhne zuschauen mußten. Diese warf man nachher wieder in den Kerker.
Abends. Im Hafen lief eine chinesische Dschunke ein. Die Ladung besteht aus Zucker, Porzellan und einer geringen Menge Seide.

1. August
Ankunft einer chinesischen Dschunke mit gemischten Waren aus Fuchow. Um etwa zehn Uhr bemerkte der Wächter ungefähr sechs Meilen außerhalb der Bucht von Nagasaki ein Segelschiff.

2. August
Am Morgen machte man sich an die Löschung der Waren des gestern abend eingelaufenen Schiffes. Die Arbeit ging glatt vonstatten.
Um die Mittagszeit suchten mich Abgesandte des Magistrats, nämlich der Sekretär des Gouverneurs und ein Dolmetscher, in meinem Büro auf, und sie verhörten

mich über zwei Stunden lang. Der Grund dafür war, daß die zwei vom Christentum abgefallenen Padres aus Portugal in Nagasaki, Chuan Sawano und Rodrigo, dem Magistrat mitgeteilt hätten, man habe in Makao beschlossen, Padres in einem holländischen Schiff von Indien nach Japan zu schicken.
Chuan Sawano behauptete weiter, daß die Kirche in Zukunft die Padres nach Japan einschleusen wolle, indem man sie pro forma auf den Schiffen der Holländer für niedrige Arbeit anstellen ließ. Sollte dies zutreffen, würde das die Firma in äußerste Schwierigkeiten bringen, warnte uns der Sekretär und ermahnte uns zu höchster Vorsicht. Es würde den Ruin für die Holländer in Japan bedeuten, wenn man in Zukunft einen Pater ergreife, der wegen der strengen Bewachung keinen anderen Weg fänden, an Land zu gehen, als sich von einem unserer Schiffe heimlich einzuschleichen. Da die Holländer der Gerichtsbarkeit Seiner kaiserlichen Majestät und Japans unterlägen, müßte man sie wie Japaner bestrafen. Dann überreichte er folgendes Memorandum in japanischer Schrift, das er mit vom Magistrat überstellte.

Pater Sawano, vom Fürsten von Hakata im vorigen Jahr festgenommen, sagte vor den höchsten Behörden in Edo aus, daß sich unter den Holländern hier wie auch in Holland selbst zahlreiche Anhänger der Kirche von Rom befänden. Weiter gab er zu Protokoll, daß in Kambodscha Holländer Padres besucht hätten, um ihnen ihre Zugehörigkeit zum gleichen Glauben zu eröffnen. Es sei beschlossen worden, Padres in Europa als Schiffsleute oder Angestellte der Firma zu heuern und sie auf den Schiffen der Firma nach Japan zu bringen. Der Magistrat konnte dieser Behauptung keinen Glauben schenken und hielt Sawano vor, er versuche den Erzfeinden der Portugiesen und Spanier, nämlich den Holländern und Engländern, Schwierigkeiten zu bereiten, aber Chuan Sawano beharrte auf seiner Darstellung. Aus diesem Grund sieht sich der Magistrat bemüßigt, dem Kapitän den strengen Befehl zu erteilen, sofort zu klären, ob sich unter der Besatzung des im Hafen liegenden Schiffes römisch-katholische Christen befinden. In diesem Fall soll unverzüglich Meldung gemacht werden. Wenn in Zukunft ein Anhänger der römisch-katholischen Kirche nach Japan übersetzt, ohne den Magistrat davon zu unterrichten, so wird dies dem Kapitän zu außerordentlichem Nachteil gereichen.

3. August
Am Abend Beendigung der Löschung des erwähnten Schiffes. Auf Anfrage des Magistrats, ob sich auf dem Schiff kein Artillerist aufhielte, welcher einen Mörser handhaben könne, schickte ich den Hilfsangestellten der Firma, Paulus Ver, zum Schiff, damit er sich erkundige; er erfuhr nur, daß es niemanden gab, der dem Magistrat zu dienen vermochte, und ich übermittelte eine Antwort in diesem Sinne. Daraufhin befahl der Gouverneur, es ihn wissen zu lassen, falls in Zukunft auf einem anderen Schiff jemand auftauche, der der Handhabung des Mörsers kundig wäre.

4. August
Am Morgen erschien Herr Honjo, ein hoher Beamter des Gouverneursamtes, auf dem Schiff und durchsuchte es bis zur letzten Schachtel im äußersten Winkel. Diese strenge Nachforschung verdanken wir der Aussage von in Nagasaki lebenden ehemaligen Padres, die vor den obersten Behörden angaben, unter den Holländern lebten auch römisch-katholische Christen, welche auf holländischen Schiffen nach Japan gereist seien. Der Beamte sagte, vor dem Auftreten dieser neuen Verdachtsmomente hätte man die Absicht gehabt, die Kontrollen zu lockern. Dies erklärte er auch den Offizieren des Schiffes. Auf ihr Geheiß begab ich mich selbst zum

Schiff und erklärte in Gegenwart der Japaner der Schiffsbesatzung, sie sollten, falls sich jemand auf dem Schiff verberge, der Beziehungen zur römisch- katholischen Kirche hege, diesen anzeigen, ohne sich vor einer Anklage fürchten zu müssen. Sie antworteten, sie wüßten von keinem Katholiken, und ich las ihnen die Verordnungen und Gesetze vor, denen sich die Seeleute zu unterwerfen haben. Als Herr Honjo den Inhalt des Gesagten zu wissen verlangte, gab ich ihm Auskunft, worauf er erwiderte, er werde dies alles dem Magistrat mitteilen und ihn beruhigen. Daraufhin kehrte er mit seinem Gefolge zurück. Am Abend Ankunft einer Dschunke aus Chüanchow. Die Ladung besteht großteils aus bedruckter Seidengaze, gemustertem Satin, Seidenkrepp und anderen Stoffen, Waren, die insgesamt auf achtzig Kan geschätzt wurden, außerdem noch Zucker und verschiedene andere Waren.

7. August
Die zwei Knaben – die Hinrichtung ihrer Eltern erwähnte ich schon früher – wurden mit einem dritten zusammengebunden, auf einem mageren Pferd zur Hinrichtungsstätte gezerrt und enthauptet.

1645 (November und Dezember des zweiten Jahres Shoho)

19. November
Eine chinesische Dschunke aus Nanking brachte ungefärbte Seide, bedruckte Seidengaze, gemusterten Satin, Brokat, Seidendamast usw., ungefähr achthundert oder neunhundert Kan Waren. Die Besatzung behauptete, nach eineinhalb oder zwei Monaten kämen weitere drei, vier Schiffe mit reicher Fracht. Sie sagten auch, es sei ihnen gestattet, sooft sie wollten, nach Japan zu fahren, wenn sie nur den Behörden ihrer Heimat, der Ladung entsprechend, hundert bis sechshundert Tael zahlten.

29. November
Am Morgen kamen zwei vom Gouverneur beauftragte Dolmetscher in die Firma. Sie zeigten uns ein Abbild Marias, unter der in holländischer Sprache die Zeile geschrieben stand: Gegrüßet seist du, Maria, voll der Gnade. Der Herr ist mit dir, Du bist gebenedeit unter den Frauen. (Lukas-Evangelium, 1 Kapitel, 28. Abschnitt.) Angeblich haben sie dieses Bild von einem buddhistischen Priester aus der Umgebung von Shimonoseki zugespielt bekommen und wollten nun wissen, um welche Sprache es sich handle und was die Bedeutung der Worte sei. Der abgefallene portugiesische Pater Rodrigo und auch Chuan Sawano hätten gesagt, die Worte seien weder lateinisch noch portugiesisch noch italienisch, weshalb sie den Sinn nicht verständen. Unter dem Bild stand das holländische *Ave Maria*, und das Ganze mußte aus Flandern stammen, wo man ebenfalls holländisch spricht. Dieses Bild kam, da besteht kein Zweifel, von einem unserer Schiffe. Ich entschloß mich zu schweigen, bis man mich noch einmal fragte. Die Zahlen erklärte ich wahrheitsgemäß, da ich annahm, daß Chuan Sawano oder Pater Rodrigo sie schon ausgedeutet hatten.

30. November
Schönes Wetter. Am frühen Morgen Transport der Steuerruder und des Schießpulvers auf das Schiff und Beendigung des übrigen Aufladens. Mittags begab ich mich auf das Schiff und kehrte nach dem Appell und der Übergabe der Dokumente in die Firma zurück, wo ich Bonjoy und sein Gefolge mit Reiswein und Speisen bewirtete. Vor dem Abend drehte der Wind nach Nordwesten, so daß die Overschie nicht absegeln konnte.

5. Dezember
Um Mittag besuchte mich wieder ein Dolmetscher, der

sich nach dem Einkaufsgebiet der Waren erkundigte, die wir einführen. Ich antwortete, wir versorgen uns hauptsächlich aus Holland und China. Darauf fragte er, ob es zu Schwierigkeiten kommen würde, wenn die chinesischen Schiffe nicht mehr einliefen.
Seit ich nach Japan gekommen bin, interessiere ich mich für das Los der Padres, die dem Glauben abgeschworen haben. Ein Japaner namens Thomas Araki weilte lange in Rom und bekleidete sogar die Funktion eines Kammerherrn des Papstes. Später denunzierte er sich wiederholt selbst als Christ; der Magistrat aber hielt ihn zuerst wegen seines Alters für nicht mehr zurechnungsfähig und beachtete ihn nicht weiter, später jedoch hängte man ihn einen Tag und eine Nacht in die Grube worauf er seinen Glauben verwarf. In seinem Herzen soll er bis zum Tod an Gott geglaubt haben. Jetzt existieren hier nur noch zwei christliche Priester, einer ist ein Portugiese namens Chuan, er war ursprünglich das Oberhaupt der hiesigen Jesuiten, doch er besitzt ein tückisches Herz. Der andere heißt Rodrigo, wurde zu Lissabon in Portugal geboren und trat ebenfalls im Magistratsamt auf das Bild. Beide wohnen in Nagasaki.

9. Dezember.
Ich sandte dem Herrn Saburosaemon wie auch dem Shogun und dem Herrn von Chikugo verschiedene Salben und drei Döschen mit allerlei Arzneien, worüber er sich sehr gefreut haben soll. Der Magistrat hat anscheinend besonders geschätzt, daß ich einen Katalog mit der Wirkung der Medikamente in japanischer Sprache beifügte. Am Abend lief ein Schiff aus Fuchow ein.

15. Dezember
Fünf chinesische Schiffe segeln ab.

18. Dezember
Vier chinesische Schiffe segeln ab. Vier oder fünf Män-

ner der Schiffsbesatzung aus Nanking baten, in eine andere chinesische Dschunke umsteigen zu dürfen, die nach Tonking oder Kochin fuhr, aber der Gouverneur lehnte ab.
Einer der Landbesitzer auf unserer Insel hat gehört, daß der Apostat Chuan in nächster Zeit einen Bericht, der verschiedenes über Holländer und Portugiesen enthalten soll, an den Hof zu senden beabsichtigt. Ich bin soweit, daß ich nicht davor zurückschrecke, den Tod dieses gottvergessenen Bösewichtes zu wünschen, um unsere Firma vor Schwierigkeiten zu bewahren. Allein ich vertraue, daß Gott uns vor weiteren Verdächtigungen schützt. Am Nachmittag legten vor dem Handelshaus zwei Schiffe an. Wir begaben uns an Bord des einen, die Kamele luden wir auf das andere. Abends trafen die Dolmetscher ein, welche uns nach Kyoto begleiten sollen. Einer von ihnen ist ein Wäscher, der ein wenig Holländisch spricht, und ich wünschte, daß er vorderhand als Koch mitreist; Denbei und Kichibei jedoch behaupteten, der Gouverneur habe Leuten, die Holländisch sprechen, die Mitreise verboten. Ich glaube aber, sie sind nur dagegen, um alles nach ihren Wünschen durchführen zu können. Für uns genügt Japanisch und Holländisch. Unter allen Sprachen ist Portugiesisch die verabscheuenswerteste, nicht Holländisch. Ich sagte, ich wüßte nicht einen Anhänger der Kirche von Rom, der Holländisch spräche, jedoch mehr als genug, die Portugiesisch sprechen.

23. Dezember
Die kleine Dschunke aus Fuchow segelte ab. Abends sichtete man eine große chinesische Dschunke vor der Bucht von Nagasaki. Wegen des Gegenwindes mußte sie nachts mit Ruderbooten nach Nagasaki hereingeschleppt werden. An Bord drängten sich eine Menge Leute, die mit Trommeln und Tscharamelas lärmten und Fahnen aus Seidenkrepp schwenkten.

Nagasaki am 1. Januar
Ein Mann zieht durch die Straßen und schlägt seine Trommel und spielt auf der Flöte. Frauen und Kinder kommen an die Türen und geben ihm ein paar Münzen. An diesem Tag wandern auch Bettler aus der Gegend von Funatsu und Kakuibara herum, sie tragen aus Binsen geflochtene Hüte und singen an den Haustüren das Yaara-Lied.

2. Januar
Die Geschäfte öffnen wieder, man schmückt die Läden vom frühen Morgen an und hängt neue Vorhänge über die Eingangstür. Seegurkenverkäufer gehen von Geschäft zu Geschäft.

3. Januar
Die Ältesten jedes Bezirkes ersuchen beim Magistrat um das Heiligenbild.

4. Januar
Für alle Bewohner der Stadt wird die Heiligenbild-Zeremonie durchgeführt. An diesem Tag nehmen die Bezirksvorsteher von Edomachi, Imazakanamachi, Funatsumachi, Fukuromachi und so weiter vom Magistrat die Tretbilder in Empfang, wobei Haus für Haus mit dem »Heiligenbildregister für Gläubige« verglichen wird. Jede Familie hat schon den Weg gereinigt und wartet ruhig auf die Ankunft des Bezirksvorstehers und seines Gefolges. Wenn schließlich aus der Ferne halb gesungen die Mitteilung ertönt: »Sie kommen!«, so reihen sich die Mitglieder der Familie jedes einzelnen Hauses im Raum neben dem Eingang auf, um reglos der Prozedur zu harren.
Das Heiligenbild ist ein Brett – meistens acht bis neun Zoll lang und vier bis sechs Zoll breit – mit einer Abbildung der Mutter Gottes oder Jesu in der Mitte. Zuerst tritt der Hausherr darauf, dann dessen Frau, hernach die

Kinder. Die Mutter stützt die kleinen Kinder, wenn sie auf das Bild treten. Kranke berühren liegend unter den Augen des Beamten das Heiligenbild mit ihren Füßen.

An diesem 4. Januar kam der Dolmetscher unerwartet mit einer Sänfte und überbrachte dem Priester eine Einladung des Statthalters. Kein Windhauch regt sich, aber am Himmel hängen trübe Wolken, und es ist empfindlich kalt. Die hügeligen Straßen sind wahrscheinlich wegen der Heiligenbild-Zeremonie, ganz im Unterschied zu den vorhergehenden Tagen, wie ausgestorben.

Im Magistratsamt in Motohakatamachi erwartet ihn auf dem eiskalten Bretterboden ein Beamter in zeremonieller Tracht.

»Der Magistrat wartet.« Der Fürst von Chikugo saß im Empfangszimmer vor einem kleinen Feuerbecken aus Eisen. Als er den Priester eintreten hörte, wandte er ihm das Gesicht mit den großen Ohren zu und starrte ihm bewegungslos entgegen. Um die Wangen und die Lippen zeichnete sich ein Lächeln ab, die Augen aber lächelten nicht.

»Gutes neues Jahr!« sagte der Fürst von Chikugo ruhig. Der Priester begegnete dem Fürsten zum erstenmal, seitdem er den Glauben aufgegeben hatte. Dennoch fühlte er sich diesem Mann gegenüber nicht als Unterlegener. Er hatte nicht gegen die Japaner mit dem Fürst von Chikugo als Vertreter gekämpft. Allmählich war ihm klar geworden, daß er gegen seinen eigenen Glauben gekämpft hatte. Doch so etwas würde der Fürst von Chikugo niemals begreifen.

»Wir haben uns lange nicht gesehen!« Die Hände über das Feuerbecken gestreckt, nickte der Fürst von Chikugo mit dem Kopf. »Sicher haben Sie sich in Nagasaki gut eingewöhnt!«

Weiter fragte der Gouverneur den Priester, ob es ihm an etwas mangle, und riet ihm, sich im Falle von Unzu-

länglichkeiten ohne Scheu beim Magistrat zu beschweren. Unverkennbar steht das Bemühen des Fürsten im Raum, das Gespräch nicht auf den Glaubensabfall des Priesters zu lenken. Verstohlen erhebt der Priester von Zeit zu Zeit seine niedergeschlagenen Augen und versucht, in den Zügen des anderen zu lesen, ob dies nun der Rücksichtnahme oder aber einem Siegesgefühl entspringt. Doch keinerlei Empfindung ist auf der ausdruckslosen Miene des alten Mannes zu erkennen.
»Ich würde vorschlagen, daß Sie in einem Monat nach Edo übersiedeln. Ein Haus ist vorbereitet, Padre. Und zwar das Anwesen in der Gegend von Koninatacho, in dem ich früher wohnte.«
Hatte ihn der Fürst von Chikugo bewußt mit »Padre« angesprochen? Dieses Wort schmerzte den Priester.
»Sie werden sich darauf einrichten müssen, Ihr ganzes Leben in Japan zu verbringen. Daher gebe ich Ihnen den Rat, sich von jetzt an mit einem japanischen Namen zu benennen. Glücklicherweise ist da gerade jemand gestorben; er hieß Sanemon Okada. In Edo sollten Sie unter diesem Namen leben!«
In einem Atemzug sprach der Fürst, der sich auch während dieser Worte die Hände über dem Feuerbekken rieb, weiter. »Der Tote hatte eine Frau. Immer allein zu leben, ist sicher unbequem für Sie, Padre. Sie können diese Frau heiraten.«
Mit gesenkten Augen lauschte der Priester ergeben Inoue.
Vor seinem inneren Auge tauchte ein Abhang auf. Immer weiter, ohne ein Ende in Sicht, rutschte er diesen Abhang hinab. Ob er nun Widerstand leistete, ob er das Angebot ablehnte, nichts mehr konnte ihn auf seinem Weg nach unten aufhalten. Gut, er hatte mit einem japanischen Namen gerechnet, aber doch nicht daran gedacht, daß er auch die Frau, die zu diesem Namen gehörte, nehmen mußte!
»Nun?« fragte Inoue.

»Es ist mir recht.« Er nickte. Ein Gefühl großer Resignation überkam ihn.
Wenn nur du allein, der du alle Demütigungen durchlitten hast, verstehst, wie mir zumute ist, bin ich zufrieden. Denn was die Gläubigen und die Geistlichen denken, ob die mich als Schandfleck für die Geschichte der Mission betrachten oder nicht, kümmert mich nicht mehr.
»Wie schon gesagt, Japan ist nicht für die christliche Lehre geeignet. Niemals schlägt die Lehre des Christentums Wurzeln in Japan.«
Dem Priester fielen die Worte ein, die Ferreira beim Saishoji gesagt hatte.
»Sie sind nicht von mir besiegt worden, Padre.« Den Blick reglos auf die Asche im Feuerbecken gerichtet, sprach Inoue weiter: »Dieser Sumpf namens Japan hat sie vernichtet.«
»Nein, ... ich habe«, der Priester erhob die Stimme, »gegen das Christentum in meinem eigenen Herzen gekämpft.«
»Glauben Sie?« Inoues Gesicht durchblitzte ein ironisches Lachen. »Wie ich hörte, haben Sie nach Ihrem Abfall zu Ferreira gesagt, Sie seien abgefallen, weil Christus auf dem Heiligenbild Sie dazu aufgefordert habe. Aber wollen Sie auf diese Art nicht nur Ihre eigene Schwäche vertuschen? Ich kann mir nicht vorstellen, daß das wirklich christlich gesprochen ist.«
»Was Sie denken, ist mir gleichgültig.« Beide Hände auf die Knie gelegt, blickte der Priester zu Boden.
»Lassen Sie es sich gesagt sein, andere Leute können Sie vielleicht täuschen, mich täuschen Sie nicht«, sagte Inoue kalt. »Vor längerer Zeit habe ich einen anderen Pater gefragt, wie sich das Mitleid Buddhas vom Erbarmen des christlichen Deus unterscheidet. In Japan lehrt man, Buddhas Erbarmen sei die einzige Stütze des Menschen und rette alle Geschöpfe aus ihrer hoffnungslosen Schwäche. Dieser Pater gab mir die klare Ant-

wort, daß die Rettung, von der das Christentum spricht, sich davon unterscheidet. Daß die Christen sich nicht allein auf Deus verlassen dürfen, sondern selbst mit aller Kraft ihres Herzens an ihrer Erlösung mitarbeiten müssen. Überlege ich es recht, so hat dieser japanische Sumpf wohl auch Ihre eigene Auffassung vom Christentum entstellt.«

Das Christentum ist anders, als du es beschreibst, wollte der Priester schon rufen. Aber das Gefühl, niemand würde begreifen, was er meinte, dieses Gefühl der Vergeblichkeit hielt seine Worte im Mund zurück. Die Hände auf die Knie gelegt, ließ er schweigend und mit den Augen blinzelnd alles über sich ergehen, was Inoue noch sprach.

»Sie werden es nicht wissen, Padre, aber auf Goto und Ikitsuki gibt es sogar jetzt eine Menge Bauern, die an das Christentum glauben. Der Magistrat beabsichtigt jedoch nicht mehr, sie zu verhaften.«

»Und warum nicht?« fragte der Dolmetscher.

»Weil wir ihnen die Wurzeln abgeschnitten haben. Kämen aus den Ländern des Westens noch mehr Herrschaften wie Sie, Padre, könnten wir nicht umhin, auch diese Gläubigen zu verhaften...«, sagte der Fürst. »Aber auch das fürchten wir nicht mehr. Sind die Wurzeln einmal abgetrennt, so verfaulen nach den Gesetzen der Natur auch die Stengel und die Blätter. Einen Beweis dafür liefert die Tatsache, daß der Gott, den die Bauern auf Goto und Ikitsuki heimlich verehren, sich nach und nach zu einem Wesen gewandelt hat, das dem christlichen Deus nur noch ähnlich ist.«

Der Priester erhob seinen Blick und betrachtete Inoue. Wieder lächelte sein Gesicht, nicht aber seine Augen.

»Das Christentum, das die Padres hier eingepflanzt haben, ist seines eigentlichen Gehaltes verlustig gegangen.« Und der Fürst von Chikugo stieß einen Seufzer aus, den er vom Grund seiner Seele zu holen schien. »Japan ist nun einmal so. Daran ist nicht zu rütteln,

Padre!« Im Seufzer des Gouverneurs schwang echte, schmerzliche Resignation. Mit einer Geste verabschiedete sich Inoue und zog sich mit dem Dolmetscher zurück.
Noch immer bedeckten trübe Wolken den Himmel; auf dem Heimweg fröstelte der Priester. Von der Sänfte geschaukelt, starrte er hinab auf das Meer, das sich unter dem bleifarbenen Himmel bleifarben dehnte. Bald würde er nach Edo geschickt. Der Fürst von Chikugo hatte zwar von einem Haus gesprochen, in Wahrheit bedeutete dies wohl, daß man ihn in das berüchtigte Gefängnis für Christen zu stecken beabsichtigte. Seine Tage würde er in diesem Kerker hinbringen. Keine Hoffnung mehr auf eine Rückkehr ins Heimatland jenseits dieses bleifarbenen Meeres. Noch in Portugal hatte er gedacht, durch die Mission zum Land dazugehören zu können. Er wollte nach Japan und dort das Leben der japanischen Christen leben.
Was war daraus geworden? Sein Wunsch ging in Erfüllung. Er erhielt sogar einen japanischen Namen, Sanemon Okada, er wurde selbst Japaner... Sanemon Okada. Ein leises spöttisches Lachen kam über seine Lippen. Das Schicksal hatte ihm alles gegeben, wonach er verlangte. Aber voll heimtückischer Ironie! Er, der sein ganzes Leben der Enthaltsamkeit geweiht hatte, erhielt eine Frau.
Ich grolle Dir nicht. Ich lache nur über das menschliche Los. Mein Glaube an Dich ist zwar anders als früher, aber dennoch liebe ich Dich.
Bis zur Abenddämmerung beobachtete er vom Fenster aus die Kinder. Sie liefen mit ihren Papierdrachen den Hügel hinauf und hinab. Aber es fehlte der Wind, und sie zerrten die Drachen nur auf der Erde hinter sich hier. Zur Zeit der Abenddämmerung rissen die Wolken auf, und ein paar schwache Sonnenstrahlen brachen durch. Die Kinder waren des Drachenspielens müde. Sie reichten die Bambusstöcke, die an den Neujahrskiefern vor

den Haustoren befestigt waren, von Hand zu Hand, klopften damit an den Eingängen und sangen ein Lied:
»Wer den Maulwurf schlägt,
wird nicht bestraft, wird nicht bestraft.
Augen des Kleinen! Augen des Kleinen!
Wir feiern dreimal!
Du heißt Ichimatsu, du heißt Niimatsu,
und du, Kleiner, Sanmatsu, und du Yonmatsu!«
Er versuchte, leise die Melodie zu summen, aber er fühlte nur Traurigkeit, weil es ihm nicht recht gelang. Wer den Maulwurf schlägt, wird nicht bestraft, wird nicht bestraft! Jenes einfältige Tier, das sich blind einen Weg durch das Erdreich bahnt, schien ihm selbst sehr ähnlich. Im Haus gegenüber schalt eine alte Frau die Kinder. Es war die alte Frau, die ihm jeden Tag sein Essen brachte.
In der Nacht kam Wind auf. Während er lauschte, erinnerte er sich an das Rauschen des Windes, der hinter dem Gefängnis, in dem er früher eingesperrt war, durch das Gehölz zog. Und dann rief er wie jede Nacht das Antlitz des Herrn vor seine Augen. Das Antlitz des Herrn, auf das seine Füße getreten waren.
»Padre, Padre!«
Er wendete seinen eingesunkenen Blick zur Tür, von wo eine Stimme ertönte, die ihm bekannt vorkam.
»Padre, ich bin's, Kichijiro!«
»Ich bin kein Padre mehr«, antwortete der Priester, die Knie mit den Händen umfassend, leise. »Es ist besser, wenn du schnell gehst. Wenn man dich hier entdeckt, kann die Sache schlimm enden.«
»Aber Sie haben doch noch die Macht, eine Beichte abzunehmen?«
»Ich weiß es nicht.« Er schlug die Augen nieder. »Ich bin ein Padre, der Gott verleugnet hat.«
»In Nagasaki nennt man Sie den abgefallenen Paulus. Es gibt niemanden, der diesen Namen nicht kennt.«
Die Hände um die Knie gelegt, lachte der Priester. Er

wußte schon lange, daß man für ihn diesen Spitznamen gebrauchte. Ferreira hieß »der abgefallene Petrus« und er »der abgefallene Paulus«. Manchmal hatten ihn auch die Kinder mit diesem Namen verspottet.
»Wenn Sie, obwohl Sie der abgefallene Paulus sind, noch meine Beichte anhören können, dann erlösen Sie mich von meinen Sünden!«
Nicht der Mensch ist es, der richtet. Allein der Gebieter, der unsere Schwäche am besten kennt, dachte der Priester bei sich.
»Ich habe den Padre verraten. Ich habe den Fuß auf das Christusbild gesetzt«, fuhr Kichijiro mit weinerlicher Stimme fort. »Auf dieser Welt gibt es Schwache und Starke. Die Starken verlieren auch unter der Folter nicht ihren Mut und gehen ins Paradies ein, von Geburt an Schwache aber wie ich steigen auf das Bild, wenn die Beamten sie quälen ...«
Auch ich habe meinen Fuß auf das Christusbild gesetzt. Auch mein Fuß stand damals auf dem eingesunkenen Antlitz des Herrn. Auf dem Antlitz, das ich unzählige Male vor meine Augen beschworen hatte. Auf dem Antlitz, das meine Gedanken niemals verließ. Auf diesem schönsten und besten Antlitz, seit Menschen die Erde bevölkern. Auf dem Antlitz, das ich lieben wollte bis an mein Ende. Dieses Antlitz verwischt und eingesunken im Holz des Bildes, füllt seine Augen mit Mitleid und wendet sie mir zu.
Tritt nur! sagt dieser von Mitleid erfüllte Blick. Tritt nur! Dein Fuß tut dir wohl weh in diesem Augenblick. So wie die Füße all der Menschen, die bis zum heutigen Tag auf mein Gesicht getreten sind. Jedoch, allein die Schmerzen der Füße sind schon genug. Ich leide mit euch eure Schmerzen und Qualen. Denn dazu existiere ich.
O Herr! Ich habe Dir gezürnt, weil Du geschwiegen hast. Ich habe nicht geschwiegen. Ich habe doch zusammen mit euch gelitten.

Aber Du hast zu Judas gesagt: Entferne dich! Du hast ihm gesagt: Was du tun willst, tue bald! Was geschieht mit Judas?
Das habe ich nicht gesagt. Wie ich jetzt zu Dir sage: Tritt nur auf das Tretbild, sagte ich zu Judas: Führe aus, was du vorhast! Denn sein Herz schmerzte wie jetzt dein Fuß.
Da senkte er den Fuß, schmutzig von Staub und Blut, auf das Christusbild hinab. Die fünf Zehen lagen direkt auf dem Antlitz desjenigen, den er liebte. Niemals konnte er seine ungestüme Freude erklären.
»Es gibt weder Starke noch Schwache. Niemand weiß, ob nicht ein schwacher Mensch mehr leidet als ein starker«, sprach der Priester zur Tür gewandt.
»Weil in diesem Land kein Padre mehr lebt, der dir die Beichte abnehmen könnte, werde ich es für dich sprechen. Das Gebet, das dich von deinen Sünden erlöst... Gehe hin in Frieden.«
Kichijiro weinte, bald aber entfernte er sich von der Tür.
Jetzt habe ich mir angemaßt, jenem Mann das Sakrament der Beichte zu spenden – dies ist nur einem Geistlichen erlaubt. Und die Geistlichen würden meine Handlung gotteslästerlich nennen. Aber wenn ich sie auch verraten habe, den Herrn habe ich nie verraten. Ich liebe Ihn nun auf eine andere Weise als vorher. Alles, was mir bis heute widerfuhr, war notwendig, damit ich diese Liebe kennenlernen konnte. Immer noch bin ich der letzte christliche Priester in diesem Land. Und es stimmt gar nicht, daß der Herr geschwiegen hat. Aber selbst wenn der Herr geschwiegen hätte – mein Leben bis heute erzählt von ihm.

Nachwort

Man hat Shusaku Endo als den japanischen Graham Greene bezeichnet. Wenn das heißen soll, daß er ein katholischer Schriftsteller ist, daß seine Bücher problematisch und umstritten sind, daß er großen Wert auf die Psychologie seiner Figuren legt und daß er den Schmerz des Glaubens und die Gnade Gottes schildert, so ist das sicherlich richtig. Seine Bücher handeln von Problemkreisen, die früher nur wenig mit diesem Land zu tun zu haben schienen: von Glauben und Gott, Sünde und Verrat, Märtyrertum und Apostasie.

Das Hauptthema jedoch, das Endo schon seit seiner Jugend beschäftigt, ist der Konflikt zwischen Osten und Westen, insbesondere im Zusammenhang mit dem Christentum. Das ist nun gewiß kein neues Thema, sondern das Erbe einer langen Reihe von Schriftstellern und Intellektuellen aus der Meiji-Zeit, aber Endo ist der erste Katholik, der es mit solchem Nachdruck zur Sprache bringt und die klare Schlußfolgerung zieht, daß sich das Christentum umfassend anpassen muß, wenn es im japanischen ›Sumpf‹ Wurzeln schlagen soll. Sein Roman SCHWEIGEN befaßt sich mit der unruhigen Periode der japanischen Geschichte, die als ›das christliche Jahrhundert‹ bekannt ist.

Ein paar Erläuterungen über diese Periode sind vielleicht nicht fehl am Platz.

Das Christentum wurde von dem Basken Francis Xavier nach Japan gebracht, der im Jahre 1549 mit zwei jesuitischen Begleitern und einem japanischen Dolmetscher bei Kagoshima an Land ging. Bereits ein paar Monate nach seiner Ankunft hatte sich Xavier in die Japaner verliebt, die er ›Freude meines Herzens‹ nannte. »Die Menschen, denen wir bis jetzt begegneten«, schrieb er seinen Gefährten in Goa voller Begeisterung, »sind die besten, die bisher entdeckt wurden, und mir scheint, wir werden niemals ... eine andere Rasse finden, die den Japanern gleichkommt.« Trotz sprachlicher Schwierigkeiten (»Neben ihnen sind wir wie Statuen«, klagte er) brachte er ein paar Hundert zum christlichen Glauben, bevor er nach China abreiste, dessen Bekehrung ihm ein unumgängliches Vorspiel zu der Bekehrung Japans zu sein schien. Dennoch büßte er seine Zuneigung zu den Japanern niemals ein, und es ist positiv zu vermerken, daß er in einer Zeit, die dazu tendierte, jedem nicht zur christlichen Welt gehörenden Menschen einen Platz in der Hölle zuzuweisen, die Japaner für Tugenden pries, die christliche Europäer nicht besaßen.
Der wahre Gründer der japanischen Mission war jedoch nicht Xavier, sondern der Italiener Allesandro Valignano, bei dem sich Xaviers Begeisterung mit einer bemerkenswerten Weitsicht und Zielstrebigkeit vereinigte. Zum Zeitpunkt seines ersten Besuchs in Japan im Jahre 1579 gab es dort bereits eine blühende Gemeinde von mehr als 150000 Christen, deren hervorragende Charaktereigenschaften und tiefer Glaube in Valignano die Vision einer vollständig christlichen Insel im Norden Asiens wachrief.
Es war jedoch klar, daß eine solche Insel rasch von jedem übermäßig starken, fremden und barbarischen Einfluß gesäubert werden mußte, und Valignano, der darauf bedacht war, die junge Kirche so schnell wie möglich einem einheimischen Klerus anzuvertrauen, ging daran, Seminare und Schulen zu gründen und ein

Noviziat einzurichten. Francisco Cabral, der sich dem Plan, eine einheimische japanische Kirche aufzubauen, heftig widersetzte, wurde von Valignano prompt nach Makao geschickt. Bald begannen sich die Dinge zum Positiven zu entwickeln: Daimyos in Kyushu traten zum christlichen Glauben über und brachten einen großen Teil ihrer Untertanen mit, und ein gedeihender japanischer Klerus nahm Gestalt an. Valignano hatte eindeutig keine Luftschlösser gebaut; sein Traum war der eines nüchternen Realisten.

Es muß angemerkt werden, daß die missionarische Arbeit in der Sengoku-Periode eingeleitet wurde, als Japan, von den Zwistigkeiten der sich bekriegenden Daimyos zerrissen, keine starke Zentralregierung hatte. Der betrübliche Zustand des Landes war indes für die Missionare nicht ohne Vorteil; wenn sie in einem Fürstentum verfolgt wurden, konnten sie sich rasch aus dem Staub machen und woanders hingehen. Aber die Vereinigung stand kurz bevor, und Japan sollte bald zu jenem massiven Monolithen geschmiedet werden, der 1940 seinen Schatten über ganz Asien werfen sollte.

Die Architekten der Einheit (Nobunaga, Hideyoshi und Ieyasu) standen alle auf vertrautem Fuß mit den portugiesischen Jesuiten; ihr Motiv war zum Teil der Wunsch nach handel mit den schwarzen Schiffen aus Makao, zum Teil (im Falle von Nobunaga und Hideyoshi) eine starke Abneigung gegen den Buddhismus, und zum Teil die Faszination, die diese kultivierten Fremden, mit denen sie ohne Furcht vor Verrat und Prestigeverlust verkehren konnten, auf sie ausübten. Wie auch immer, von 1570 bis 1614 hatten die Missionare am Hof des Bakufu eine derart privilegierte Position inne, daß ihre Briefe und Berichte heute die wichtigste Informationsquelle über eine Geschichtsperiode sind, über die japanische Quellen nur wenig Auskunft geben. Alles in allem schien Valignanos Optimismus vollauf gerechtfertigt zu sein.

Japan kann jedoch ein Land schizophrener Veränderungen sein; und was genau Hideyoshis Ausbruch von Xenophobie hervorgerufen hat, ist nie ausreichend geklärt worden. Am 24. Juli 1587, als er zu tief ins Glas geschaut hatte, geriet er nämlich völlig unvermittelt in heftige Wut und befahl den Missionaren, das Land zu verlassen. »Ich bin zu dem Entschluß gekommen«, lautete seine Botschaft, »daß die Padres nicht auf japanischem Boden bleiben sollen. Deshalb ordne ich an, daß sie ihre Angelegenheiten innerhalb von zwanzig Tagen zu regeln haben und danach in ihr eigenes Land zurückkehren müssen.«[1] Sein Zorn legte sich jedoch rasch. Die meisten Missionare verließen das Land nicht, und das Ausweisungsdekret blieb unwirksam, und zwar in einem Maße, daß, wie C. R. Boxer bemerkte, es innerhalb von vier kurzen Jahren »eine Gemeinde von mehr als 200 000 Konvertiten gab, die täglich größer wurde, und Hideyoshi sich über sein eigenes Verbot hinwegsetzte, indem er mit einem Rosenkranz und portugiesischer Kleidung durch die vergoldeten Säle des Palastes von Juraku schlenderte«.[2]

Trotzdem stand das Zeichen an der Wand; und zehn Jahre nach dem ersten Ausbruch schäumte Hideyoshis Zorn von neuem über. Auslöser war diesmal der Lotse eines gestrandeten spanischen Schiffes, der bei den Japanern Eindruck schinden wollte und damit prahlte, daß die Größe des spanischen Imperiums zum Teil den Missionaren zu verdanken sei, die den Truppen des spanischen Königs stets den Weg bereiteten. Als Hideyoshi davon erfuhr, geriet er erneut in Wallung und ordnete die sofortige Hinrichtung einer Gruppe christlicher Missionare an. Und so wurden an einem kalten Wintermorgen im Februar des Jahres 1597 sechsundzwanzig Japaner und Europäer ans Kreuz geschla-

1 C. R. Boxer, *The Christian Century in Japan*, University of California Press, 1951, S. 148
2 Boxer, S. 153

gen. Heute steht nicht weit vom Bahnhof von Nagasaki entfernt ein Denkmal zur Erinnerung an die Stelle, wo sie starben.

Dennoch ging die Missionstätigkeit irgendwie weiter. Die Jesuiten hatten zwar Angst, standen aber immer noch in der Gunst des königlichen Hofes, und erst unter Hideyoshis Nachfolger Ieyasu, dem ersten Tokugawa, fiel das unwiderrufliche Todesurteil für die Mission. Ieyasu hatte dem Christentum von vornherein keine besonders freundlichen Gefühle entgegengebracht, obwohl er die Missionare wegen des Seidenhandels mit Makao duldete.

Aber dort änderten sich die Dinge; die Engländer und die Holländer waren gekommen. Und es dauerte auch nicht lange, da ging die Rolle des Dolmetschers und Vertrauten von den portugiesischen Jesuiten auf den Engländer Will Adams über, der keine Zeit verlor und dem Shogun sofort versicherte, daß viele europäische Monarchen diesen lästigen Priestern mißtrauten und sie aus ihren Königreichen vertrieben. Ieyasu bekundete höchstes Interesse an dem religiösen Konflikt, der Europa spaltete, und fragte die Engländer und die Holländer immer wieder darüber aus. Gleichzeitig beobachtete er mit wachsender Besorgnis, welch blinden Gehorsam seine christlichen Untertanen ihren fremden Führern entgegenbrachten.

Und so wurde schließlich im Jahre 1614 das Ausweisungsedikt verkündet, in dem erklärt wurde, daß »die Kirishitan-Bande nach Japan gekommen ist... in dem Bestreben, ein schädliches Gesetz zu verbreiten und die wahre Lehre umzustürzen, so daß sie die Regierung des Landes auswechseln und das Land in Besitz nehmen können. Dies ist der Keim eines großen Unheils, der zertreten werden muß.«[3] Das war der Todesstoß. Er kam zu einem Zeitpunkt, als es etwa 300000 Christen in

3 Ebd., S. 318

Japan gab (dessen Gesamtbevölkerung etwa zwanzig Millionen betrug), dazu Schulen, Seminare, Krankenhäuser und einen wachsenden einheimischen Klerus. »Es wäre schwierig«, schreibt Boxer, »wenn nicht gar unmöglich, ein anderes hochzivilisiertes heidnisches Land zu finden, wo das Christentum solche Spuren hinterlassen hat, nicht nur in bezug auf die Zahl der Gläubigen, sondern auch hinsichtlich des Einflusses.«[4]
Selbst jetzt noch wurde jedoch im Untergrund eine verzweifelte Missionstätigkeit aufrechterhalten, bis die Jagd auf Christen und Priester unter Ieyasus Nachfolgern schließlich systematisch und erbarmungslos jede sichtbare Spur des Christentums auszulöschen versuchte. Besonders wild trieb es der dritte Tokugawa, der neurotische Iemitsu – »weder die infame Brutalität der Methoden, noch die heroische Standhaftigkeit derjenigen, die darunter litten, wurde in der langen und schmerzlichen Geschichte der Märtyrer jemals übertroffen.«[5]
Zunächst war das Verbrennen die häufigste Form der Hinrichtung. Der Engländer Richard Cocks schildert, wie »fünfundfünfzig Personen jeden Alters und beiderlei Geschlechts lebendig im trockenen Flußbett des Kamo in Kyoto verbrannt wurden (Oktober 1619), unter ihnen kleine Kinder von fünf oder sechs Jahren in den Armen ihrer Mütter, die schrien: ›Jesus, nimm ihre Seelen zu dir!‹«[6] Tatsächlich begannen die Hinrichtungen so etwas wie ein religiöses Spektakel zu werden. Boxer schildert eine davon so:
»Manchen Autoren zufolge wohnten diesem Martyrium 150000 Menschen bei; andere, aller Wahrscheinlichkeit nach zuverlässigere Chronisten, sprechen von 30000. Als die Scheiterhaufen entzündet waren, sagten

4 Ebd., S. 321
5 Ebd., S. 337
6 Ebd., S. 349

die Märtyrer den Zuschauern *sayonara* (Lebt wohl). Diese begannen sodann das *Magnificat* anzustimmen, gefolgt von den Psalmen *Laudate pueri Dominum* und *Laudate Dominum omnes gentes,* während die japanischen Richter ›in gekünstelter Erhabenheit und Feierlichkeit, ihrer bevorzugten Haltung‹, an einer Seite saßen. Da es in der Nacht zuvor heftig geregnet hatte, waren die Scheiterhaufen naß, und das Holz brannte nur langsam; aber solange das Martyrium dauerte, fuhren die Zuschauer fort, Hymnen und Lobgesänge zu singen. Als der Tod dem Leiden der Opfer ein Ende machte, stimmte die Menge *Te Deum Laudamus* an.«[7]
Der Tokugawa Bakufu brauchte nichte lange, um zu erkennen, daß solche ›ruhmreichen Märtyrertode‹ nicht den erwünschten Zweck erreichten, und so ging dem Tod immer häufiger die Folter voraus, ein monströser Versuch, die Märtyrer dazu zu bringen, ihrem Glauben zu entsagen. Zu diesen Foltern gehörte das ›ana-tsurushi‹, die Grubenfolter, die rasch zum effektivsten Mittel wurde, die Apostasie zu erreichen:
Das Opfer wurde bis in Brusthöhe straff mit einem Seil umwickelt (wobei man eine Hand freiließ, damit es das Zeichen der Widerrufung geben konnte) und dann an einem Galgen in eine Grube gehängt, die gewöhnliche Exkremente oder anderen Unrat enthielt. Der obere Rand der Grube befand sich auf Höhe der Knie. Damit das Blut entweichen konnte, wurde die Stirn mit einem Messer leicht eingeschnitten. Manche der kräftigeren Märtyrer lebten in dieser Position noch länger als eine Woche, aber die meisten überlebten nicht mehr als ein oder zwei Tage.[8]
Ein holländischer Resident in Japan erklärte, daß »manche derjenigen, die bereits zwei oder drei Tage dort hingen, mir versicherten, daß die Schmerzen, die sie

7 Ebd., S. 342 f.
8 Ebd., S. 354

ewig aufrechterhalten werden, und schließlich kam der schwere Schlag. Christovao Ferreira, der portugiesische Provinzial, gab nach sechs qualvollen Stunden in der Grube das Zeichen der Apostasie. Sein Treuebruch war eine solche Ausnahme, daß er wenig Bedeutung zu erduldeten, absolut unerträglich seien und daß weder Feuer noch eine andere Folter ihrer Stumpfheit und Heftigkeit gleichkäme.«[9] Dennoch ertrug eine junge Frau dies vierzehn Tage lang, bevor sie starb.

Von Anbeginn der Mission bis zum Jahre 1632 hatte trotz der Kreuzigungen, Verbrennungen, Wasserfoltern und allem übrigen kein Missionar seinem Glauben abgeschworen. Aber ein solcher Rekord konnte nicht haben schien; aber da er der anerkannte Leiter der Mission war, wirkte sein Abfall wie ein grausamer Schock – umso mehr, als ruchbar wurde, daß er mit seinen ehemaligen Peinigern kollaborierte.

Der nächste Rückschlag für das Christentum war die Shimabara-Rebellion. Von der erbarmungslosen Besteuerung und Unterdrückung durch den Magistrat von Nagasaki verursacht, wurde sie später zu einer Manifestation des christlichen Glaubens; die Rebellen trugen Banner mit der Inschrift ›Gelobt sei das heilige Sakrament‹ und riefen die Namen von Jesus und Maria. Der Aufstand wurde mit schonungsloser Grausamkeit niedergeschlagen, und der Tokugawa Bakufu, der davon überzeugt war, daß eine solche Rebellion nur mit Hilfe von außen möglich gewesen sein konnte, beschloß, die Verbindung mit Portugal ein für allemal abzubrechen und sein Land von der Welt abzuschotten. Trotzdem versuchten die Missionare weiterhin, ins Land zu gelangen. Da war Marcello Mastrilli, der auch deswegen kam, um den Schaden wiedergutzumachen, den Ferreira angerichtet hatte, und von dem Inoue, der Herr von Chikogu, voller Stolz erzählte, daß er »in der

9 Ebd., S. 354

Grube winselnd und schreiend einen qualvollen Tod« gefunden habe. Und schließlich kam 1643 eine Gruppe von zehn Europäern, Chinesen und Japanern, zu denen auch Guiseppe Chiara gehörte, Endos Sebastian Rodrigues. Sie wurden bald ergriffen und entsagten nach langen und schrecklichen Foltern allesamt ihrem Glauben, obwohl die meisten – vielleicht sogar alle – ihre Apostasie später widerriefen. Der schreckliche Zustand ihrer papistischen Rivalen erregte sogar das Mitleid der holländischen Augenzeugen: Sie »sahen äußerst bemitleidenswert aus – ihre Augen und Wangen waren sonderbar eingesunken; ihre Hände waren schwarz und blau, und ihr ganzer Körper war durch die Folter schrecklich mißhandelt und entkräftet. Obwohl sie sich vom Glauben losgesagt hatten, erklärten sie ihren Dolmetschern dennoch in aller Öffentlichkeit, daß sie nicht freiwillig abgeschworen hatten, sondern durch die unerträglichen Foltern, denen man sie unterzogen hätte, dazu gezwungen worden seien«.[10] Chiara starb mehr als vierzig Jahre nach seiner Apostasie mit der Feststellung, daß er immer noch Christ sei. Was Christovao Ferreira angeht, so ist über sein späteres Leben und seinen Tod nicht viel bekannt. Sein Grab ist immer noch in einem Tempel in Nagasaki zu sehen, aber seine Bestattungsunterlagen sind beim atomaren Holocaust 1945 verbrannt. Chinesische Seeleute in Makao bezeugten, daß er seine Apostasie vor seinem Tod widerrufen habe und den Märtyrertod gestorben sei. Aber die holländischen Residenten in Japan sagen nichts darüber, und so wird sein Tod wie auch ein großer Teil seines Lebens wohl für immer ein Geheimnis bleiben.

Die Wurzeln des Christentums waren jedoch zu tief, als daß sie ganz ausgemerzt werden konnten. Außer den Märtyrern (schätzungsweise fünf- bis sechstausend allein im Zeitraum von 1614 bis 1640) bewahrten sich

10 Ebd., S. 393

auch Tausende von heimlichen Christen ihren Glauben. Durch die von Endo geschilderte Geheimorganisation wurde der Glaube weitergegeben, der Baptismus gepredigt und der Katechismus gelehrt. Sie bekannten sich natürlich zu ihrem buddhistischen Tempel; sie gehorchten dem Befehl, auf das geheiligte Bild zu treten; und im Ueno Museum in Tokio kann man noch heute jene Christusbilder sehen, die Hunderte von Füßen abgerieben und zum Glänzen gebracht haben – Füße, die starke Schmerzen litten (wenn ich mir Endos Satz ausleihen darf), während sie auf das Bild von jemandem traten, den ihre Herzen liebten. Weitergegeben wurde auch die Überlieferung, daß die Väter zurückkehren würden; und 1865, als sich Japan wieder öffnete, kamen die heimlichen Christen aus ihren Verstecken, fragten nach der Statue der heiligen Maria, sprachen von Weihnachten und der Fastenzeit.

Es gibt sie immer noch zu Tausenden, in Nagasaki und auf den Inseln vor der Küste; sie halten zäh an einem Glauben fest, den Jahrhunderte gnadenloser Wachsamkeit nicht ausrotten konnten. Einige von ihnen sind der weltweiten Kirche angeschlossen, andere nicht. In ihren Gebeten haben Reste von altem Portugiesisch und Latein überdauert; sie bewahren Stücke der Soutanen und Rosenkränze und Disziplinen auf, die ihren geliebten Vätern gehörten; sie haben ihre fromme Zuneigung zur heiligen Maria beibehalten. Und in der Zeit, als Shusaku Endo unter ihnen lebte, schrieb er SCHWEIGEN.

Ich habe kurz den historischen Hintergrund umrissen, ohne den SCHWEIGEN vielleicht nicht ohne weiteres zu verstehen ist. Nun muß hinzugefügt werden, daß das Interesse, das dieser Roman in Japan hervorrief, weniger historisch bedingt als vielmehr durchaus aktueller Natur war. Die beiden ausländischen Apostaten wurden sofort als Symbole eines Christentums aufgefaßt, das in Japan versagt hat, weil es so starrsinnig westlich orientiert ist. »Padre, Sie sind nicht von mir besiegt worden«, sagt der siegreiche Inoue, »sondern von diesem japanischen Sumpf.« Genau dieser japanische Sumpf kann ein Christentum, wie es auf jenen Inseln propagiert wurde, nicht aufnehmen.

Graham Greene hat aufgezeigt, daß es zu gefährlichen Irrtümern führen kann, Romane auf diese Weise zu interpretieren; und auch Endo hat bei Gesprächen über sein Buch oftmals beteuert, daß er Literatur und keine theologischen Werke schriebe. Aber viele seiner Bemerkungen bei solchen Anlässen zeigten daß ihm die theologischen Implikationen seiner Arbeit nicht gleichgültig waren, und so bleibt der Eindruck, daß der Roman in gewisser Weise der Ausdruck eines Konflikts zwischen seiner japanischen Sensibilität und dem hellenistischen christlichen Glauben ist, in dem er erzogen wurde. So sagte er zum Beispiel in einem Interview in der Zeitschrift *Kumo*:

»Ich nahm schon als Kind den baptistischen Glauben an ... mit anderen Worten, mein Katholizismus war so etwas wie ein Anzug von der Stange ... Ich mußte mich entscheiden, mir entweder diesen Konfektionsanzug passend zurechtzuschneidern oder einen anderen Anzug zu finden, der mir paßte ... Ich verspürte oftmals den Wunsch, meinen Katholizismus abzustreifen, aber letzten Endes konnte ich es nicht. Es ist nicht einfach so, daß ich ihn nicht abgelegt habe, sondern daß ich ihn nicht ablegen konnte. Der Grund dafür ist wohl, daß er schließlich zu einem Teil von mir geworden ist. Die Tatsache, daß er mich schon in meiner Jugend so tief durchdrungen hat, war ein Zeichen, dachte ich, daß er zumindest teilweise mit mir gewachsen ist. Trotzdem hatte ich im tiefsten Inneren immer das Gefühl, daß er etwas Geborgtes ist, und ich begann mir die Frage zu stellen, wie mein wirkliches Ich beschaffen war. Das, glaube ich, ist der ›Sumpf‹-Japaner in mir. Von dem Moment an, wo ich Romane zu schreiben begann, hat sich diese Konfrontation meines katholischen Ichs mit dem darunterliegenden Ich wie der immerzu gleiche Kehrreim eines Idioten in meiner Arbeit bis zum heutigen Tage wiederholt. Ich hatte das Gefühl, daß ich einen Weg finden mußte, die beiden miteinander zu versöhnen.«[11]

»Der ›Sumpf‹-Japaner in mir« ... Japan ist ein Sumpf, weil es alle Arten von Ideologien aufsaugt, sie sich anverwandelt und sie dabei entstellt. Es ist das Spinnennetz, das den Schmetterling zerstört und nur das häßliche Skelett übrigläßt. Endo hat bei anderen Gelegenheiten auf die Tatsache hingewiesen, daß viele der sogenannten christlichen Intellektuellen seit der Meiji-Zeit in Wahrheit unter der Oberfläche Buddhisten oder Nihilisten waren und ihren christlichen Glauben in Krisenzeiten schließlich ablegten. Der Grund dafür war, daß der ›Sumpf‹-Japaner es ihnen nicht erlaubt hatte, den christlichen Glauben, der ihnen geschenkt worden war, in ihr tiefstes Inneres aufzunehmen. Das wäre vielleicht anders gewesen, wenn dieser Christenglaube nicht so unverbesserlich westlich orientiert gewesen wäre.

An anderer Stelle spricht Endo sehr betreffend von genau diesem Kampf in seinem eigenen Herzen und bezeichnet ihn als das besondere Kreuz, das Gott den Japanern auferlegt hat:

»Lange Zeit fühlte ich mich zu einem sinnlosen Nihilismus hingezogen, und als ich schließlich erkannte, wie schrecklich eine solche Leere ist, kam mir wieder die Großartigkeit des katholischen Glaubens zu Bewußtsein. Dieses Problem der Versöhnung meines

11 Shusaku Endo: Japanese Catholic Novelist, *Thought*, Winter 1967

Katholizismus mit meinem japanischen Blut... hat mich eins gelehrt, nämlich daß die Japaner das Christentum ohne den Rückhalt einer christlichen Tradition, Geschichte und Sensibilität oder eines christlichen Erbes übernehmen müssen. Schon dieser Versuch ruft in starkem Maße Widerstand, Angst und Schmerz hervor, aber dem kann man unmöglich begegnen, indem man die Augen vor den Schwierigkeiten verschließt. Das ist ohne Zweifel das besondere Kreuz, das Gott den Japanern auferlegt hat.«[12]

Kurz, der Baum des hellenisierten Christentums kann nicht einfach aus Europa in den Sumpf von Japan verpflanzt werden, das eine völlig andere kulturelle Tradition hat. Wenn man so etwas versucht, wird der junge Baum verdorren und eingehen.

Das soll jedoch nicht heißen, daß die christliche Sache keine Chance hätte. Das Christentum ist ja unendlich anpassungsfähig, und irgendwo in der großen Symphonie des Katholizismus gibt es eine Weise, die der japanischen Tradition entspricht und das japanische Herz berührt. Das ist eine andere Weise als jene, die von den Kulturen Griechenlands und Roms hervorgebracht wurde, eine Weise, die vielleicht so innig mit dem großen Ganzen verschmolzen ist, daß ihr sanfter Klang vom christlichen Ohr bisher noch nie vernommen worden ist. Aber es gibt sie, und sie muß gefunden werden:

»Letzten Endes scheint mir der Katholizismus jedoch kein Solo, sondern eine Symphonie zu sein... Wenn ich mein Vertrauen in den Katholizismus setze, so deshalb, weil ich in ihm weit mehr Möglichkeiten als in jeder anderen Religion finde, die komplette Symphonie der Menschheit zu Gehör zu bringen. Die anderen Religionen haben nicht diese Klangfülle; in ihnen gibt es nur Soloteile. Nur der Katholizismus ist imstande, die ganze

12 Ebd.

Symphonie erklingen zu lassen. Und wenn es in dieser Symphonie keinen Teil gibt, der dem japanischen Sumpf angemessen ist, dann kann es keine wahre Religion sein. Wie dieser Teil genau aussieht, das ist es, was ich herausfinden möchte.«[13]
Jeder, der mit der modernen Theologie im Westen vertraut ist, wird rasch sehen, daß Endos These umfassender ist, als viele seiner japanischen Leser geahnt haben. Denn wenn das hellenistische Christentum nicht zu Japan paßt, dann paßt es (wie viele meinen) auch nicht zum Westen; wenn der Gottesgedanke für Japan neu gedacht werden muß (wie dieser Roman nicht müde wird zu betonen), muß er auch für den modernen Westen neu gedacht werden; und wenn das japanische Ohr darauf erpicht ist, eine neue Melodie in der gewaltigen Symphonie zu hören, dann ist das Ohr des Westens nicht weniger darauf bedacht, neue Akkorde zu finden, die mit seiner erwachenden Sensibilität korrespondieren. Alles in allem sind Endos Gedanken wahrscheinlich zeitgemäß und universell.

Um dem existierenden japanischen Christentum Gerechtigkeit widerfahren zu lassen, muß ich schließlich noch hinzufügen, daß Endos Buch und seine These in Japan sehr umstritten waren; man kann seine Stimme kaum als die des christlichen Japans bezeichnen. Kurz nach der Veröffentlichung von SCHWEIGEN war ich selbst in Nagasaki, wo ich bei den alten Christen auf erhebliche Entrüstung traf; sie hatten das Gefühl, daß Endo dem unbeugsamen Mut ihrer heroischen Vorfahren keineswegs gerecht geworden war. Kritik kam auch von der protestantischen Doshisha-Universität, wo

13 Ebd.

Professor Yanaibara energisch reklamierte, daß diese beiden Priester von Anfang an keinen festen Glauben hatten. Es sei nicht der japanische Sumpf, der sie besiegt hätte, sondern schlicht die Tatsache, daß ihr soziologisches Vertrauen, das im christlichen Portugal genährt worden sei, sich unter dem Anprall einer heidnischen Kultur verflüchtigt habe. »Die Märtyrer hörten die Stimme Christi«, schrieb er im *Asahi Journal*, »aber für Ferreira und Rodrigues war Gott stumm. Heißt das nicht, daß diese Priester von Anfang an keinen festen Glauben hatten? Aus diesem Grund wird auch auf die Schilderung von Rodrigues' Ringen mit Gott verzichtet.« Was das Versagen des Christentums betrifft, so ist Professor Yanaibara davon nicht überzeugt:
»Es liegt auf der Hand, daß Ferreiras und Inoues Überzeugung, Japan sei ein Sumpf, der das Christentum nicht aufnehmen könne, kein Grund zur Apostasie ist. Ferreiras Denken begann sich in diese Richtung zu bewegen, weil er seinen Glauben verlor... In dieser christlichen Ära gab es viele Japaner, die aufrichtig an Gott glaubten, und die gibt es auch heute noch. Kein Christ wird der Meinung sein, daß das Christentum in Japan keine Wurzeln schlagen kann. Wenn die Japaner das Christentum nicht verstehen können, wie war es dann möglich, daß Endo einen solchen Roman schreiben konnte?«[14]
In der Tat scheint gerade die Popularität von Endos Roman zu beweisen, daß Japan dem Christentum nicht gleichgültig gegenübersteht, sondern vielmehr auf der Suche nach jener Form des Christentums ist, die seinem nationalen Charakter entspricht.

William Johnston
Sophia Universität,
Tokio

14 *Asahi Journal*, 1966, 5, 8.